MARMOR, WEIN UND BIENENGIFT

EIN SÜDTIROLKRIMI

VIOLA EIGENBRODT

FÜR WERNER, MEINEN SONNENKÖNIG

EINS

Von der Autobahn aus konnte man die berühmten Marmorsteinbrüche der toskanischen Stadt Carrara recht gut sehen. Kommissar Matthias Ohnewein verlangsamte etwas die Fahrt, die ihn von Rom zurück nach Hause in seine Südtiroler Heimat trug, um einen besseren Blick zu erhaschen. Doch als dieser sich ihm auf atemberaubende Weise feilbot, nahm er ihn kaum wahr, weil seine Gedanken weit fort waren und um sich selber kreisten.

Mehrere Tage war er bei den Kollegen gewesen, denn er hatte an einer Fortbildung in Sachen Profiling teilgenommen. Diese hatte ihm so viele neue Perspektiven eröffnet, dass er nunmehr eine umfassende Zusatzqualifikation in Erwägung zog.

„Was willst du alter Sack jetzt noch mit lausigen neumodischen Ideen aus Amerika, hat dir das dein komischer Irrenarzt eingeredet?", lautete der höhnische Kommentar seiner Kollegin Lolita Mitteregger, nachdem sie die Genehmigung für das Seminar in der gemeinsamen Dienstmailadresse geöffnet hatte. Lolita höchstpersönlich hätten einige Sitzungen bei einem guten Psychotherapeuten besser zu Gesicht gestanden, wurde ihre Auffassung von Polizeidienst doch immer wunderlicher.

Im Übrigen war Matthias keinesfalls bei einem Irrenarzt in Behandlung, sondern er besuchte mit seiner Ehefrau einen Paartherapeuten. Ein letzter Versuch, eine Beziehung zu retten, die im Teenageralter begonnen und immerhin zwei Kinder hervorgebracht hatte. Früher war er verschlossen gewesen, zu verschlossen für seine Frau. Sie wandt sich innerlich ab. Mit dem Erwachsen-werden der Kinder suchte sie sich neue Betätigungsfelder, denn Matthias war auch selten da. Man lebte sich auseinander. Schließlich lief auch im Bett nichts mehr. Seine Marianne guckte nach anderen, das jedenfalls dachte der Hauptkommissar.

Ohnewein war ein durchaus attraktiver Mann mit einem charmanten Lächeln und großen, bergseenblauen Augen. Sympathisch war er noch dazu und sehr einfühlsam. Und dummerweise ehrlich und treu, was dazu führte, dass sein Ehegelübde bisher ungebrochen blieb. Dafür allerdings wurde seine Laune stetig schlechter.

„Und ein Profi bisch olleweil!“, versuchte die blonde, gazellenschlanke Lolita gleich im Anschluss zu beschwichtigen, was ihrem Kollegen eigentlich ein Lächeln hätte auf die Lippen zaubern sollen, doch der konnte allmählich über Madame nicht mehr lachen. Außerdem war sie seit einiger Zeit immer merkwürdiger und vollkommen humorlos geworden.

„Lolita“, sagte er in eisigem Tonfall, „in der Tat ist mir nach und nach klar geworden, dass wir deutlich professioneller arbeiten müssen. Dass das nichts mit Profiling zu tun hat, das weißt aber schon. Und für schlechte Scherze bin ich heute einfach wenig aufgelegt.“

Parallel schrieb er an seinen Kollegen von den Hauptcarabinieri, Franco Marini, eine E-Mail hinsichtlich der Überlegung, ob der vielleicht mitkommen wolle. Schließlich wurde das Seminar allen Polizisten angeboten, nicht nur der Polizia statale. So nahm er kaum wahr, wie Lolitas Gesicht dreimal hintereinander die Farbe wechselte, während sie hektisch in ihrer Schreibtischschublade herumzukramen begann. Sie suchte die Glasnagelfeile. Zwar waren ihre Fingernägel perfekt manikürt, doch brauchte sie dringend eine Ablenkung. Hias hätte sich sonst am Ende noch eine Watschen gefangen.

Da sie ihn als Kollegen schätzte, wäre das allerdings keine gute Idee gewesen. Ohnewein war in der folgenden Zeit so sehr mit seiner Vorbereitung auf die Italienreise und den Lehrgang beschäftigt, dass er gar nicht bemerkte, wie still seine Kollegin seit diesem kleinen Zwischenfall geworden war. Leider musste er auf Marinis Gesellschaft verzichten, der hätte seinen Antrag deutlich früher stellen müssen. Daher versprach Kommissar Ohnewein einen ausführlichen Bericht in privater Atmosphäre.

In Rom war er in einem charmanten kleinen Hotel in Trastevere untergekommen, das ein römischer Freund für ihn gebucht hatte. Die anstrengenden Schulung tagsüber, die natürlich in italienischer Sprache abgehalten wurde, und die gemütlichen Miteinander mit den Kollegen am Abend hatte Ohnewein recht viel Kraft gekostet. Sein Italienisch war zwar gut, doch er musste sich höllisch konzentrieren, was nach mehreren Litern bestem Sangiovese nicht immer leichtfiel.

Zum Glück gab es um die Ecke eine winzige ausgezeichnete Osteria, sodass sie immer eine gute Grundlage hatten, aber er merkte allmählich, dass er eben doch keine fünfundzwanzig mehr war. Mit Dreitagebart und reichlich übernächtigt brauste er nun mit seinem feuerroten Fiat Stilo über den Highway in Richtung Bozen, während die weißen Felsen in der südlichen Herbstsonne glänzten. Ihm fiel die schneeweiße Sissistatue am Passerufer in seiner Heimatstadt Meran ein.

Die ist aber nicht aus Carrara-Marmor, sagte er halblaut zu sich selbst. Da gibt's doch diesen blütenreinen Marmor aus

Laas, daraus wurde sie wohl gemacht, überlegte er, obwohl ihn weder Geschichte noch Kunst übermäßig interessierten. Er schaute wieder pflichteifrig auf den Verkehr, schaltete RAI I ein und brummte zur imaginären Grenze zwischen dem Rest von Italien und der freien Provinz Südtirol – nicht im Geringsten ahnend, wie stark er sich bald mit dem Steinmaterial auseinandersetzen würde, aus dem so viele Luxusträume sind.

ZWEI

Der ehemalige Autoverkäufer und Hobbybildhauer Hansi Krämer frühstückte mit Lebensgefährtin Trixie Binder auf der sonnenbeschienenen Terrasse des Schlosshotels Korb in Missian bei Bozen. Er hatte tatsächlich auf einer Sammelausstellung im heimischen Wiesbaden eine Skulptur verkaufen können und erfüllte sich nun einen kleinen Wunsch. Im vergangenen Jahr waren Freunde dort gewesen und hatten nach ihrer Rückkehr traumhaft schöne Fotos gezeigt, die seinen ohnehin schon ans Unendliche grenzenden Neid auf alles, was andere genießen, weiter vergrößert hatte.

Zwar hatte er mit den Leuten fortan nichts mehr zu tun gehabt, aber Trixie wollte unbedingt ebenfalls dorthin. Als selbsternannte Gardasee- und Südtirolspezialistin wusste sie zudem um das kleine Städtchen Laas im Vinschgau, das für seinen Marmor berühmt war. Korb lag etwa auf halber Strecke zwischen Trentino und Laas und drängte sich für eine Übernachtung auf dem Weg dorthin förmlich auf. Sie hatten Halbpension gewählt. Als sie am Abend ihrer Ankunft in der Mitte der Woche den grandiosen Blick über das Bozner Becken bewundern mussten, hatten sie im Gegenzug sogleich festgestellt, dass der herrlich frische Fisch viel zu trocken und der edle Wein deutlich zu teuer war.

Für die pensionierte Lehrerin Trixie, die mit Mitte Fünfzig an allerhand Zipperlein litt, wie etwa an einem enormen Bandscheibenvorfall, waren die vielen Treppen im verwinkelten, hochromantischen Haupthaus natürlich eine Qual. Zwar hatte sie vorab im Internet recherchiert, war dann aber vor Ort doch unangenehm berührt. Leider ließ die Qualität der Betten nichts zu wünschen übrig, und nur die riesige Regenbrause im großzügigen Bad erleichterte die Möglichkeit, Schloss Korb via Wasserabrechnung gehörig zur Kasse zu bitten. Dafür störte die Stille in der Nacht die beiden verwöhnten Gäste, die im Ausgleich dazu ihren Fernseher so laut liefen ließen, dass die Nachbarn an die Wand klopften.

Mit zufriedenem, hämischem Grinsen und nach einem gemütlich durchgezogenen Graspfeifchen legten sich die beiden dann in den frühen Morgenstunden zur Ruhe. Die extravagante Pfeife hatten sie zuvor in Salzburg in einem Zubehörshop erstanden und in ihrem nagelneuen Ford Focus 3-Zylinder stolz über die Grenze transportiert. Einem seriös wirkenden Endsechziger mit silbrig glänzendem wallendem Haupthaar und einer grau gewordenen Hippieblondine mit grämlichem Gesichtsausdruck traute kein Zollbeamter eine solch abscheuliche Tat zu.

Dem phänomenalen Frühstücksbuffet mit allem, was das Herz begehrt, rang Trixie nur die Bemerkung ab, dass das die reinste Verschwendung sei, um sich dann dreimal schwerfällig vom Frühstückstisch in Sachen Nachschub zu erheben. Hansi hatte gemäkelt, dass der Tisch viel zu sehr in der Sonne stehe und er so nicht essen könne. Man versetzte die beiden vom aussichtsreichen Rand der Sonnenterrasse in den Schatten an der Wand.

Danach waren sie aufgebrochen in Richtung Vinschgau.

Es war ein ungewöhnlich warmer Tag im Oktober, zu warm für das Paar, das schnell ins Schwitzen geriet und dies auf den Tod nicht ausstehen konnte. Hansi ließ lauthals eine Schimpftirade über die mangelnden Fahrkünste der Italiener vernehmen, während er in den unübersichtlichen Kurven langsam dahinkriechende – wie er meinte – Fahrzeuge überholte. Trixie saß verkrampft auf dem Beifahrersitz. Ihre rechte Hand umklammerte eisern den Türgriff.

Die stark befahrene Staatsstraße ließ wenig Überholmöglichkeiten zu, und die vielen Transporter und Lastwagen in Richtung Reschenpass machten ein zügiges Vorwärtskommen beinahe unmöglich. Hansis Laune sank unter den Gefrierpunkt, war er doch seit jeher lieber flott unterwegs.

Einzig die Aussicht, etwas von dem schneeweißen Marmor in Laas zu bekommen, und das möglich kostenfrei, erhellte sein Gemüt. Trixie sagte nichts, er auch nicht. Das Navigationsgerät zeigte ihnen den Weg in die kleine Stadt, vorbei an der winzigen Stadtmitte und dem großen Marmorwerk, hin zum Waldrand, an dem sie nicht weiterkamen.

„Du glaubst doch nicht etwa, dass ich jetzt wegen ein paar Stückchen weißem Stein hier im Berg herumkraxele“, giftete die Schwerbeschädigte.

„Ich habe mir Musik mitgenommen und höre jetzt Meditationsklänge, um diesen ganzen Schwachsinn hier zu vergessen“, schob sie hinterher.

„Nun ist aber gut, Trixie“, begehrte Hansi auf. „Du hast doch in Erinnerung an deine Jugendtage unbedingt hierher gewollt, das mit Laas ist ein angenehmer Zufall!“

„Ich streite nicht mit dir, zieh‘ lieber los und tu, was ein Mann tun muss“, antwortete sie mit einem maliziösen Lächeln, setzte die Kopfhörer auf und war verschwunden.

Hansi schüttelte sein weißes Haupt, nahm die Trinkflasche und ein Hämmerchen aus dem Kofferraum und füllte damit seinen kleinen Cityrucksack. Mehr würde er kaum benötigen. Ach, das Handy noch. Ohne sein mobiles Telefon war er kein Mensch. Er stand in ständigem WhatsApp-Kontakt mit zweien seiner Ex-Freundinnen, die zu seinen besten Freunden geworden waren, und anderen Menschen, denen permanent seinen derzeitigen Aufenthaltsort mitzuteilen er sich genötigt sah.

Dann zog er los, über Stock und Stein. Er erstarrte wenig später wie eine Marmorsäule, nachdem er an der Talstation der historischen Schrägbahn des Bruchs angekommen war. Er hatte sie schon von Weitem gesehen, und da er sehr technikinteressiert war, hatte er beschlossen, sie sich aus der Nähe anzusehen, wenn er denn schon mal hier war. Nicht gerechnet hatte er mit dem, was er nun gefunden hatte.

Nämlich eine Leiche, reichlich tot und noch dazu fürchterlich zugerichtet. Hansi wurde speiübel und er erbrach sich direkt vor seine Füße auf den Boden. Während er sinnlos herumwankte, mit völliger Leere in seinem Kopf, hörte er das angenehm surrende Brummen eines alten Landrovers, das immer näherkam.

DREI

Schlag zwölf fanden sich in der Regel alle Mitarbeiter der Guflerschen Firma „petrabianca“ in der Bar „Mondschein“ ein.

Ein hübsches, altes Gasthaus mitten im kleinen historischen Kern von Laas gelegen, innen im Stil der ursprünglichen Bebauung renoviert, außen laubbaumbestanden.

Im Sommer ein wunderschönes, schattiges Plätzchen zum Verweilen, beliebt auch bei Touristen. Man genoss dort eine gemütliche Zeit mit der bodenständigen, hochwertigen Küche – bei einem Viertele, das gerne anschließend in einen Halben überging, und beim Watten, einem klassischen Südtiroler Kartenspiel, das außer ihnen, den Schweizern, Bayern und Tirolern, niemand verstand. Vor 15.30 Uhr ging es oben beim Marmorabbau selten weiter. Hier mischte sich italienisches dolce vita mit Südtiroler Fleiß, denn kaum waren die Arbeiter wieder im Berg, schritt das Tagwerk mit erfrischten Kräften fort. Martin Gufler, Besitzer der Brüche Weißwasser, Tarneller, Nesselwand und Jennwand, wollte sich auch zur Jause bewegen.

Er, ein Mittfünziger und immer ein wenig in Hektik,

kramte seinen Schlüssel hervor, den er glücklicherweise gleich fand. Wie immer ging sein Blick zur historischen Schrägbahn des Weißwasserbruchs. Sie war 1930 erbaut worden und galt in Südtirol bis heute als technisches Wunderwerk in der unvergleichlichen Umgebung des Nationalparks Stilfser Joch. Man war stolz in diesem kleinen, in der Nähe von Schlanders im oberen Vinschgau gelegenen Städtchen, so stolz, dass Gufler stets vor dem Verlassen seines Büros auf dem Firmengelände einen Blick nach oben warf.

Erstaunt blieb er nun stehen, und zwar zwischen den enorm großen Marmorquadern, frisch herausgefräst aus dem Gestein, unbearbeitet und geradezu jungfräulich. Dreißig Meter auf Dreißig maßen sie, oft bis 50 t schwer. Sie staubten noch immer, erfüllten die Luft mit einem metallischen und sehr prägnanten Geruch nach dem feinporigen Felsen, welcher allgegenwärtig war, sommer- wie wintertags. Er wirkte beinahe schon sakral und umhüllte alles – Gebäude, Gelände, Menschen, Baumaschinen – wie ein ganz besonderes Parfum, das man selbst nach einem kurzen Aufenthalt bei Gufler noch tagelang wie fest unter die Haut imprägniert bei sich trug.

Tief unter der Haut saß auch die Liebe der Laaser und der Göflaner, der Einwohner des Abbauörtchens im Sonnenberg gegenüber Laas, zu ihrem wertvollen Material. Leider genauso wie ihr abgrundtiefer Hass aufeinander, der aus alten Zeiten stammte und immer wieder frisch geschürt wurde. Nun sah Gufler, dass sich die Plattform nicht wie immer am Vormittag zur Abholung der Quader oben am Schacht befand, sondern offenbar heruntergefahren worden war.

Das durfte nicht sein. Der gutaussehende, baumlange Mann lief rasch zurück und holte den Feldstecher. Etwas lag auf der Plattform, und es war kein Marmorblock. Tiefblau leuchtete der Oktoberhimmel, einzigartig in seiner Farbe, das Meer konnte nicht blauer sein. Nur zu dieser Jahreszeit erstrahlten die Berge in diesem Licht, das noch ein wenig die Hitze des Sommers in sich trug, und in seiner Tiefgründigkeit die Kälte des Winters erahnen ließ. Gufler legte das Fernglas wieder an seinen Platz, raffte die Autoschlüssel und rannte zu seinem alten, von Schlamm und Erde bedeckten Landrover Defender.

Bis zur Talstation, an der die Bahn inzwischen angelangt sein musste, waren einige der Höhenmeter zu überwinden.

Der Marmorkönig fuhr diese Strecke mehrmals am Tage. Als echter Südtiroler Mann kannte er ohnehin keine Angst und die Zufahrt wie seine Westentasche. Sie führte bis zur Bergstation knapp unterhalb der Baumgrenze, war schlammig und nicht ungefährlich. Mehrere Bäche des wasserreichen Gebiets versorgten sie mit viel Feuchtigkeit, der Bruch selber vermochte nur mit Gummistiefeln betreten zu werden. Jederzeit konnten Muren abgehen, man war nie sicher.

Die Strecke zum Halt unten war zwar ungemütlich, aber einfacher.

In seinem Auto rumpelte allerhand Handwerkszeug, von der Spitzhacke über Nivelliergeräte, bis hin zu einem alten Karabiner, der noch von seinem Urgroßvater stammte, welcher damit auf Steinbockjagd gegangen war. Martin Gufler sagte sich immer, wer weiß, was so alles passieren könnte, und führte die Waffe mit sich, verborgen unter einer karierten Filzdecke. Auch in Italien war es streng verboten, eine alte Mauser k98 aus den Tagen des Ersten Weltkrieges einfach mit sich herumzutragen, doch das störte den Steinbruchbesitzer herzlich wenig. An der Station angekommen bremste er so abrupt, dass ihm die auf dem Kopf sitzende Sonnenbrille über die Augen rutschte, und öffnete hastig die Wagentür. Schwungvoll hatte er seine langen Beine, die in einer verdreckten 501 steckten, aus dem Fußraum schwingen wollen, doch er stockte.

Mit der Rechten hielt er noch das Lenkrad fest, die Linke schwebte starr vor der geöffneten Autotür in der Luft. Wie ein

Geist stolperte Hansi Krämer auf ihn zu – ihn hatte Gufler zunächst überhaupt nicht wahrgenommen. Mit großen Augen starrte er den mickrigen, weißhaarigen und nun auch bleichgesichtigen Mann an, und fragte: "Was willst du hier?", mit dem typischen Tiroler „du", obwohl er sofort an den Gesichtszügen und der Kleidung erkannte, dass der Fremde nur ein Deutscher sein konnte. „Ich war auf der Suche nach ein wenig Marmor, ich bin Künstler", stotterte der sonst so Hochnäsige, „bin irgendwie hier herauf geraten und fand dann... das... hier." Wieder wurde er so blass wie der hiesige Fels und erbrach sich ein zweites Mal.

Gufler wusste nicht, was ihn mehr ekeln sollte, das Erbrochene auf seinen Schuhen, dieser feige Typ oder der menschliche Körper, den er nun gut sehen konnte. Es war eindeutig eine Frau, gekleidet in einfache Jeans und ein rotes Poloshirt, mit seltsam verdrehten Beinen. Das wirklich Schlimme aber war ihr Kopf, der als solcher kaum noch zu erkennen war. Gufler war froh über seine Zeit als freiwilliger Sanitäter, der an manchem Unfallort eingesetzt worden war. Da hatte er bisweilen Übleres ertragen müssen. Er wusste, was zu tun war. Rasch lief er die wenigen Schritte zum Defender zurück, holte sein Handy und aus dem Handschuhfach das immer dort vorhandene „Schnapsbundele".

Er hielt es Krämer hin und forderte ihn auf mit den Worten: „Trink, ist ein selbstgebrannter Enzian von meinem Onkel". Während der schluckweise trank, schaute Gufler über die Ebene und versuchte, das Monströse der Tat zu verdauen. Überraschenderweise gehörte Südtirol zu den Bundesländern Italiens mit den meisten Suiziden, was die tote Person allerdings wenig zu interessieren schien – Suizid schied als Todesursache hier ganz offensichtlich aus. Er ging wieder zum Wagen und kramte herum.

Irgendwo musste sich noch ein altes Päckchen Zigaretten befinden, das aus den Zeiten stammte, in denen er noch geraucht hatte, und das sogar in Kette. Was er fand war ein kleiner Beutel Tabak, in dem sich glücklicherweise auch noch Blättchen befanden. Martin drehte mit zittrigen Händen zwei Tschickn. Ein Feuerzeug führte er sowieso stets bei sich. Mit ihm setzte er sich zu Krämer, der auf dem Boden saß.

„Hier", sagte er nur, und hielt ihm die zweite Kippe hin. Hansi, der eigentlich gar nicht rauchte, blickte kurz auf, nahm dann dankbar den Glimmstängel an, und die beiden zogen schweigend den Rauch in ihre Lungen. Nachdem er einige Male gehustet und dann um Luft gerungen hatte, zückte Gufler schließlich sein iPhone und wählte die Nummer der Gemeindepolizei in Schlanders.

Es war ihm klar, dass das hier kein Fall mehr für die Carabinieri war.

VIER

Die beiden Spinatknödel in zerlassener Butter mit Parmesan bestreut dampften auf einem weißblauen Teller vor sich hin. Das hübsche Mädel vom Gasthaus nebenan hatte sie gerade hereingebracht. Ein einmaliger Service und der Tatsache geschuldet, dass Georg Tappeiners Vater Hermann im Kreiskrankenhaus Schlanders ein hochgeschätzter Kinderarzt gewesen war. Zu seinem Missfallen hatte der Sohn eine andere Laufbahn eingeschlagen und war, aus welchen Gründen auch immer, zur Polizei gegangen.

Er hatte sogar in Verona Politikwissenschaften studiert und sich dann für den Beamtendienst entschieden, abweichend von der Familientradition, quasi aus der Art geschlagen. Richtig viel passiert war in den inzwischen etlichen Dienstjahren nicht, der Commissario lebte ein gemütliches Leben. Doch das sollte sich sogleich ändern, kaum dass er den ersten Knödel verspeist hatte.

Das Diensttelefon begann zu klingeln. Tappeiner war derart in Gedanken – morgen wollte er zum ersten Mal in seinem Leben am Sonnenberg downhillen – dass es ihm vorkam, als würde das altbackene Gerät hin und her hüpfen.

Der schrille Ton hallte in seinem Kopf. Er verschluckte sich fast an dem Bissen, den er gerade im Mund hatte, würgte ihn schnell nach unten, wischte sich die Hände an der Papierserviette ab und griff nach dem Hörer. Auch der schien wie im Comic schon fast in der Luft zu schaukeln.

Irgendeine Vorahnung durchschoss ihn. Seine Hand stockte kurz über dem Hörer und nahm ihn dann endlich ab.

„Gufler hier, der Martin, ihr müsst so schnell wie möglich kommen, hier oben ist ein schrecklicher Unfall passiert!", schrie es vom anderen Ende. Natürlich wusste Georg Tappeiner, wer Martin Gufler war, sie kannten sich persönlich. Sie waren beide auf das Gymnasium in Schlanders gegangen und hatten zusammen Eishockey gespielt. „Wo, Martin, bei dir im Betrieb? Warum rufst du dann nicht die Sanitäter?", kaute Tappeiner noch auf einem Knödelrest herum.

„Nein, nicht hier, und die Sanitäter können da auch nichts mehr ausrichten", brüllte der Weißwasserbruchbesitzer, als ob er in einem fernen Land weilte, und seine Worte durch das Gebrüll verständlicher werden würden.

„Ich bin hier am Bruch, an der Schrägbahn, unten im Tal. Ich habe dort eine Leiche gefunden", rang er um Worte, „Georg, hier liegt ein toter Mensch im Marmor!" Dass eigentlich Hansi Krämer die Leiche zuerst gefunden hatte, ließ er der Dramaturgie halber unter den Tisch fallen. Tappeiner kämpfte gegen plötzlichen Würgereiz. „Martin, ich bin versucht, dich zu fragen, ob du dir sicher bist, entschuldige. Das macht der Schreck. Ich trommele kurz meine Jungs zusammen, die Station muss besetzt sein, und dann komm' ich hoch. Gibt's noch den alten Weg?" „Ja, sicher", antwortete der alte Schulfreund, „ich warte hier", und legte auf.

Tappeiner griff sich sein Handy, öffnete die Nachrichtengruppe für alle Polizisten in dieser Stadt und schrieb eine Rundmail. Er nahm den alten Tata-Pickup. Nach Laas ging es über die SS38 recht schnell, durch die Ortschaft auch, dann hoppelte der Geländewagen den unebenen Weg entlang. Das Autoradio, das er sonst sofort anschaltete, schwieg vor sich hin, während er nachdachte.

Das musste Mord sein, was sonst. Tappeiner hatte es vor vielen Jahren einmal mit einem Mord zu tun gehabt, als ein Tourist bei Kastelbell seine Gattin vom Felsen gestoßen und versucht hatte, es wie einen Unfall aussehen zu lassen. Mafiöse Strukturen gab es auch in Südtirol, und seit einiger Zeit auch Verbrechen, die auf rechter Gewalt basierten. Diese nahm aber niemand so recht ernst. Dutzende von Schlägereien bei Kirmeskrawallen oder nach Gasthausbesuchen in komatösem Alkoholzustand. Diebstähle, manchmal Anzeigen von Frauen wegen häuslicher Gewalt. Die übliche Palette. Das hier war völlig neu.

FÜNF

Guflers Landrover stand mitten im Weg. Die Reifenspuren zeigten deutlich, wie abrupt er gebremst hatte. Tappeiner parkte den Tata direkt dahinter und zog wie gelähmt Gummistiefel und Gummihandschuhe an. Gemessenen Schrittes, viel zu langsam für Guflers Geschmack, lief er zu den beiden Männern, die inzwischen wieder aufgestanden waren.

„Ja, wo bleibst du denn?", rief der, und wirkte dabei so weiß wie das edle Gestein aus seinem Berg. Eine gute Dreiviertelstunde war es her, dass er angerufen hatte. Sein Hunger war ihm danach vollkommen vergangen. Stattdessen hatte er mit seinem Handy gespielt. Währenddessen war Krämer wie weggetreten.

Hätte das nicht den Göflanern passieren können, dachte er. Ausgerechnet jetzt, wo er den Betrieb endlich in den schwarzen Zahlen hatte, und das auch nur mit Hilfe eines geheimnisvollen Hintermannes aus der Schweiz. Egal, tröstete der Geschäftsmann schließlich sich selbst, any PR is good PR! Ungeduldig steckte er das mobile Telefon wieder ein und erhob sich schwerfällig. Die Realität hatte ihn wieder und eine ungeheuerliche Tat.

Er schritt dem Commissario entgegen und wartete, den Blick ins Tal gerichtet, bis dieser endlich erschien. Ähnlich ihm selbst vor gefühlten hundert Stunden war der alte Geländewagen nach oben gerast. Gufler blieb hinter seinem Wagen stehen, während der Polizist ausstieg.

„Bin so schnell gefahren, wie ich konnte, Martin, außerdem war ich gerade allein auf der Station, als der Anruf einging. Musste erst einmal alle benachrichtigen. Aber jetzt zeig einmal her", antwortete der Commissario barsch. Er wusste sich nicht anders zu helfen in dieser ihm völlig neuen Situation, und, um ehrlich zu sein, er fühlte so etwas wie Angst.

„Fahren wir nach oben", befahl er, nachdem er sich den Bericht des Deutschen angehört hatte. Tappeiner überlegte. Natürlich war er sich darüber im Klaren, dass dieser Mord eigentlich nicht in seinen Kompetenzbereich fiel, aber er musste handeln. So schnell wie möglich. Es war inzwischen vierzehn Uhr, bald würden die Arbeiter wieder zurückkommen. Die Grube müsste auf alle Fälle geschlossen werden, wie lange, das konnte Tappeiner zurzeit noch nicht sagen.

Gufler wurde noch bleicher, obwohl dies kaum möglich zu sein schien. „Aber, Georg, ich muss liefern, ich habe einen sehr wichtigen Auftrag, eine Lieferung nach Amerika. Du weißt doch, dass die unseren Marmor für ihre Heldenfriedhöfe benutzen. Da sollen Gräber restauriert werden und..." Weiter kam er nicht.

„Martin, tut mir leid, aber sowohl die Bahn als auch deinen Bruch muss ich stilllegen, bis die SpuSi da war, solange auf jeden Fall", blieb Tappeiner hart, sich auf einmal der Tragweite seiner Position und seiner Anweisungen bewusstwerdend. Er grübelte, wie das alles wohl weitergehen möge. Nein, er freute sich gewiss nicht auf den Anblick dessen, was da ans

Tageslicht drängte, und fand seine schlimmsten Vorstellungen übertroffen, als er mit Gufler den Tatort in Augenschein nahm. Der Leiter der Wache von Schlanders wusste im selben Moment, dass dieser Fall ganz sicher nicht bei ihm bleiben würde. Hansi Krämer wies er an, sich bereit zu halten, um in der Station einen schriftlichen Bericht zu verfassen. Der rief nun endlich seine Trixie an. Sie war, nachdem sie sich ein ganz spezielles Zigarettchen gegen ihre Knochenschmerzen gegeben hatte, auf dem Rücksitz eingeschlafen. Dass sie nun auch noch mit zur Polizei musste, stank ihr gewaltig.

SECHS

Am Tag zuvor hievte sich Monica Kofler am frühen Morgen in ihren hochmodernen Rollstuhl. Die schwerbehinderte Tochter des SVP-Politikers Marius Kofler wollte sich seit ihrem Badeunfall vor elf Jahren am Pragser Wildsee so frei wie möglich bewegen. Sie hatte sich als zehnjähriger Wildfang an einem heißen Sommertag ihre Kleider heruntergerissen und war, noch bevor die Eltern sie daran hindern konnten, in das Wasser gerannt, hatte sich mit einem Kopfsprung regelrecht hineingestürzt. Anscheinend war sie dabei unglücklich aufgekommen. Als ihre Eltern sie endlich fanden und aus dem Wasser zogen, konnten die Ärzte nicht mehr verhindern, dass sie querschnittsgelähmt blieb.

Ihre Fröhlichkeit hatte sich die kleine Monica bis in ihr Erwachsenenleben hinein bewahren können, trotz aller Widerstände.

Ihre Eltern, Besitzer eines der größten und ältesten Weingüter an der Südtiroler Weinstraße, konnten sich allen erdenklichen Luxus leisten, jeden noch so teuren Arzt, jede Reha-Maßnahme, die möglich war. Es war dennoch allein Monicas

Ehrgeiz geschuldet, dass die junge Frau, die schon als Kind extrem sportlich gewesen war, es sogar bis zu den Paralympics geschafft hatte.

Heute wollte sie wieder ein wenig im Vinschgau trainieren, jedenfalls hatte sie dies ihrem Vater erzählt, der ihr das unbesehen glaubte, schließlich trainierte sie dort oft und gerne. Marius Kofler war gerade von einer Sitzung seiner Partei, der SVP, nach Hause gekommen und wollte sich nun im Weinkeller bei der diesjährigen Ernte nützlich machen. Doch zunächst half er Monica ins Auto, was sie nur selten zuließ, aber diesmal nutzte sie die Gelegenheit, ein paar Worte mit ihm zu wechseln. Sie fuhr gerne an der Etsch entlang, jetzt im Herbst eine ihrer Lieblingstrecken. Die Fahrradfahrer kamen eher im Frühsommer, und die Wanderer stiegen auf die Berge.

Die schön asphaltierte Strecke entlang der Etsch gehörte quasi ihr.

Was ihr Vater indes kaum ahnen konnte: In Laas wohnte ihr kleines Geheimnis. Es hieß Bernie, war ein paar Tage älter als sie und ein sehr bekannter Imker. Sie liebte die unglaublichen Variationen, die er aus einem Impuls heraus kreierte und immer perfekt abstimmte. Darin war der etwas klein geratene und gedrungene Endvierziger ein wirklicher Meister. Er verfügte – selten für einen einheimischen Imker – über viele Kunden im Ausland, und hatte einen florierenden Online-Shop.

Einen speziellen Honig aber verkaufte er nur unter Ladentheke. Es war eine ganz besondere Mixtur, die nur Männer kauften, hieß Amorapis und enthielt eine geheime Kräutermischung. Gurtschler ließ verkünden und von einer alten Freundin und Kräuterfrau in Göflan bestätigen, dass seine Mischung die Potenz erheblich steigere und geradezu ein natürliches Viagra sei. Das Zeug ging wie der Teufel, und er verdiente sich einen goldenen Bienenstock.

Als Monica es endlich geschafft hatte und saß, fummelte sie ihr Mobiltelefon aus der Handtasche und rief an. Lange musste sie nicht warten.

„Mausele, bist du wahnsinnig, es ist Frühstückszeit und die Irene ist ganz in der Nähe“, grunzte ein erschrockener Ehemann möglichst leise in sein Smartphone. Ihr Gschpusi war verheiratet, was die freiheitsliebende Monica aber nicht weiter störte.

„Ich bin gleich im Auto, dann fahr ich hoch bis Mals, und dann mit dem Rolli runter bis zu dir. Hast du Zeit nachher, in circa zwei Stunden?“, wollte die hübsche dunkelhaarige Frau wissen. „Nein, heute nicht. Nachher kommen zwei Zeitungsleute, die wollen eine Reportage über mich machen, ich weiß nicht, wie lange die bleiben“, meinte der Bienenzüchter zurückhaltend. Monica wurde böse. Sie war es gewohnt, ihren Willen zu bekommen.

Außerdem gab es etwas sehr Wichtiges zu besprechen. „Pfiati derweil“, schimpfte sie in das Handy und drückte mit aller Wucht den Ausknopf, als ob das Handy die unliebsame Antwort gegeben hätte. Danach startete sie ihren auf sie persönlich umgerüsteten Wagen und fuhr aus St. Pauls los, mit Karacho aus dem Weingut ihrer Eltern. Sie nahm die MeBo mit ihren gefährlichen, weil schlecht einsehbaren Kurven, viel zu schnell. Da sie diese Schnellstraße aber so gut kannte wie ihre Westentasche, stellte ihre Geschwindigkeit kaum das eigentliche Problem dar.

Dieses stand in die typische Südtiroler blaue Schürze gehüllt vor den Bars an den Raststätten und gab sich morgens um 9.30 Uhr in aller Ruhe den ersten Weißen, und zwar vor den Augen der Carabinieri, die in der Bar am Tresen einen kurzen Caffe Corretto nahmen. Zu den Gaststätten führten alleine die Zubringer der MeBo, die zu befahren im alkoholisierten Zustand dem Gesetz nach strengstens verboten war. Doch wen interessierte schon das Gesetz? Das wurde erst dann herangezogen, wenn wieder einmal einer der schweren Unfälle passiert war, an denen natürlich immer die schlecht Auto fahrenden Touristen schuld waren.

Monica fühlte Groll in sich.

Bernie war nicht ihr Traummann, der Mann ihres Lebens schon zweimal nicht. Dennoch sollte er ihr gehorchen, schließlich ermöglichte sie ihm ein gewisses Sexleben. Vom Bluthochdruck gezeichnet hatte der Vinschger nun, bedingt durch die hochdosierten Medikamente, die er einnehmen musste, massive Erektionsprobleme. Seine Frau Irene störte das in keinster Weise, war ihr Interesse an körperlicher Liebe eher mäßig. Angeblich sollte das zwar einmal völlig anders gewesen sein, wie sie selber in weinseliger Laune gerne erzählte, doch seit sie beide auf die Fünfzig zugingen, seien ihr Spinnweben zwischen den Beinen gewachsen. Bernies Ehefrau fand vielmehr eine große Erfüllung in der Manipulation anderer Menschen, sie versuchte, wo sie nur konnte, Macht auszuüben.

Diskretion war nicht ihre Sache, sie nannte eine grenzenlose Neugierde nach dem Privatleben anderer ihr Eigen.

Notfalls konnte man ja auch etwas dazu erfinden, falls die Skandale nicht ausreichten, um jemanden nach Strich und Faden zu diskreditieren. Allerdings wunderte sie sich ein wenig über die Tatsache, dass sie kaum Freunde hatte, und war der festen Überzeugung, dass alle ihr gegenüber vorurteilsbehaftet waren, sogar ihre Angestellten im Zahntechnikstudio. Immerhin lieferten sie gute Arbeit ab, und Irene konnte mit den Umsätzen ihres Betriebes ziemlich zufrieden sein. Martin Gufler war dabei Lieferant des Rohgolds, das im Labor zu Zahngold verarbeitet wurde, und machte ihr dabei hervorragende Konditionen. Irene und Gufler waren beide zwar keine geborenen Laaser, wohnten aber schon lange hier. Laas war kein großer Ort, man kannte einander.

So war es kein Wunder, dass der Steinbruchinhaber rasch

auf sie kam, als er abseits vom Bruch eine kleine Goldader fand. Das Rohgold verschaffte ihm einen netten Nebenverdienst, während Irene kräftig Kosten sparen konnte, auch wenn das ein gewisses Maß an Mehrarbeit für das Labor bedeutete, wo das Gold erst vom Gestein getrennt werden musste. Ihr Privatleben indes war die andere Sache. Dass Bernie ein Verhältnis hatte, war ihr schon lange klar. Bis sie herausgefunden hatte, mit wem, war kein halber Tag vergangen. Aber sie ließ ihn in der vermeintlichen Gewissheit, ein großes Geheimnis mit sich herumzutragen.

Es verschaffte ihr große Befriedigung, ihn sich um stets neue Ausreden winden zu sehen, zu beobachten, wie er mit hochrotem Gesicht nach Hause kam.

Dann klagte sie gerne über ihre Einsamkeit und genoss den Ausdruck von Scham und schlechtem Gewissen auf Bernis Gesicht. Ihre Rivalin indes interessierte sie kaum, so wenig wie Monica an Irene interessiert war, deren Gedanken deshalb bald wieder zu Bernie wanderten. War seine Affäre kein so großes Geheimnis, wie beide dachten, so gab es doch etwas, was außer ihr wirklich kaum jemand wusste.

Ja, Bernie Gurtschler hatte tatsächlich ein Geheimnis. Eine erotische Vorliebe, die sehr selten war und in den Bereich des Sado-Masochismus gehörte. Es war ihre Behinderung, die sie zur optimalen Stimulanz werden ließ, zur besten, die Bernie jemals erlebt hatte. Über all das, was sie mit dem narzisstischen Naturfreund in den vergangenen sieben Monaten erlebt hatte, dachte sie nach. Sie beichtete einer guten Bekannten, fast schon Freundin, einer Journalistin in Bozen. Diese hatte einmal ein sehr einfühlsames Porträt über sie geschrieben.

Seither vertraute ihr Monica voll und ganz, was sie selten tat.

Die deutlich ältere Frau hatte eine überregionale angesehene Reportage über Menschenhandel und Prostitution in

Norditalien recherchiert und geschrieben. Das Eintauchen in das Milieu war für die sensible Frau aber zu viel gewesen, wie sie Monica einmal erzählte, und sie wandte sich wieder ihren Künstler- oder Sportlerporträts zu. Nach Monicas Bericht klingelten bei ihr die Alarmglocken Sturm.

Sie warnte die Freundin vor Menschen, die einen Fetisch haben, und riet ihr mehrfach, sich so schnell wie möglich zu trennen. Sie schickte ihr Links zu einschlägigen Artikeln, und Monica, die sich ohnehin seit Wochen mit der ganzen Geschichte nicht mehr wohlfühlte, fasste einen Entschluss.

Sie erkannte, wie gefährlich das Spiel mit einem manipulativen Fetischisten geworden war, und wollte es deshalb beenden. Die Fahrt nach Laas hatte sie entgegen dem, was sie ihrem Vater erzählt hatte, hauptsächlich aus diesem Grund unternommen, und es war ihr völlig egal, wer im Hause Gurtschler gerade weiters anwesend war. Sie wollte Bernie sehen, um auf Nimmerwiedersehen zu sagen, und das möglichst rasch.

SIEBEN

Wer auch immer der Mörder sein mochte, Trixie Binder hätte es ihm gerne gleichgetan. Ihre ohnehin eher kleinen Augen waren zu schmalen Schlitzen geworden, während sie auf der harten Holzbank im Revier ausharren musste, eine Qual für ihren geschundenen Rücken. Neben ihr kauerte, noch immer bleicher als ein Leintuch, der magere Hansi, die knochigen Schultern zusammengezogen. Martin Gufler saß aufrecht in der Ecke, so nah an wie möglich an der Wand und soweit wie möglich weg von den beiden Deutschen. Er hatte ein Pokerface aufgesetzt, niemand sollte sehen, was in seinem Kopf tatsächlich vorging. Die Touristen, die im edlen Korb residierten, waren ihm zuwider.

Die Frau war ein richtiges Aas, wie er fand, allein schon durch ihr Äußeres, der Mann indes ein selbstgefälliger Feigling und ganz offensichtlich ein ehemaliger Schönling. Ein richtiger Kerl wie er hatte für solche Leute nur Verachtung übrig. Kommissar Tappeiner hatte die drei mit einem seiner Leute zur Wache in Schlanders geschickt, während er mit Gufler nach oben in den Bruch fuhr. Dorthin orderte er auch die Spurensicherung, während sein Vice Commissario bei der

Leiche auf den Fotografen und die Ärztin wartete. Er nahm neben dem großen Mann Platz und besah das Innere des Wagens.

„Du bist hier für alle Gelegenheiten gerüstet, wie es scheint", versuchte er ein wenig Konversation zu betreiben, doch Gufler war zu sehr mit den Sorgen um seinen Auftrag beschäftigt. „Schon", sagte er nur und holperte recht schnell den gefährlichen Weg nach oben. Wäre Tappeiner nicht von hier gewesen, hätte ihm Angst und Bange werden können beim Anblick der Abgründe, die sich direkt neben seiner Beifahrerseite auftaten.

Im Bewusstsein, den Fall ganz sicher an die Mordkommission in Meran abgeben zu können, war er froh, nicht auch noch in menschliche Abgründe schauen zu müssen, die dieser Mord ganz bestimmt mit sich brachte.

Er schwieg also weiter. Lange dauerte die Fahrt ohnehin nicht, bis Gufler den Defender schwungvoll vor den Eingang des Marmorbruchs absetzte. Seinen Männern hatte er für den Rest des Tages freigegeben, und nur dem Capo per SMS in groben Zügen geschildert, was passiert war. Sie waren also alleine. „Komm", sagte Martin Gufler zu Georg Tappeiner, „es ist gewiss lange her, dass du hier oben warst".

Der Angesprochene bestätigte das. „Als Kind, Martin, als Kind. Mit der ganzen Schulklasse sind wir hier hoch, als Herbstausflug, und haben etwas über die Geschichte unserer Heimat erfahren. Besonders interessiert hat es uns nicht, und wir Jungs wären so gerne einmal mit der Schrägbahn gefahren."

Gufler wurde um eine Schattierung heller unter seinem Eintagesbart. Er wirkte müde.

„Du meinst nach wie vor, der Tatort sei hier oben?", fragte er, obwohl er die Antwort längst kannte. „Ach, Martin, genau genommen kann ich es nicht sagen. Es könnte auch sein, dass jemand die Frau irgendwo anders getötet und die Leiche hier hochgebracht hat. Um das herauszufinden, müssen wir uns gewissenhaft umsehen. Das wird dann auch sicher dich entlasten." „Mich entlasten? Seid's jetzt alle narrisch?"

Erstaunlicherweise fing er danach an zu lachen, aber es war kein fröhliches Lachen. Eher einem Husten gleich kamen die Töne aus seinem Hals.

„Ja, natürlich. Alle sind verdächtig, bis der wahre Mörder gefunden ist, das ist nun einmal so", erklärte der Polizist. Gufler verzog das Gesicht zu einer Grimasse und drehte dabei die Augen nach oben.

„Das hört sich gerade an wie in einem schlechten Krimi", brummelte er.

„Aber ihr habt Pech gehabt, ich habe ein Alibi. Bin heute Nacht erst vom Gardasee zurückgekommen, wo ich zusammen mit meiner Ex-Frau und meinen beiden Kindern ein Haus habe."

Er bemerkte den beinahe ungläubigen Blick des Kommissars.

„Ja, das ist so. Wir verstehen uns noch immer gut und für die Kinder ist das besser, viel besser, als wenn wir uns hassen würden."

Gufler brauchte sich nicht zu rechtfertigen, insofern war Tappeiner nun noch überraschter, als er fortfuhr. „Sie ist vor drei Jahren ausgezogen, weil ich im Rausch unserem neugierigen Nachbarn eine gelangt habe. Der hat ständig bei uns gespannt, weil Andrea im Sommer gelegentlich nackt in der Wohnung herumlief. Konnte ihr das nicht abgewöhnen und habe es natürlich auch ganz gerne gesehen. Sie meinte dann gleich, ich sei gewalttätig und dass sie das den Kindern nicht antun könne."

Der Bruchbesitzer ballte die Hand zur Faust. „In Wirklichkeit hat sie einen anderen gehabt, mit dem ist sie aber auch schon nicht mehr zusammen."

Wütend blickte er vor sich hin.

„Aber wozu erzähle ich dir das eigentlich alles? Ach so ja. Wir waren ein paar Tage unten, ich baue da gerade einen Marmorkamin ein, und sie hat den Garten gepflegt. Wir sind zusammen gegen 23 Uhr losgefahren, ich habe sie in Bozen abgesetzt und noch einen Kaffee bei ihr getrunken. Gegen zwei Uhr in der Früh war ich todmüde zuhause."

Tappeiner nahm sich vor, das überprüfen zu lassen.

Obwohl er mit Martin Gufler zusammen zur Schule gegangen war und ihn fast sein ganzes Leben lang schon kannte, war er ihm – und dem Rest der Laaser Bevölkerung – nicht wirklich geheuer. Seine erste Ehe war sehr schnell beendet worden, gut, das Mädchen war damals auch noch sehr jung gewesen. Gerüchte hatte es damals gegeben in Richtung Schwangerschaftsabbruch. Dann war er jahrelang weg gewesen.

Nach der Öffnung der Berliner Mauer soll er sich in den GUS-Staaten herumgetrieben haben, hieß es. Man fand es bemerkenswert, dass Martin recht fließend Russisch sprach, und so wurde eben viel über ihn geredet. Man fragte sich, woher er das Geld hatte eine GmbH für die petrabianca zu gründen, und munkelte von einem dubiosen Hintermann.

Aber nur hinter vorgehaltener Hand, da Gufler seit zehn Jahren ein ernstzunehmender Arbeitgeber war. Über den Weg traute ihm trotzdem niemand so recht, allein seine Herkunft als echter Südtiroler ermöglichte dem Geschäftsmann eine gewisse Reputation.

Gufler führte jetzt zusammen mit dem Kommissar eine erste Begehung durch. Am Zugang zur Schrägbahn waren deutliche Blutspuren zu erkennen, und wenn man näher hinschaute, erkannte man auch eine zartrosa Spur auf dem schlammigen Boden, die vom Eingang hierherführte.

„Bloß nicht da drauftreten", warnte Tappeiner, doch Gufler war schon beiseite gegangen.

Sie hörten die Geräusche mehrerer Wagen vor dem

Bruch, laute Stimmen und ein Rufen nach Gufler. Die SpuSi war eingetroffen und packte sofort alle Instrumente aus. Während sich die Spurensicherung an die Arbeit machte, kam die Pathologin des Krankenhauses Schlanders oben im Bruch an. Sie bestätigte offiziell den Tod der Frau, wollte aber den Zeitpunkt des Todes nur sehr vage auf wahrscheinlich zwölf Stunden vorher festlegen.

Sie veranlasste die Überführung der Toten, die so schnell wie möglich ins Zentrallabor nach Bozen zur Koryphäe Prof. Dr. Lucrezia di Lorenzini gebracht werden sollte. Tappeiner konnte mit Gufler ins Revier fahren und das Protokoll aufnehmen.

„Würden Sie mir bitte noch einmal beschreiben, wie Sie die Leiche gefunden haben?", bat er, nachdem er alles Erforderliche aus den Schränken geräumt und auf seinen Tisch gestellt hatte. Sofort zickte Trixie los, die nun schon über eine Stunde keinen Joint mehr hatte genießen können.

„Ich weiß sowieso von nichts. Saß im Auto, hörte Musik und bin dann eingeschlafen!"

Bevor sie weiter zischeln konnte, sprach der Kommissar ein Machtwort, denn das Genörgele der seltsamen Frau ging ihm gewaltig auf die Nerven. Seit ihrer Ankunft hatte sie kaum den Mund gehalten, zu verstehen war sie schlecht, da sie nuschelte und einen deutschen Dialekt, Hessisch, sprach, den zu erfassen einem Südtiroler wirklich schwerfiel. Aber sie dachte gar nicht daran, Hochdeutsch zu sprechen.

„Frau Binder, Sie sind jetzt auch nicht gefragt. Ich möchte gerne von Ihrem Mann…".

Sofort unterbrach sie.

„Lebensgefährten", schrie Trixie beinahe schon, als wäre es eine Schande, verheiratet zu sein.

„… von Ihrem Lebensgefährten, der die Tote gefunden hat, hören, was er gesehen hat. Seinen Bericht und natürlich den von Georg."

Wütend funkelte er die kleine Frau an, die ihrerseits wenig Mühe hatte, seinem Blick nicht nur standzuhalten, sondern mit Genuss zu erwidern. Hansi meldete sich zu Wort.

„Also, wir wollten uns eigentlich ein wenig den Vinschgau anschauen, und wie wir da so an Laas vorbeifuhren, sah ich von Weitem die Schrägbahn. Ich interessiere mich für Technik, und da wollte ich mal gucken, was das für ein Gerät ist."

Er räusperte sich und blickte dabei zu Boden. Mit keinem Wort erwähnte er den wahren Grund, nämlich den Versuch, ein bisschen Marmor mitgehen zu lassen. Trixie sah unbeteiligt zum Fenster hinaus, aber man hätte meinen können, über ihrem Kopf steige eine dunkle Wolke auf.

„Als wir dann hinter dem Marmorlager nicht mehr weiterkamen, dachte ich, läufst mal ein paar Meter, vielleicht findet man einen Weg dorthin. Es schien ja nicht mehr weit zu sein. Tatsächlich war das auch so. Und kaum war ich da, sah ich..."

Hansi unterbrach sich, um nicht wieder zu erbrechen. Er schluckte mehrmals sehr stark und bekam von dem mitleidigen Kommissar ein Glas Wasser. Allerdings wusste Tappeiner nicht so genau, weswegen er mehr Mitleid haben sollte, wegen der misslichen Situation, in welcher der Deutsche steckte, oder wegen dessen Lebensgefährtin.

„Herr Krämer, ich denke, das reicht jetzt. Kurze Zeit später kam ja dann der Besitzer des Weißwasserbruchs dazu. Ab da gibt es also einen Zeugen. Ich muss Sie dennoch darüber aufklären, dass Sie, bis auf Weiteres jedenfalls, für uns auch als Täter in Frage kommen."

In den Augenwinkeln sah er es hämisch in den Augen der Pensionistin blitzen.

Was für ein Weib, dachte er bei sich, und urplötzlich völlig anders über seine Angetraute, über die er sonst gerne schimpfte. Die war ein Engel dagegen. Krämer schien in Minuten einige Zentimeter geschrumpft zu sein. Tappeiner fuhr fort.

„Von daher muss ich Sie bitten, für uns verfügbar zu bleiben, bis der Todeszeitpunkt genau feststeht und sich dann bei Ihnen ein Alibi einstellt. Ihre Lebensgefährtin sollte, muss aber nicht im Lande bleiben."

Kaum waren diese Worte seinem Mund entsprungen, hätte er sich dafür ohrfeigen können – aus männlicher Solidarität. Für einen Bruchteil von Sekunden hatte Trixies Gesicht eine regelrechte Fratze überzogen, die kaum noch menschlich zu sein schien. Dann hatte sie sich wieder im Griff – und gleich darauf ihren Freund, den sie schweigend mit sich aus der Wache zog. Krämer hatte alle Angaben gemacht und auch seine Mobilnummer hinterlassen. Er konnte nun gehen.

Während Martin Gufler noch immer mit völlig bewegungsloser Miene an die Wand gelehnt saß, fragte sich Georg Tappeiner, wie es solche Frauen wohl fertigbrächten, einen Mann auf Dauer bei sich zu halten. Guter Sex? Automatisch schüttelte es ihn. Nein, das kam wohl am allerwenigsten in Frage.

Er wandte sich – noch immer ein wenig kopfschüttelnd – an seinen alten Schulfreund. Der schaute ihn durchdringend an und wiederholte eine Frage, die er schon an der Rampe der Schrägbahn gestellt hatte:

„Georg, bitte, der Fundort der Leiche ist doch gar nicht der Bruch, sondern liegt unten an der Bahn. Lass mich bitte weiterarbeiten, sonst kann ich einpacken. Die letzten Jahre liefen schlecht, und – wie du weißt – bekriegen uns die Göflaner seit Urzeiten.

Die Frau vom Schlanderer Bürgermeister ist eine von Göflan, der unterstützt deshalb nur noch den Marmorabbau von dort. Jetzt habe ich endlich wieder einen wirklich lukrativen Auftrag bekommen und dann das! Du kannst mir den Bruch nicht zumachen", befahl er schon beinahe, während seine Stimme schwankte.

Sie klang in diesen wenigen Sätzen nach Bitte, nach

Verzweiflung, dann wieder nach Anordnung. Hin- und hergerissen wirkte er genau wie ein Schauspieler, der keine klaren Regieanweisungen bekommen hatte und nun improvisieren musste.

„Tut mir aufrichtig leid, Martin, aber der Bruch ist sehr wahrscheinlich der Tatort. Bis wir das geklärt haben und die SpuSi fertig ist, geht gar nichts. Könnt ihr nicht woanders weitermachen? Das Gebiet ist doch groß genug?"

Gufler sah aus, als wüsste er nicht, ob er lachen oder weinen sollte.

„Soll ich rüber nach Göflan fahren und fragen, ob wir dort ein bisschen sprengen können? Ja? Mensch, Georg, du bist doch von hier, du solltest wissen, was geht und was nicht geht!" Er stand breitbeinig wie John Wayne mitten in der Wache, in der das Telefon nicht mehr stillstand. Der „Rosengarten" hatte bereits irgendwie Wind von der Sache bekommen, ein Mitarbeiter war auf dem Weg von Meran nach Laas.

„Martin, mir sind die Hände gebunden – basta. Um ehrlich zu sein, glaube ich sowieso nicht, dass wir hier oben den Fall weiter behandeln werden, unser Revier ist viel zu klein. Und wir haben auch keine Mordkommission. Vertröste deine Amerikaner irgendwie, schieb's auf die Italiener, die wieder einmal streiken, irgendwas in der Art."

„Sicher, das macht mich als Unternehmer in Europa natürlich gleich viel seriöser, wenn ich nicht liefern kann, weil meine Leute die Arbeit niedergelegt haben. Mir ist das auch völlig wurscht, wer von euch ermitteln darf und wer nicht. Wenn mir dieser Deal durch die Lappen geht, kann ich einpacken, und alle da oben gleich mit. Laas wird arbeitslos!", drohte er, als befände er sich im Wahlkampf.

„Bitte gib' jetzt alles zu Protokoll, was da oben passiert ist, als du an der Schrägbahn angekommen bist, dann kannst du gehen", erklärte Tappeiner dem Gufler.

Für den Augenblick beruhigte sich der Marmorbruchbesitzer wieder und protokollierte exakt alles, was geschehen war. Währenddessen meldete einer der Mitarbeiter Tappeiners die Vorgänge nach Meran. Kurze Zeit später kamen ein Reporter und ein Fotograf von der Tageszeitung im beschaulichen Städtchen an.

ACHT

Lolita Mitteregger zeigte sich aufrichtig schockiert, was bei ihr selten genug vorkam. Von den Kollegen aus Schlanders waren die Unterlagen über den Mord im Steinbruch gekommen, bei dem noch so vieles rätselhaft erschien. Vor allen Dingen war zur Stunde die Identität des Opfers unklar. Die Pathologin in Bozen ließ sich immer reichlich Zeit und konnte nur dann erfolgreich bestimmen, um wen es sich handelte, wenn im zertrümmerten Schädel genügend Zähne übriggeblieben waren oder wenn die DNS des Opfers mit irgendeiner Datenbank abgeglichen werden konnte.

Die Fotos mochte sich Lolita nicht anschauen, es reichte ja, wenn Ohnewein dies tat.

„Was für ein komischer Fall", ließ der sich hinter seinem Rechner vernehmen.

„Was ist bloß los in unserem friedlichen Ländchen?" Man sah von ihm nicht mehr als einen dunklen Haarschopf, den er sich, warum auch immer, mit Gel zur Mitte hin aufrecht gekämmt hatte. Lolita vermutete nicht zu Unrecht, dass er dadurch jünger wirken wollte. In Wirklichkeit sah er damit lächerlich aus, nur traute sich niemand, ihm das zu sagen. Einer hätte es wohl gewagt, Marini.

Doch seit Hias aus Rom zurück war, hatte der ihn so noch gar nicht gesehen.

„Als ich an Carrara vorbeigefahren bin, dachte ich noch an die schöne weiße Kaiserin von Österreich, und schon haben wir einen Mord, der mit Marmor zu tun hat“, sinnierte das dreieckige Haarzelt über dem Rechnerrand. „Ich sag‘s doch immer, du bist halt ein Magier“, grunzte es hinter dem Computer hervor, der ihm gegenüberstand. Von Lolita sah man nur einen goldenen Dutt und eine perfekt manikürte Hand mit metallicblauen Fingernägeln an der Maus. „Gnnn“, kam es zurück, und die Kommissarin bemerkte, wie Oberweins Arm in Richtung Telefon kroch. Dann wählte er.

„Jo, pfiati, Losso“, sagte er, „sag, ist der Chef im Haus, ich täte ihn gerne sprechen wollen!“ Aha, dachte die zierliche Blondine, ich wusste es doch, der Marini und der Hias sind neuerdings die besten Freunde. Na, wartet, ihr zwei. Die führen bestimmt etwas gegen mich im Schilde. Im Geiste steigerte sie sich immer mehr in ihre Wahnvorstellung hinein, die beiden Polizisten könnten ausschließlich im Sinne haben, sie aus dem Dienst zu katapultieren. So bekam sie kein Wort davon mit, was Ohnewein tatsächlich von seinem Kollegen wollte. Carmine Losso, die mittlere der „drei Orgelpfeifen“, wie die Besatzung der Carabinieri-Station Petrarcastraße in Meran genannt wurden, wollte diensteifrig wie immer sein.

„Si, Signore Commissario, er ist da. Momento, ich hole ihn“, brüllte er in den Hörer, so als wäre Matthias Ohnewein schwerhörig. Dabei wollte er nur den Eindruck einer gewissen Geschäftigkeit erwecken und somit vermeiden, dass der Kollege von der Polizia etwas dachte, was er gar nicht dachte, nämlich, sie könnten mit Kaffeetrinken beschäftigt sein. In der Tat hatte der Kleine, Toni Scarpone, gerade die leeren Espressotassen wieder in die Bar nebenan gebracht, während sich

Marini schmunzelnd den Bericht zweier Elfjähriger anhörte. Sie hatten auf verlassenem Militärgelände Unrat und Müll gefunden, ihn eingesammelt und die Verschmutzung anschließend hier gemeldet.

Als Marini die beiden darauf aufmerksam machte, dass sie sich auf unbefugtem Gelände aufgehalten hatten, wurden sie puterrot. Ein Lob bekamen sie dennoch und zogen ein wenig belämmert von dannen. Losso fuchtelte mit seinem Hörer, deutete auf Marini und stellte dann durch.

„Hoi, Kollege", meinte Marini gut gelaunt, „zurück aus der ewigen Stadt, hast jetzt deutlich an Profil gewonnen?"

Dass sein Kalauer kein Geniestreich war, wusste er, und so erwartete er keine Antwort.

„Oh, Franco, deine Witze waren auch schon mal intelligenter, so etwas hätte ich eher von unserer Bienenkönigin erwartet", gab Ohnewein mit Blick auf Lolita zurück.

Die allerdings war mit dem Betrachten verschiedener Wellnesshotels im Trentino beschäftigt, ihr Urlaub stand demnächst an.

„Mi dispiace, der musste einfach raus. War es denn interessant?"

„Ja, sehr sogar. Möchte dir gerne einiges darüber erzählen, nur: Wir haben schon wieder einen Fall, diesmal aus dem oberen Vinschgau."

Marini wunderte sich ein wenig, denn eigentlich war das nicht sein Problem, nicht seine Baustelle.

„Ich würde dich gerne inoffiziell mit einweihen", fuhr Ohnewein fort, „mir ist dein Rat wirklich lieb und teuer!"

Marini war regelrecht gerührt.

„Natürlich, Matthias, gerne, was kann ich für dich tun?"

„Hast du Zeit, könnten wir uns zusammen hinsetzen, oder noch besser, vielleicht zusammen nach Schlanders fahren?

Unterwegs erzähle ich dir dann, was passiert ist und was wir inzwischen wissen."

Der Maresciallo überlegte nur kurz. Sie würden ganz sicher eine Möglichkeit finden, dies offiziell zu begründen, und daher sagte er spontan zu. Ohnewein setzte sich in seinen Dienstwagen und ließ Marini in der Petrarcastraße einsteigen. Auf der Fahrt erzählte er von der schrecklich zugerichteten Leiche und dem erstaunlichen Fundort. Am meisten aber machte ihm zu schaffen, dass sie noch immer keine Ahnung hatten, wessen Leiche der deutsche Tourist da oben gefunden hatte.

NEUN

Dieser Umstand änderte sich rasch. Dottoressa Lucrezia di Lorenzini hatte gerade in Meran angerufen, um mitzuteilen, aufgrund des vorhandenen Zahnbestandes sei eindeutig zu belegen, dass es sich bei der Toten um Monica Kofler handele.

Lolita Mitteregger zeigte sich bestürzt. Monica war in der Provinz nicht nur bekannt wie ein bunter Hund, sondern für viele Menschen, besonders für die jüngeren, geradezu ein Vorbild. Viele Südtiroler bewunderten ihren Mut und ihr Selbstvertrauen, in einer solchen Situation nicht aufzugeben, sportlich zu bleiben und auch noch Ehrgeiz zu entwickeln.

Lolita selbst war sehr um Sportlichkeit bemüht, alleine schon, um ihre Figur zu bewahren, und natürlich kannte auch sie das Schicksal der jungen Frau. Unweigerlich dachte sie an ihren Kollegen Matthias, der selber Kinder in Monicas Alter hatte.

„Dio mio", entfuhr es ihr, „das darf ja wohl nicht wahr sein!"

Als Polizistin musste sie eine gewisse Professionalität bewahren, und sicherlich war sie durch ihre Karriere bei der

Polizei mit der Kriminalität stärker auf du und du als andere Sterbliche, aber Mord berührte sie noch immer. In diesem Falle fehlten ihr förmlich die Worte.

Lolita war sehr blass geworden. Schnell schrieb sie Ohnewein eine Nachricht aufs Diensthandy und ging dann zu ihrem Chef, um ihn zu unterrichten. Hubert Pixner saß in seinem luftigen Büro und schrieb eifrig auf einer alten Schreibmaschine. Seit er sich im Schreibmaschinenmuseum in Partschins über den Erfinder Peter Mitterhofer informiert hatte, war dies – neben seiner Vorliebe für Apes – zu seiner neuen Leidenschaft geworden. Auf der Maschine verfasste er beinahe täglich Leserbriefe in Sachen Energiesparen, die häufig sogar abgedruckt wurden.

Er war ein freundlicher, mittelalter Mann mit einer Haarpracht, die ihn eher als Rocklegende auswies denn als Oberhaupt der Meraner Stadtwache. Als er aufblickte, funkelten seine grün-blauen Augen unter den dichten dunkelbraunen Brauen. Er war glattrasiert, das war ihm wichtig, und stets in Jeans und Oberhemden gekleidet. Niemals sah man ihn ein T-Shirt oder gar Polohemd tragen, wodurch seine sehr geraden und breiten Schultern besser zum Ausdruck kamen. Ein sehr männlicher Mann.

„Ja, die Madame“, lächelte er völlig ohne Ironie. Pixner war immer zuvorkommend und hatte ein so zutrauliches Gesicht, dass manche Leute dachten, er würde immerzu lachen.

Das hatte in der Vergangenheit häufig zu absurden Situationen geführt.

„Was gibt es Neues, dass du direkt zu mir kommst“, wollte er wissen.

„Hias ist auf dem Weg nach Laas, Chef, und Lucrezia rief gerade an. Wir wissen jetzt, wen es da oben erwischt hat.“

Sie schluckte, konnte nicht zu Ende sprechen. Dies nahm der sehr sensible Pixner sofort wahr, und es überraschte ihn, war doch Lolita bisher mehr durch forsches bis unverschämtes Auftreten aufgefallen, aber ganz bestimmt nicht durch ihre übergroße Empathie. Er blickte ihr aufmunternd in die Augen, in denen es verdächtig glitzerte. Tatsächlich hielt sie in der linken Hand ein zerknülltes Papiertaschentuch, mit dem sie sich gleich schnäuzte. Lange hatte sie dem Blick des Chefs nicht standhalten können.

Sie wusste sehr genau, dass er die Fähigkeit hatte, innerhalb kürzester Zeit in Menschen hineinzuhorchen. Zusammen mit seiner Genauigkeit, die fast schon an Penibilität grenzte, und hoher Professionalität hätte er – gemessen an seinen Fähigkeiten – schon längst in einer hohen Position im Ministerium sitzen müssen. Doch dazu wäre auch ein bestimmtes Maß an Korruption vonnöten gewesen, derer sich der äußerst geradlinige Mann verweigerte. Dann lieber im gemütlichen Meran bleiben, Dreirädchen, Vespas und anderes Fahrzeug reparieren, gemütlich seinen selbstgebrauten Apfelmost trinken und im heimischen Garten mit seiner fröhlichen Frau Gemüse anbauen.

Er und Elena, eine feinfühlige Psychotherapeutin, die privat kunterbunte Quilts nähte, waren in der ganzen Stadt für ihre harmonische Ehe bekannt. Natürlich mochte Lolita sie nicht, sie war ihr zu präsent im Auftreten, zu sehr in sich ruhend und dadurch kaum angreifbar. Zu nordisch ihre Schönheit, die sie von ihrer schwedischen Mutter geerbt hatte. Hubert beobachtete Lolita für einen Bruchteil einer Sekunde und eine dunkle Ahnung stieg in ihm auf. Nachdem Lolita ihn über die Erkenntnisse des Pathologen aufgeklärt hatte, verfiel sie wieder in ihr eigenartiges Schweigen. Pixner ermunterte sie weiterzusprechen.

„Was hast denn, Mittereggerin“, versuchte er es ein wenig zu jovial, wie er gleich bemerkte, als sie beinahe versteinerte.

„He, Kollegin, das geht dir nahe, das merkt man. Ich finde es auch immer wieder von Neuem schrecklich, wenn ein so junger Mensch uns verlässt. Und dann auch noch auf eine solche Art und Weise."

Es fing an ihn zu reizen, den wahren Grund für ihre Trauer herauszufinden, und so wechselte er in einen auffordernden Plauderton. Sie stieg darauf ein. Seiner einladenden Geste Folge leistend setzte sich die sehr schlanke Frau auf den runden Arbeitshocker mit schraub- und verstellbarer Höhe, der vor Pixners altem, schwerem Bauerntisch stand. Es war das Privileg des Chefs, sein Büro so einzurichten, wie er es mochte. Und da er eine nicht unwesentliche Zeit hier verbrachte, legte er einen gewissen Wert auf seine Umgebung. Der Hocker war vor unzähligen Jahren einmal rot gewesen, Farbreste ließen das erkennen.

Hubert Pixner hatte ihn sorgfältig abgelaugt und geschliffen, so dass man das interessant maserierte Holz gut erkennen konnte. Nicht jeden Besucher freute das eher ungemütliche Möbel, der leichten Lolita machte es nicht aus. Im Gegenteil. Gekonnt schlug sie ihre gebräunten Beine übereinander und setzte sich kerzengerade hin.

Als ob sie geahnt hätte, was der heutige Tag bringen würde, war sie – was bei ihr wirklich selten vorkam – ganz in Schwarz gekleidet. Es war ja noch warm, und so trug sie ein leichtes Sommerkleid und ein ultrakurzes Jäckchen. Es bedeckte im Wesentlichen ihre Arme und Schultern und schloss auf dem Rücken in Höhe der Lungen ab. Dadurch wurde ihre Taille in dem enganliegenden Kleid betont.

Ebenfalls schwarze Espadrillen bewirkten, dass sie nicht overdressed fürs Büro wirkte. Schmuck trug sie nicht – mit Ausnahme einer kleinen goldenen Armbanduhr. Unsicher legte sie ihren rechten Unterarm über ihren Bauch, krümmte sich etwas und schaute Pixner endlich an.

„Ich habe sie letztes Jahr an der Passerpromenade getroffen, weißt, beim Wildwasserslalom. Sie war ganz fasziniert.

Doch statt traurig zu sein, dass sie nicht mitfahren konnte, überlegte sie, wie sie ein Kanu umbauen könnte."

Beide schwiegen betroffen, Pixner aufgrund der Überlegung, wie er nun das Gespräch fortführen sollte. Denn eigentlich war der weitere Ablauf völlig klar. Irgendetwas jedoch ließ ihn zögern. Schließlich räusperte er sich und sagte schließlich mit tiefer und leiser Stimme: „Trotzdem, Lita, es bleibt uns nichts anderes übrig, als nun zuerst einmal zu ihren Eltern zu fahren. Hias ist nicht da, deshalb ist das deine Aufgabe."

Lolita guckte erschrocken zu ihm und mehr und mehr nahm ihr Gesicht einen Ausdruck von Angst an.

„Hubert, ich kann nicht", druckste sie.

Sie fühlte sich noch unwohler als vorhin schon, wusste sie doch sehr wohl, dass es ihr Job war, die Eltern zu benachrichtigen.

„Du musst ja nicht alleine hinfahren. Von Hias weiß ich, dass ihr in gutem Kontakt mit den Karpf (Carabineri) um Maresciallo Marini steht. Warum nimmst nicht einfach den mit?" Lolita begann sich auf dem Hocker zu winden.

„Ja, der Hias kann gut mit ihm, aber ich… ich finde ja, dass er ein Frauenfeind ist!"

Nun hätte Pixner beinahe gelacht. Ganz Meran wusste, was für ein Casanova Marini war, ein charmanter noch dazu. Der und Frauenfeind?

Eher das Gegenteil würde er vermuten. Oder meinte sie das womöglich? Er würde zuhause Elena dazu befragen, sie war in Sachen Feminismus deutlich bewanderter als er.

„Kollegin", sprach er weiter, „ich merke schon, wie unangenehm dir das ist, aber wir können wirklich nicht warten, bis der Ohnewein wieder aus dem Vinschgau zurückgekehrt ist."

Wie ein geprügelter Hund erhob sich die Kommissarin, nickte ihrem Chef zu und verließ sein Büro. Pixner schaute ihr nachdenklich hinterher. Sie hielt ihren grazilen Rücken zwar gerade, aber er verspürte eine große Traurigkeit, die direkt aus ihr herauszukommen schien. Also nahm er sich vor, bei Gelegenheit einmal mit Matthias Ohnewein zu sprechen.

Doch die Arbeit ging vor. Sich auf diese Weise ein wenig selbst belügend setzte er sich an seine Schreibmaschine und schlug in die Tasten. Er wollte unbedingt erklären, warum man beim Benutzen der Rückantwort bei E-Mails eine riesengroße Menge an Datenmüll produzierte, der dann ständig hin und her geschickt wurde.

ZEHN

Es klingelte an der schweren Eichenholztür der Koflerschen Villa in St. Pauls. Das schöne Dorf, das über die Grenzen Südtirols für seinen hervorragenden Wein bekannt war, lag malerisch zu Füßen von Schlosshotel Korb vor den Toren Bozens und galt als Zugang zur Südtiroler Weinstraße. Marius Kofler, Erbe des riesigen, dreihundert Jahre alten Weinguts und ausgebildeter Winzer, war Mitglied der SVP (Südtiroler Volkspartei) mit Ambitionen, Landeshauptmann zu werden. Seit über zehn Jahren baute er seine Weine ökologisch an und war damit vielen Kollegen ein Dorn im Auge. Doch nicht nur das.

Vor dem Hintergrund ihrer gemeinsamen Familiengeschichte engagierte er sich zusammen mit seiner Frau Linda, einer Sport- und Erdkundelehrerin, stark für mehr Rechte für Behinderte, für ihre bessere Eingliederung in die Gesellschaft.

Ein großes Thema in Italien, wo „fare-la-bella-figura" so wichtig war wie der Espresso nach dem Essen. Viele fragten sich, warum er nicht bei den „Grünen" sei, schien er doch dort in Anbetracht seiner nach außen gezeigten Gesinnung deutlich besser aufgehoben zu sein. Doch Marius war auch ehrgeizig. Mit der Ökopartei hätte kaum Aussicht bestanden, die Provinz zu führen. Außerdem verpflichtete ihn eine gewisse Familientradition, denn auch sein Vater war Parteimitglied gewesen. Linda stand alldem recht kritisch gegenüber.

Ihr waren Nachhaltigkeit, Naturschutz, vegane Ernährung und Beschäftigung mit Spiritualität äußerst wichtig. Besonders für ihre Tochter, vom Charakter her eine echte Kofler, wie alle fanden, stellte dies einen wohltuenden Ausgleich dar. Nur ihre Mutter wusste, dass sie sich wiederholt mit höherem Bewusstsein auseinandergesetzt hatte.

Marius hätte sie ausgelacht. Sie, deren erfolgreiche Teilnahme an den Paralympics allein ihrem Ehrgeiz und natürlich ihrer sportlichen Begabung zu verdanken war, und buddhistische Weisheiten, das Beten von Mantras, während Räucherstäbchen verglühten? Marius hätte das niemandem geglaubt, daher behielt Linda das Wissen über die esoterische Seite ihrer Tochter für sich.

Monica war dadurch ein wenig zwiegespalten.

Sie suchte nach sich selbst, fuhr oft mit dem Edelrolli im Vinschgau spazieren und besuchte dabei eine in Göflan beheimatete heilkräuterkundige Frau namens Elisabeth Premstaller. Ihr uraltes Wissen und die sie umgebende Aura waren schon alleine Balsam für die Seele der jungen Frau, die sich so oft erklären musste und ständig angegafft wurde. Hier durfte sie sein, wie sie wirklich war.

Das tat ihr gut. Manchmal schwiegen die beiden einfach zusammen über einer der sehr außergewöhnlichen Teemischungen Elisabeths. In deren – wie Monica immer sagte – „Wundergarten“ traf sie vor einem guten Dreivierteljahr – mitten im Winter also – Bernie Gurtschler, einen Imker, der sie dank seiner saphirblauen Augen sofort faszinierte. Er war ein eher kleiner, ein wenig schmächtiger Mann, hatte aber kräftige sehnige Arme.

Diese stammten, wie er ihr erzählte, aus den Zeiten, in denen er als Drummer einer kleinen Pop-Band unterwegs gewesen war. Sie spielten Songs aus Filmen von Bud Spencer und Terence Hill und waren damit recht erfolgreich. Monica liebte diese Filme, und deshalb hatte Bernie gleich einen Stein bei ihr im Brett. Da sie neben dem Sport Musik am meisten brauchte und er eine eigenhändig gebaute Stereoanlage nebst riesiger Plattensammlung sein Eigen nannte, hatten sie sogleich ohne Ende Gesprächsstoff. Auch Spiritualität interessierte ihn, seine Bienenerzeugnisse verfeinerte er gerne auf Anweisung Elisabeths mit deren Kräutern. Für alle Beteiligten eine richtige Win-win-situation.

Bernie war ein alter Freund und ehemaliger Nachbarsjunge Elisabeths, beide waren im Martelltal aufgewachsen. Noch heute schwärmten sie von den wunderbaren Erdbeeren, die es dort bis hoch in den Herbst zu ernten gab. Elisabeths Bruder hatte später ein Mädchen aus Göflan geheiratet, und so war sie nach dem Tod ihrer Eltern auch dorthin gezogen. Elisabeth kannte sich nicht nur mit der artenreichen Kräuterwelt der Alpen aus, etwas, was sie von ihrer Mutter gelernt hatte, sondern wusste auch um die besonderen Heilkräfte der süßen Früchte ihres Heimattals.

Dieses Wissen allerdings behielt sie für sich, während sie ansonsten für Kräuterwanderungen und Lehrgänge gut gebucht war. Sie belieferte die anspruchsvollen Südtiroler Köche, die ihre Speisen gerne nach alten Rezepten und mit einheimischen Produkten zubereiteten oder ersatzweise Altes mit Neuem mischten. Die Qualität der Nahrungsmittel allerdings musste stimmen. Als Bernie Gurtschler zum Imker umsattelte, statt Erdbeerbauer zu werden, war sie es gewesen, die ihn massiv in seinem Entschluss unterstützte. Vor etlichen Jahren waren sie sogar einmal ein Paar gewesen, bis Elisabeth merkte, dass es für sie Wichtigeres im Leben gab als die Liebe zu einem Mann, nämlich die zum Universum.

Bernie hatte daraufhin enttäuscht Irene genommen, die ein paar Jahre ältere Tochter vom Dorfbäcker, die schon immer etwas Besseres hatte sein wollen. Aus diesem Grund war sie nach der Mittelschule zu ihrer Tante nach Meran gezogen und hatte dann eine Lehre als Zahntechnikerin absolviert. Dem im Vergleich zu den anderen Bergbauernbuben zarten Bernie war sie bereits seit Mädchenzeiten zugetan gewesen. Und sie erreichte so gut wie immer, was sie wollte. So versüßte sie Bernie den Liebeskummer mit ein paar heißen Stunden auf der Alm, mitten zwischen den Erdbeerpflanzen. Die Frucht ihres Leibes ließ nicht lange auf sich warten, und Bernie tat seine Pflicht mit der folgenden Heirat.

Irene entdeckte nach einigen Ehejahren durch einen unglaublichen Zufall eine Ader an Bernie, die sie für sich auszunutzen begann.

Eines Tages – er machte gerade Sit-Ups, weil er einen leichten Bierbauch bekam – stand sie neben ihm. Einer plötzlichen Eingebung folgend forderte er sie auf, sich auf ihn zu stellen. Die magere Frau wog kaum fünfundvierzig Kilo, Bernie konnte es ertragen. Eine jahrelange Sucht begann, und sie hatte sogar einen Namen, „trampling“, wie sie später erfahren sollten. Über vierzig verschiedene Schuhe erwarb das Paar nur für diesen Zweck.

Irene hatte endlich geschafft, jemanden vollkommen zu unterjochen.

Bis sie den Spaß daran verlor beziehungsweise verlieren wollte, weil es Bernie schließlich, trotz der Schmerzen, Genuss bereitete. Und das war ja nicht ihre Intention, vielmehr wollte ihn leiden sehen.

In der Tat litt er unter dem Entzug, denn er brauchte seinen Fetisch. Das Internetzeitalter brach herein, und damit kamen wenigstens Filme, die er sich anschauen konnte. Außer Irene kannte einzig Elisabeth sein Geheimnis, und sogar noch ein weiteres, das ebenfalls mit Schmerz zu tun hatte. Manchmal ließ er sich von den Bienen in die Brustwarzen stechen, welche dann anschwollen. Er befestigte Wäscheklammern an ihnen, sie wurden mit der Zeit beinahe so groß wie die einer Frau.

Sein größter Wunsch war es, eines Tages jemanden mit wirklich kräftigen Händen zu finden, Hände, die in der Lage sein würden, seine Brustwarzen beinahe zu zerquetschen. Er würde im siebten Himmel sein, davon war er überzeugt.

Dann sah er Monica. Doch nahm er gar nicht so sehr sie wahr als vielmehr ihre Hände, die durch den Gebrauch des Rollis stark wie Männerhände geworden waren. Dachte er. In Wirklichkeit jedoch war es ihr Sport, der ihr diese kräftigen Hände geschenkt hatte. Ein sehr gefährliches Spiel nahm seinen Lauf. Monicas Eltern hätten niemals geahnt, dass es eine solche Variante des Sado-Masochismus überhaupt gab, und schon gar nicht, dass ihre strebsame Tochter so etwas praktizieren könnte. Marius Kofler kam aus seinem Büro aus dem hinteren Teil des Hauses, Linda war in der Schule. Er öffnete die Türe und sah zu seiner Überraschung dort den Chef der Meraner Stadtpolizei in Begleitung eines Carabiniere stehen.

„Marius“, sagte Pixner ernst, „wir müssen dir leider eine schlechte Nachricht überbringen. Dürfen wir hereinkommen?“

Kofler schaute von dem einen Mann zum anderen. Pixner war relativ groß – über 1, 80m – und trug über seiner üblichen Jeans-Oberhemd-Kombination ein steingraues Jackett. Der Carabiniere wirkte sehr italienisch, deutlich kleiner, sehr dunkel, mit wachen, aber beinahe noch kindlichen Augen. Es handelte sich um Toni Scarpone auf seinem ersten derartigen Einsatz.

Scarpone war ziemlich froh, den von ihm bewunderten

„Obercommissario“ begleiten zu dürfen. Der hatte auf der Wache angerufen und erklärt, dass Ohnewein gerade beim Tatort und die Kommissarin Mitteregger von einer plötzlichen Migräne befallen worden sei. Also sprang er persönlich ein, nur wollte er diesen leidvollen Besuch nicht alleine machen. Pixner war sauer, was er sich aber nicht anmerken ließ. Die Sache mit Lolita würde noch ein Nachspiel haben.

Er folgte mit dem jungen Carabiniere dem Hausherrn ins Innere der Villa, wo letzterer ahnungsvoll stehen blieb. Um seine aufkommende Angst zu überspielen, brach er in einen Wortschwall aus.

„Ihr wisst, dass wir seit gestern unsere Tochter vermissen?“, fragte er, wartete die Antwort aber nicht ab und sprach gleich weiter.

„Meine Frau und ich haben noch keine Vermisstenanzeige aufgegeben, weil Monica gelegentlich während ihrer Ausflüge bei Freunden übernachtet. Gewöhnlich ruft sie an oder schickt uns wenigstens eine Nachricht. Manchmal verzichtet sie darauf, es handelt sich um eine Art Trotzreaktion: Da schaut her, ich komme auch so zurecht. Komisch ist nur, dass ihr Handy anscheinend aus ist. Eine Weile ging noch die Mailbox an, aber auch die ist seit einigen Stunden ausgeschaltet.“

Er bemerkte die zerknirschten Gesichter der beiden Beamten und fragte: „Ihr seid wegen ihr hier? Was ist passiert?“

Langsam dehnte sich in seinem Herzen so etwas wie eine grausame Gewissheit aus, von Furcht konnte keine Rede mehr sein. Pixner, der glücklicherweise solche Gespräche noch nicht allzu häufig hatte führen müssen, ergriff das Wort.

„Es tut mir ausgesprochen leid, dir mitteilen zu müssen, dass in Laas eine Frauenleiche gefunden worden ist. Es handelt sich eindeutig um deine Tochter. Die Pathologie hat das herausgefunden. Kommissar Ohnewein ist auf dem Weg zum Tatort, und irgendwie hat die Presse auch schon Wind von der Sache bekommen. Allerdings wissen die Reporter noch nicht, um wen es sich bei dem Opfer handelt. Diesbezüglich habt ihr noch etwas Zeit, euch vorzubereiten. Mein ehrliches Beileid, Marius."

Kofler schien gar nicht mehr im Raum zu sein, seine Augen blickten über die beiden Männer hinweg ins Unendliche. Dann drehte er sich um, lief ein paar Schritte in die durchgestylte Küche und riss die Tür des riesigen amerikanischen Kühlschranks auf. Er griff sich eine angebrochene Flasche Weißwein, entstöpselte sie und kippte den Rest mit einem Zug hinunter. Toni Scarpone schaute verlegen auf den Boden, und Pixner stand da wie ein Ölgötze, bewegungslos.

Ein Schlüssel war im Schloss zu hören, dann kam Linda herein. Mit einer Intuition, wie sie nur eine Mutter haben, kann erfasste sie augenblicklich die Situation und auch deren Zusammenhang. Sie ließ die beiden Polizisten links liegen und schritt direkt zu ihrem Mann. Er nahm sie in den Arm, und leises Schluchzen war zu hören.

Pixner räusperte sich.

„Linda, Marius, ihr beide müsst euch zu dem Vorfall äußern. Es war definitiv kein Unfall, auch das muss ich euch leider mitteilen. Ich schlage vor, Tenente Scarpone und ich entfernen uns jetzt. Wollt ihr später aufs Revier kommen, oder soll einer von uns zu euch kommen?" Marius war gerade noch fähig, den Kopf zu schütteln, was der Polizeichef als „Nicht-nach-Meran kommen" deutete.

„Bene, ich melde mich in wenigen Stunden, oder einer meiner Kommissare, und dann vereinbaren wir etwas. Wir finden hinaus."

Er fasste den Carabiniere leicht am Ellbogen und zog ihn beinahe mit sich hinaus. Schweigend gingen sie zum Dienst Alfa Romeo, wo Toni hinter dem Steuer Platz nahm. Er war recht blass. Pixner klopfte ihm vorsichtig auf die Schulter und lobte ihn.

„Hast gut gemacht, junger Mann. Ich habe jetzt einiges zu klären, fahren wir zurück!" Toni ließ den Motor unabsichtlich etwas aufheulen, erschrak sich dadurch und fuhr dann sehr langsam aus der kleinen Straße auf die Hauptstraße, wo er Gas gab. Eine halbe Stunde später erreichten sie die Passer.

ELF

Nachdem Matthias Ohnewein den Motor abgestellt hatte, befreite er sein Diensthandy aus der verbeulten Hosentasche. Während der Fahrt hatte er Marini aufgeklärt, auch über den abscheulichen Zustand der Leiche. Sie wollten kurz dem Kollegen in Schlanders Hallo sagen und dann gleich zum Fundort fahren. Franco Marini war schockiert und begann bereits im Kopf die verschiedenen Möglichkeiten durchzuarbeiten. Doch solange sie noch nicht einmal wussten, wessen Leiche sie überhaupt gefunden hatten, blieb das Alles im sehr weiten Feld einer sehr ungenauen Spekulation.

Marini bemerkte, dass eine SMS von seiner reizenden Kollegin Lolita eingetroffen war. Er ahnte nichts Gutes und öffnete die Nachricht. In aller Eile überflog er den Text, wischte über die Oberfläche des Geräts und steckte es sehr nachdenklich wieder in sein Versteck. Freundschaftlich legte er dem Kollegen von den Carabinieri, der ihn mit größter Neugierde beobachtete hatte, die Hand auf den Oberarm. Marini sah Betroffenheit in Ohneweins Augen, aber auch so etwas wie Ratlosigkeit.

„Franco, di Lorenzini ist sicher hundertprozentig sicher: Da oben liegen die Überreste von Monica Kofler."

Marinis Augen wurden rund, und er sagte wenig klug: „Nein".

„Doch, die Tochter vom Landeshauptmann in spe, Marius Kofler."

„Also die Paralympics-Sportlerin – das ist jetzt heftig."

Während sie sprachen, hatten sie mit langsamen Schritten die Wache betreten. Hier kam ihnen weniger langsam Georg Tappeiner entgegen.

„Gut, dass ihr da seid. Mir wächst die Sache langsam über den Kopf. Irgendwie war der „Rosengarten" schneller als ihr, und seit einer Stunde klingelt mir das Telefon schier das Hirn aus dem Kopf".

Der etwas rundliche Mann hatte Schweißtropfen auf der Stirn.

„Wir sollten eigentlich eine Pressekonferenz einberufen, denn wir wissen jetzt, um wen es sich handelt. Nur finde ich das gerade reichlich ungünstig, wir sollten uns unbedingt zuerst beraten, wie wir weiter vorgehen", gab Marini zu bedenken.

„Ach, schon?".

Mehr konnte Tappeiner nicht sagen, denn tatsächlich schepperte es in seinem Büro ohne Ende.

„Das wird einen Skandal geben, Georg, und wir müssen sehr gut vorbereitet sein. Es handelt sich um die Tochter vom SVPler Marius Kofler, diese behinderte Sportlerin. Lorenzini ist eine höchst selten vorkommende Backenzahnstellung bei ihr aufgefallen. Etwas, was nur wenige Zahnärzte behandeln können. Sie tippte einfach richtig – schon der erste, dem er die Unterlagen schickte, war ihr Arzt."

Tappeiner war von Ehrfurcht erfüllt, aber auch voller Furcht vor der Presse. Marini und Ohnewein schauten sich kurz an. Auch ohne Worte war ihnen klar, was zu tun war. Ohnewein fragte:

„Ist die SpuSi denn oben schon durch, und vor allem, konntet ihr verhindern, dass die Reporter da oben rumschnüffeln?"

Tappeiner antwortete:

„Mit der Plattform sind sie fertig, aber für den Bruch selber werden sie noch brauchen. Das ist ein sehr undankbarer Job. Überall Wasser und Feuchtigkeit, was willst du da finden? Und, nein, zum Glück haben die Kerle weder das richtige Schuhwerk geschweige noch die richtigen Fahrzeuge dabei. Und den Weg hoch kennen sie auch nicht. Aber lange wird es sicher nicht mehr dauern, bis sie dort auftauchen."

In diesem Augenblick stürmte Martin Gufler in die Stube. Als er die beiden Kommissare aus Meran sah, schien er direkt erleichtert zu sein.

„Vielleicht kann mir jetzt einmal jemand, der kompetent ist, sagen, wie das mit meinem Bruch weitergeht", schimpfte er mit einem Seitenblick auf seinen ehemaligen Schulkameraden.

Ohnewein blickte verwundert zum Kollegen Tappeiner, der gerade den Mund zu einer passenden Antwort öffnete. Doch der Meraner hatte die Situation sofort durchschaut.

„Ich nehme an, Sie sind der Besitzer des Weißwasserbruchs", sprach er Gufler an.

„Das will ich meinen", tobte der gleich weiter.

„Dann ist es ja gut, dass Sie hier sind. Ich möchte Sie gerne befragen. Bitte nehmen Sie Platz."

Gufler lief vor Zornesröte ferrarirot an.

„Was? Bin ich nicht hier schon genug aufgehalten worden? Auf mich warten wichtige Geschäfte in Übersee. Durch diese Geschichte entgehen mir sekündlich" – er betonte das Worte auf jedem einzelnen Buchstaben – „tausende von Euros, die der Südtiroler Wirtschaft gut anstünden, hielte nicht auch noch das italienische Finanzamt die Krallen auf!“, schob er gleich noch hinterher.

Marini konnte sich trotz der wenig erfreulichen Situation ein Grinsen nicht verkneifen, worauf sich Gufler noch mehr provoziert fühlte.

„Die Carabinieri fühlen sich also ebenfalls bemüßigt, mitzumischen“, wollte der wutentbrannte Mann seinem Ärger immer weiter Luft machen, als Ohnewein dazwischenfuhr.

„Mir ist klar, dass bereits hier ein Protokoll angefertigt wurde. Wir bekommen es natürlich zugemailt. Aber da Sie sich so sehr um Ihren Bruch sorgen, schlage ich vor, wir fahren zusammen hoch, damit ich mir ein Bild machen kann.“

Damit hatte er deutlich gemacht, wer ab jetzt den Fall übernehmen würde. Gufler schnaubte seine Zustimmung, und die drei verließen den Raum. Zurück blieb Kommissar Tappeiner, teils erleichtert, teils mitgenommen. In wenigen Stunden hatte sich deutlich mehr ereignet als in den letzten fünfzehn Jahren. Aber er war für ihn noch lange nicht abgeschlossen, seine Freude kam zu früh.

ZWÖLF

„Matthias, ist dir schon der Gedanke gekommen, dass das ein verdammter Rassist gewesen sein könnte?“, wandte sich Marini im Auto zu Ohnewein. Gufler, am Steuer seines Defenders sitzend, der die beiden chauffierte, spitzte die Ohren.

„Schließlich gibt's hier oben nicht wenig braunes Pack“, erinnerte er an den Skandal um eine Südtiroler Rockband, die eine CD mit sehr eindeutigem Inhalt aufgenommen hatte. Sie hatten versucht, zusammen mit ähnlich politisch motivierten Musikgruppen im Schnalstal am Stausee ein größeres Open-Air zu organisieren, ein Projekt, das am Widerstand der heimischen Bevölkerung gescheitert war, vor allem an dem eines sehr berühmten Bergsteigers.

Ohnewein wandte kurz überrascht den Kopf und deutete mit dem Kinn in Richtung Bruchbesitzer. Der hielt seinen Kopf sehr gerade, während sich seine Ohrenspitzen wie bei einem Hund aufgerichtet zu haben schienen.

„Auf die Idee bin ich noch gar nicht gekommen“, musste er zugeben.

„Ich finde die ganze Sache so furchtbar. So eine junge Frau, so engagiert und mutig, wer macht denn sowas!“

„Eben“, meinte Marini, „ganz genau, wer macht denn sowas, und dazu noch auf so grausame Weise. Das passt für mich schon zu Menschen, die insgesamt verbittert sind.“

Er wurde still und dachte nach. Auch Ohnewein ließ sich den Gedanken durch den Kopf gehen, aber er schmeckte ihm nicht. Gufler brummte ein wenig und überlegte, ob er seinen Senf dazugeben sollte oder nicht. Er hatte zum Thema „rechtes Pack“ eine sehr eigene Meinung. Da er baldmöglichst ein Eigentum zurückhaben, namentlich also die Freigabe des Bruchs erreichen wollte, schwieg er lieber still. Dass hier ein „einfacher“ Carabiniere und ein Commissario Capo zusammenarbeiteten, machte sie in seinen Augen suspekt. Den beiden Subjekten seines zutiefst vaterländischen Misstrauens fiel das nicht auf, sie überlegten. Sie würden dieser Fährte sicher nachgehen müssen.

Sein Chef Pixner predigte schon seit längerer Zeit, seit den „Bumsern“ in den Sechzigerjahren würde hier keiner mehr auf die Idee kommen, dass Gewalttaten politisch motiviert sein könnten. In seinen Augen ein großer Fehler. Doch Hias wusste ganz genau: Sollte der „Rosengarten“ davon Wind bekommen, wäre für ihn die komplette Polizei links unterwandert, denn Attentate, egal welcher Art, kamen immer nur von links. Wer anderes behauptete, war Kommunist. Applaus von Seiten des „Südtiroler Morgens“ war ihnen dagegen gewiss, nur hatte der keine solche Präsenz und solchen Einfluss auf die Gesamtbevölkerung der kleinen Provinz. Nur einmal, als es peripher auch um das Thema Sex ging, hatte das Blatt damals die gewünschte Leserschaft, damals, als diese eine Journalistin in einer monatelang abgedruckten Reihe über Prostitution und Menschenhandel in Norditalien und besonders in Bozen geschrieben hatte.

Ähm, wie war er jetzt darauf gekommen?

„Komisch“, sagte der Kommissar unvermittelt und laut, und Marini konterte trocken:

„Falls du deine Frisur meinst, das stimmt“.

Trotz aller Schwere, die durch den Mord über ihnen lag, mussten die beiden Männer lachen. Das befreite sie.

„Jetzt lass‘ mich halt einmal, irgendeine Freude im Leben muss der Mensch doch haben“, versuchte Ohnewein zu scherzen. Marini spürte sehr deutlich, dass diese Aussage nicht nur scherzhaft gemeint war. Er überlegte, sich doch zu trauen. Aber nicht jetzt, das war ein sehr unpassender Moment. Seit Monaten hatte er im Sinn, Matthias Ohnewein einmal privat einzuladen.

Gestern war ihm durch seine Freundin Rosa, die für den „Rosengarten“ arbeitete, eine Presseeinladung zum Törggelen auf Schloss Korb ins Haus geflattert. Rosa konnte nicht an diesem Abend, warum also nicht Matthias mitnehmen. Marini lächelte den Kollegen wie aus dem Nichts an. Der verstand das falsch.

„Also, sieht das wirklich so bescheuert aus? Lolita grinst sich auch die ganze Zeit eins ab.“ „Hias, ehrlich, für diese Frisur bist du ungefähr zwanzig Tage zu alt“, versuchte es der stets sehr elegante und stilbewusste Italiener. Gufler war sich inzwischen völlig sicher: Mit diesen beiden Kaspern würde der Mordfall sicher nie gelöst werden, sondern ganz schnell in den Akten verschwinden. Er hätte seine Ruhe und gut wäre es.

DREIZEHN

Während Carmine Losso, der mittlere der „Orgelpfeifen“, in der Carabinieri-Station Petrarcastraße gerade an einem Bericht tippte – es ging um eine Anzeige wegen illegaler Müllentsorgung am Flaschencontainer in der benachbarten Peter-Mitterhofer-Straße – machte sein Hochleistungsrechner „Pling“.

Losso wollte sich auf gar keinen Fall ablenken lassen, denn die Sache stank während dieser warmen, fast schon spätsommerlichen Tage im wahrsten Sinne des Wortes zum Himmel. Seit einiger Zeit wurden systematisch Küchenabfälle hierhergeschafft, so dass schon Ratten gesichtet worden waren. Es gab nicht genug Personal, um die Container zu überwachen, und auch eine Kamera konnte nirgends installiert werden. Aber irgendwie sollten sie das Problem schon in den Griff bekommen, denn hier führte die Romstraße vorbei, eine der wichtigsten Einfallstraßen nach Meran. Unzählige Touristen kamen auf diesem Wege in die Stadt, besonders zu dieser Jahreszeit, um zu wandern und am beliebten Südtiroler Törggelen teilzunehmen.

„Pling“ ging es weiter, es nahm einfach kein Ende. Losso

wusste schon, was das Geräusch zu bedeuten hatte, nämlich, dass eine E-Mail eingetroffen war. Da dieses „Pling“ jedoch identisch mit jenem war, mit dem sich seine Mutter auf seinem Smartphone ankündigte, hatte er es sich unbewusst angewöhnt, nicht darauf zu reagieren. Langsam aber dämmerte es durch seine angestrengten Bemühungen, in seinen Bericht ein ordentliches Italienisch hinzubekommen, dass es der Rechner war, der sich so sehr um seine Aufmerksamkeit bemühte. Er klickte auf das Mailclient-Symbol, und der polizeiinterne Server öffnete sich. „Madonna“, entfuhr es dem Beamten.

Eine Flut von Mails. Die meisten waren von der Presse. Gut, dass er das Telefon auf Vibration gestellt und das Stationsfestnetz zu Toni umgeleitet hatte, auch wenn dieser Umstand ein Mitgrund für die E-Mail-Flut war, denn niemand hatte ihn erreichen können. Er sicherte seinen Text mit Bedauern – gerne hätte er diesen Job zuerst fertig gestellt – und öffnete dann die elektronischen Nachrichten. Die von der Presse ließ er beiseite, über den Umgang mit dieser musste der Maresciallo entscheiden. Von Lolita Mitteregger war etwas gekommen. Einige Adressennamen kannte er nicht, nur ein Absender fiel ihm auf: Marius Kofler. Im Betreff stand: „Auto“. Carmine lief es eiskalt den Rücken hinunter.

Auch Toni hatte schon die Frage aufgeworfen, wo eigentlich das Auto der Toten sei. Es müsse doch allein aufgrund seines Umbaus ziemlich auffallen. Kofler fragte nach, ob sie inzwischen den Wagen seiner Tochter gefunden hätten. Ferner wollte er wissen, für wann sie die Beerdigung anberaumen könnten. Alles sehr neutral formuliert, wie von einem Manager.

Der Carabiniere überlegte ein wenig und schrieb dann zurück, ob Signore Kofler eventuell über Lieblingsrouten seiner Tochter Bescheid wisse, da sie dann deutlich gezielter suchen könnten. Er klickte auf „Senden“ und wollte sich gerade dem Beenden seines Müllberichts widmen, als ein erneutes „Pling“ ihn von seiner wichtigen Arbeit abhielt. Die neuerliche Nachricht stammte von Toni und kam über das Intranet.

In der Mail stand nur ein einziges Wort: „Kaffee“?

Carmine lächelte und stand auf. Er ging zur Tür, öffnete sie und rief Toni zu: „Si, ottimo, das ist eine wirklich gute Idee“.

Seit gefühlt vier Viertelstunden hatte er keinen Espresso mehr gehabt, und ihre Kaffeekasse war voll.

Marini hatte nämlich das Rauchen aufgegeben und für jede bewusst nicht gerauchte Zigarette zwanzig Cent in die kleine Dose der Südtiroler Sparkasse geworfen.

Losso und Toni Scarpone, beide Nichtraucher, mussten dasselbe tun, wann immer sie fluchten. Dabei wurde unterschieden zwischen leichteren Flüchen wie „Diomio“, zehn Cent, über schwerere wie „porca madonna“, zwanzig Cent, bis hin zum „Vaffanculo“ oder „figlio di puttana“ oder dergleichen für fünfzig Cent. Hintergedanke war, dass jederzeit Laufkundschaft in die Wache kommen konnte.

Die Polizisten hatten eine Vorbildfunktion zu erfüllen und mussten daher etwas für das angeschlagene Ansehen der Truppe tun. Nachdem sein Vorgesetzter nur genickt hatte, flitzte der kleine Toni mit seinem obligatorischen Silbertablett in die benachbarte Bar und war wenige Minuten später auch schon wieder zurück. Während sie beide an dem sehr heißen Getränk nippten, fragte Toni Carmine:

“Sag mal, in welcher Sportart war Monica eigentlich an den Paralympics beteiligt, weißt du das? Und wie lange ist das jetzt her? Hat sie nur mitgemacht oder am Ende sogar eine Medaille gewonnen? Ich interessiere mich null für Sport, ich habe wirklich keine Ahnung.“

Carmine Losso musste einen Moment nachdenken und gab eine für einen italienischen Mann sehr typische Antwort.

„Es war irgendetwas Ungewöhnliches für eine Frau. Warte."

Er setzte ein angestrengtes Gesicht auf.

„Bogenschießen. Genau, es war Bogenschießen. Das Jahr weiß ich nicht mehr, aber es kann ja nicht so lange her sein, sie war ja erst 23. Und sie hat eine Silbermedaille geholt. Ich habe mal ein Interview mit ihr in der „Alto Adige" gelesen. Da erzählte sie, wie sie den Führerschein gemacht hat und ihr Vater ihr diesen Renault Kangoo umbauen ließ – ich will nicht wissen, was das gekostet hat. Sie hat dann immer auf so einem speziellen Schießplatz oben in Mals geübt."

Er schien eine Erleuchtung zu haben, denn er schaute seinen Kollegen mit weit aufgerissenen Augen und sich öffnendem Mund an.

„Vielleicht ist da ja das Auto!"

Toni verstand sofort. Er trank seinen Espresso in einem Zug aus, setzte sich an seinen Rechner und recherchierte, wo genau sie in Mals suchen mussten. Die Adresse hatte er innerhalb weniger Sekunden gefunden. Dann rief er bei den Kollegen in dem bei Touristen sehr beliebten Bergdorf an, gab ihnen Kennzeichen und Typenbezeichnung des gesuchten Wagens durch und bat sie, sie sollten einen Wagen vorbeischicken.

Danach sandte er eine Nachricht an seinen Chef Marini, der immer noch mit dem Commissario Capo im Vinschgau weilte. Die neuen Erkenntnisse würden auch sicher ihn ziemlich interessieren.

VIERZEHN

Der Leiter der Spurensicherung trat auf die beiden Kommissare zu. Gufler setzte eine sehr wilde Miene auf, als er sah, was man mit seinem „Baby“ angestellt hatte. Freilich hatte er niemandem erzählt, dass er seinem Auftraggeber, dem Großindustriellen aus Amerika, die Wahrheit über die Arbeiten im Bruch noch gar nicht mitgeteilt hatte. Wozu auch? Es war alles noch viel zu frisch, und außerdem gab es auf dem Firmengelände wahrhaftig noch genug Material.

Was ihm gehörig gegen den Strich ging war die Anwesenheit von Fremden auf seinem Areal. „Was wir auf alle Fälle bestätigen können, Kommissar Ohnewein und Maresciallo Marini“, sagte der freundliche Leiter der Spurensicherung Stefan Oberhofer, „sind Schleifspuren vom Eingang bis zur Schrägbahn. Ob die Blutspuren tatsächlich vom Opfer stammen, wird sich erst im Labor erweisen. Weiters haben wir die Mordwaffe gefunden, ein großes Marmorstück mit Blutresten. Für mich sieht es in der Tat so aus, als ob man die Frau hier oben umgebracht hat. Allerdings sollte man bedenken, dass sie behindert war. Jemand muss sie also getragen haben. Ich meine, das würde bei einem Menschen, auch wenn er leicht ist, in nicht-betäubten Zustand über eine längere Strecke schwierig werden."

Oberhofer verzog während dieser Worte das Gesicht, seine Mimik drückte eine Mischung aus Ekel und Trauer aus.

„Wie weit seid ihr denn?", wollte Ohnewein wissen, während Marini interessiert Gufler beobachtete. Der zeigte keine Regung bis auf Ärger, und Ärger war noch sehr gelinde ausgedrückt. Gerade öffnete er wieder seinen Mund, als ihm Ohnewein zuvorkam.

„Der Besitzer des Weißwasserbruchs, der Martin Gufler, würde gerne weiterarbeiten lassen. Was meinst du dazu?", fragte er den Kollegen. Oberhofer war überrascht. Soviel Kaltblütigkeit im Angesicht eines brutalen Mordes an einem offensichtlich jungen Menschen erschütterte ihn zwar nicht gerade, aber sie verwunderte ihn. Er wandte sich direkt an den großen Mann:

„Eigentlich sind wir hier fertig. Die Reifenabdrücke außerhalb zu untersuchen bringt nichts. Es sind viel zu viele, und bei der Matschbildung sind die meisten von ihnen längst zerlaufen. Allerdings bestehen für mich noch Unklarheiten hinsichtlich der Schleifpuren, deshalb möchte ich diesen Teil des Bruchs weiterhin absichern. Könnt ihr nicht solange woanders im Bruch schneiden?", fragte er Gufler.

Niemals hätte er geahnt, was diese harmlose Frage auslösen würde.

„Der Tappeiner Georg hatte auch schon die blödsinnige Idee, ich soll doch solange nach Göflan gehen. Seid's ihr alle deppat?", schrie er in die heiligen Hallen hinein.

Genau in diesem Moment, als das Echo der Stimme Guflers durch die vielen verschiedenen Nischen und Gänge klang, wurde sich Marini bewusst, dass der Bruch etwas kathedralenartiges an sich hatte. Wie ein aus purem Marmor gemeißeltes Gotteshaus, dachte er, nur dass der Priester sich gerade eher wie ein Teufel benahm.

Dieser Gedanke stieß etwas in seinem Großhirn an.

„Lieber Gufler" – das „Herr" ließ er bewusst weg – „schauen Sie, wir sind Polizisten und kennen uns nicht so gut mit Naturmaterialien und deren Abbau aus."

Gufler schnaubte.

„Und erst recht nicht mit den Gepflogenheiten im oberen Vinschgau. Wenn ich ehrlich sein soll, wusste ich gar nicht, dass hier edles Gestein abgebaut wird", schmunzelte er hinterher. „Ja, das ist wieder typisch Italiener", fauchte der geborene Laaser sogleich, „ihr kennt nur euer weltberühmtes Carrara. Unser Marmor ist blütenweiß, und er strahlt von innen heraus wie helles Licht. Ein Kunstwerk, bevor es ein Bildhauertrottel auch nur anrührt", eiferte er weiter.

Ohnewein schaute erschrocken drein, Oberhofer hielt sich sehr gerade und schaute sich um. Marini lächelte und ignorierte die so offen gezeigten Vorurteile gegenüber der italienischen Bevölkerung Südtirols. Es war ja nicht das erste Mal, er kannte das. In diesem Falle inspirierte er ihn sogar.

„Ja, es stimmt, der Stein leuchtet tatsächlich, er ist ausgesprochen schön. Aber wir denken eben, wenn Not am Mann ist, dann „leihen" wir uns Kollegen aus Bozen, Leifers oder Brixen, wer eben gerade Zeit hat. Daher rührt der Gedanke, den Auftrag mit dem aus dem anderen Stock hier oben auszuführen, damit er nicht flöten geht."

Ohnewein hätte den Maresciallo knutschen können. Wieder einmal hatte er zur passenden Zeit die passende Idee gehabt, den zündenden Einfall, wie man mit einem Menschen reden musste, damit der die benötigten Informationen lieferte, ohne sich manipuliert zu fühlen. Offenbar war die Grenze der Erregbarkeit bei Martin Gufler erreicht, denn er ging überraschenderweise nicht wieder in die Luft.

Als habe er kleine Kinder oder ganz besonders begriffsstutzige Menschen vor sich, blickte er milde lächelnd einem nach dem anderen ins Gesicht. Dann hob er zu einer predigtartigen Rede an, indem er mit seinem rechten Arm einen Halbkreis von seiner Brust aus in Richtung Höhlendecke vollführte und den Arm dann langsam in Richtung tiefes Inneres der Marmorflöze senkte.

„Signori vigili, der Laaser Marmor ist tatsächlich etwas ganz Besonderes, von außergewöhnlicher Qualität und Schönheit. Unsere Familie macht schon seit vielen Generationen in Marmor, und das immer mit überwältigendem Erfolg. Sehen Sie sich nur die Schrägbahn an, die mein Urgroßvater errichten ließ. Natürlich mussten wir zur Zeit des Faschismus alles den Italienern überlassen" – er konnte sich einen Seitenblick auf Marini nicht verkneifen – „aber seit guten zehn Jahren ist die Marmo Bianca unter anderem Namen wieder in Familienbesitz. Nicht Carrara hat Material zu Ground Zero geliefert, nein, das war edelster Stoff aus diesem Gebirge."

Seine Brust hob und senkte sich, Oberhofer befürchtete zwischendurch, Gufler könne platzen. Während dieser Ausführungen räumten die SpuSi-Leute hinter ihnen ihre Ausrüstung zusammen. Dabei zeigte einer von ihnen auf seine Armbanduhr und rieb Daumen und Zeigefinger zusammen.

„Time is money", sagte er und wagte es so, den stolzen Minenbesitzer zu unterbrechen. Ohnewein war unterdessen eine Frage in den Sinn gekommen.

„Lieber Herr Gufler, wenn Sie also vor zehn Jahren die Marmo Bianca übernommen haben, was haben Sie eigentlich vorher gemacht? Wie war es Ihnen überhaupt möglich, den Bruch zu kaufen, das macht man nicht eben mit dem Inhalt der Portokasse."

Marini unterdrückte ein Grinsen, freute sich aber, denn das waren genau die richtigen Fragen für den Helden des weißen Goldes.

„Nun, mit Naturstein arbeite ich schon seit bald dreißig

Jahren, und vorher habe ich mir die Welt angeschaut. Habe mal hier und mal da gearbeitet und auf diese Weise den Otar Saakaschwili kennengelernt, einen Großindustriellen aus Tiflis. Meine Herkunft aus der Marmorfamilie, meine große Sachkenntnis, und natürlich die bekannte", wieder bedachte er den Maresciallo mit einem denkwürdigen Blick, „hohe Qualität des Steins überzeugten ihn, mit mir zusammen eine GmbH zu gründen: Die petrabianca. Wir kauften dann Marmo Bianca quasi zurück."

Erhaben blickte er in die Runde. Er war so in Fahrt, dass er einen Seitenhieb auf den Konkurrenten die Familie Gruber aus Göflan nicht unterlassen konnte.

„Natürlich denken die Grubers drüben in Göflan, ihr Marmor wäre genauso gut wie meiner, äh, unserer. Aber wir sind schon viel länger im Geschäft und wissen, wie man mit diesem einzigartigen Naturprodukt umgeht. Wir sind die Spezialisten und lassen uns auch nichts wegnehmen, basta."

Er merkte, dass diese Auskunft nichts mehr mit seinen vorherigen Erklärungen zu tun hatte, und versuchte abzulenken.

„Wie schaut es also aus, können wir hier weitermachen? America is calling", versuchte er sich im Scherzen. Oberhofer zuckte mit den Schultern, er war wie erschlagen von all diesen Einsichten in Sachen königliches Gestein.

„Wenn wir es so machen, dass wir die Strecke, über die die Leiche geschleift wurde, abstecken, und da nichts angerührt wird, meinetwegen. Aber erst morgen!", setzte er dazu. Der Bruchbesitzer setzte einen triumphierenden Gesichtsausdruck auf, verabschiedete sich und griff nach seinem Telefon. Zu Marinis großem Erstaunen hörte er Gufler nunmehr freundlich in perfektem Italienisch parlieren. Der Steinbruchbesitzer war urplötzlich Prinz Charming in Person und ging plaudernd nach draußen. Die drei Polizisten schauten sich fragend an, dann reichten sie einander die Hände.

Oberhofer brach mit dem Rest seines Teams in Richtung Meran auf, während die Kommissare auf Gufler warteten, der sie wieder nach unten bringen sollte.

„Also, das mit den Qualitätsunterschieden mag ich nicht so recht glauben", sinnierte Ohnewein, „all das Zeug kommt doch aus demselben Stock. Aber ich bin schließlich kein Experte, vielleicht sollten wir uns ein bisschen schlau machen, am Ende stolpern wir noch über das Mordmotiv."

„Der weiße Marmor aus dem Naturpark Stilfserjoch gilt aufgrund seiner Reinheit und Härte als der unangefochtene „King of Marble". Qualität und Glanz sind unübertroffen", las da Marini vor, der sein Smartphone zu diesem Thema befragt hatte. „Steht auf der Webseite der Familie Gruber. Außerdem scheint der gute Gufler ein feiner Traditionalist zu sein", fügte er noch hinzu.

„Du meinst wegen seiner offenen Italienfeindlichkeit", entgegnete Hias, dem dies sehr peinlich gewesen war. „Andererseits passt das schon zu deinen Überlegungen in Sachen Rassismus im oberen Vinschgau". Marini nickte nur, denn in diesem Augenblick kam ihr Fahrer überaus gut gelaunt zurück.

„Andiamo", rief er ihnen zu und schwenkte den Autoschlüssel. Matthias Ohnewein kam endlich dazu, sein Handy wieder anzuschalten, und las eine überraschende Nachricht. Die Carabinieri in Mals hatten das Auto der Toten gefunden.

FÜNFZEHN

Der dunkelblau-rote Alfa Romeo raste mit einem Affenzahn durch das Dorf, in dem es für die Carabinieri meist nicht sehr viel Arbeit gab. Nun hatten sie es, wenn auch nur indirekt, mit einem Mordfall zu tun und waren ziemlich aufgeregt. Selbst wenn die strahlende Südtiroler Oktobersonne nicht so eifrig wie heute geschienen hätte, wären die zwei Italiener nicht umhingekommen, die obligatorischen Sonnenbrillen auch im Auto aufzulassen. Sie waren versucht, das akustische Signal anzustellen, wussten aber, dass das massiven Ärger gegeben hätte.

Ihrer grünen Bürgermeisterin wäre es Ende gar eingefallen, sie versetzen zu lassen, dabei war es in Mals sehr gemütlich, wenn man von Streitereien zwischen den beinahe schon reaktionär wirkenden Naturfreaks nebst ihrem Widerstand gegen die Apfelplantagen und den massiv erstarkenden Teilen der Bevölkerung, die sich zurück zur Heimat sehnten und für einen Wiederanschluss an Österreich votierten, absah.

Mit ein paar Glaselen Weißen zuviel war „frisch", dem Südtiroler Begriff für schnell, eine deftige Schlägerei im Gange. Dankbar für die Abwechslung kurvten die Carabinieri nun durch die Gassen, den mächtigen Hausberg Ortler vor Augen, und hielten Ausschau nach einem tiefblauen Renault Kangoo. Einen solchen Wagen fuhr man hier nur selten, er wäre ihnen sofort aufgefallen. Am Sportplatz mit der Bogenschießanlage fand er sich jedenfalls nicht. Enttäuscht waren die Polizisten schon eine halbe Stunde herumgeirrt, als einer der beiden auf die Idee kam, auch einmal am Bahnhof vorbeizufahren.

Schon von Weitem hatte man den bunten „Vinschger", eine Art S-Bahn, die Mals mit Meran verbindet, nach oben schnaufen sehen. Allzu augenfällig war dieser Einfall nicht. Warum sollte jemand, der ein Auto hat, plötzlich mit dem Zug fahren? Noch dazu, wo es sich um eine Rollstuhlfahrerin handelte. Umso erstaunter waren die Carabinieri, als sie sich der Station näherten. Tatsächlich, da stand ein Kangoo, und blau war er zudem. Schließlich konnten sie erkennen, dass auch das Kennzeichen stimmte.

Monica Koflers Wagen war gefunden! Sie riefen bei den Kollegen in Meran an, um zu erfahren, wie es nun weitergehen sollte. Toni Scarpone, der gerade alleine in der Petrarca-Straße war, wollte das auf gar keinen Fall alleine entscheiden und rief deshalb seinen Chef Marini an. Der übergab an Ohnewein, und so kam es, dass die Spurensicherung, die gerade in aller Gemütlichkeit nach Meran fahren wollte, diesen Plan aufgeben musste.

In Mals gab es ein Auto zu untersuchen, dessen brisanter Inhalt sogar hartgesottene Polizisten zum Erröten brachte. Eines jedoch fehlte noch immer: Monicas Handy. Währenddessen fuhren Franco Marini und Matthias Ohnewein zurück nach Meran.

„Ich bin reichlich müde", gestand der Kommissar. „Bin mal gespannt, was die Lolita inzwischen wieder alles angestellt hat, sie wird immer seltsamer."

„Ich war noch nie ein Fan von der, das weißt du, Hias,

aber mir ist Professionalität am wichtigsten. Früher jedenfalls war sie einmal eine sehr gute Polizistin. Bei manchen Frauen sollen die Wechseljahre intensiver ausfallen als bei anderen“, gab er zu bedenken. „Sie ist Mitte Vierzig, da geht das wohl los. Mir will auch scheinen, dass sie trotz ihres guten Aussehens in letzter Zeit Schwierigkeiten mit der holden Herrenwelt hat.“

„Hm“, meinte der Kollege nur, „ich denke – frag aber nicht, warum – dass da noch was etwas anderes dahintersteckt“.

Bevor sie gepflegt weiterplaudern konnten, um ihre Hirne vom eben Erlebten zu befreien, traf eine Nachricht von der Bozner Pathologin di Lorenzini ein. Ohnewein las sie durch und seufzte dann. Marini, der am Steuer saß, wollte wissen, was nun denn schon wieder sei.

„Lorenzini. Die Zollpolizei in Sterzing hat bei einer Routinekontrolle einen holländischen Fleischtransporter geöffnet und darin befand sich eine männliche Leiche“.

Fast hätte Marini sich verbremst.

„Porca miseria“, rief er, „schon wieder? Aber was hat das jetzt mit uns zu tun?“.

„Denk mal an den Fall mit dem ermordeten Journalisten, der ebenfalls in einem Fleischlaster gefunden worden ist. Lorenzini muss die Leiche sofort untersuchen, und deshalb wird die weitere Untersuchung von Monica warten müssen“

„Das finde ich jetzt ehrlich gestanden nicht so wirklich arg. Wir haben beide den Kopf gesehen, da gibt es wenig Anlass, an der Todesursache zu zweifeln.“

Matthias Ohnewein nickte nur. Er war ausgesprochen müde, zu müde, um noch weiter zu denken. Ein Glas Rotwein würde ihm nachher gut munden. Allerdings wäre er dabei wieder einmal alleine, wie seit Monaten.

SECHZEHN

Man staunte nicht schlecht in Mals. Männer der SpuSi in weißen Gummiüberzügen machten sich an einem Kastenwagen zu schaffen, der, wie sich in Windeseile herumgesprochen hatte, einer ermordeten Frau gehört hatte. Da die beiden Carabineri nicht wussten, um wen es sich bei Monica Kofler handelte, und ein derartiger Name in Südtirol ein Allerweltsname war, hatten sie ihn auch nicht weitergegeben.

Solange das Auto noch nicht abgeschleppt war, konnten sie ein wenig Ruhm und Aufmerksamkeit genießen. Die Einheimischen bildeten einen Halbkreis um die Männer von der Spurensicherung und stellte ihnen viele Fragen. Einige kamen sich vor wie im Film, manch einer mochte gar nicht glauben, dass es sich tatsächlich um eine echte Untersuchung handelte. Stefan Oberhofer war nicht besonders glücklich über diesen erneuten Einsatz an ein und demselben Tag. Er und seine Leute waren von der Arbeit im Bruch schon recht müde, was die Gefahr mit sich brachte, etwas zu übersehen. Oberhofer rief Hubert Pixner an.

„Chef, ich täte gerne den Wagen in unseren Fuhrpark

schleppen lassen. Wir machen hier das Nötigste, aber ehrlich gesagt: die Männer sind fertig", ließ er seinen Vorgesetzten wissen.

„Guat," entgegnete dieser, während er mit einem Schraubenschlüssel aus seiner mobilen Werkstatt – seiner Lederjacke – einen alten Wecker reparierte. Die Freisprechanlage war angeschaltet.

„Schaut's einfach, ob ihr irgendwas Auffälliges findet, das bringt ihr mit. Ansonsten holen wir den Wagen morgen. Ich finde auch, es reicht für heute."

Er hinterließ noch einen schönen Gruß an Oberhofers Freundin und legte auf. Bloß nicht zu lange telefonieren, er hasste das. Sie fanden nicht sehr viel im Inneren des Kangoo. Keine Handtasche, kein Handy, in den Seitentaschen eine Fahrradkarte.

Auf dem Boden des Beifahrersitzes lagen ein paar Bonbonpapierchen. Der Aschenbecher anscheinend nie benutzt worden. Auf dem Rücksitz lagen ein Regenschirm und eine alte Zeitung, angegilbt, was vom Sonnenschein herrühren konnte. Im Handschuhfach fanden sie die Wagenpapiere und eine Kopie von Monicas Identitätskarte, ferner ein Röllchen Pfefferminze und zwei winzige Klemmen, die mit einem Kettchen verbunden waren. Oberhofer betrachtete sie irritiert. Vergoldetes Silber, jedenfalls auf den ersten Blick. Zum Glück hatte sich zu diesem Zeitpunkt das staunende Volk bereits entfernt, sonst wäre dieser Fund sicher nicht unbemerkt geblieben. Und die Gerüchteküche, einer sauberen Ermittlung sehr abträglich, hätte ruckzuck zu brodeln begonnen.

Ein Rollstuhl befand sich nicht im Inneren, also mussten sie diesen noch suchen. Weder im Bruch noch unten an der Schrägbahn hatte man Spuren von Rädern entdeckt. Die Männer waren fasziniert von der Technik des Gefährts, alles vom Feinsten und ultramodern. Gerne hätte sich einer einmal hinter Steuer gesetzt, aber Monica war sehr klein gewesen – der Vordersitz war deshalb sehr weit vorgerückt. Während sich die Männer bewundernd umsahen, bemerkte einer von ihnen etwas unter dem Beifahrersitz.

Sie zogen es heraus. Ein iPad! Doch anders als die restliche technische Ausstattung des Fahrzeugs schien es etwas älteren Datums zu sein. Oberhofer drückte auf den seitlichen Einschalter. Wenig später war das Tablet hochgefahren, und zum Glück behinderte keine Passwortabfrage den Zugang. Eigentlich wollten die Männer nach Hause und hatten nicht vorgehabt, den Minirechner schon hier zu untersuchen. Doch Stefan Oberhofer sah, dass Fotos gespeichert waren, und das erregte seine Neugierde.

„Ja, sellwollsell, da legst di nieder", hörten die anderen ihn rufen und stürzten herbei.

Auf den Schwarz-Weiß-Fotos war eine behaarte männliche Brust zu sehen. Wenig männlich dagegen erschienen die Brustwarzen, die sahen ähnlich denen einer Frau aus, sehr groß, dick und recht lang.

"Ekelhaft", meinte einer der Männer und der Rest pflichtete ihm bei.

„Aufi geats, Jungs, für heute reicht's, glaub' ich", beendete ihr Chef die Diashow.

Alle beweglichen Teile nahmen sie mit und verschlossen das Auto. Nachts schlichen noch einige Jugendliche um das Fahrzeug, als hofften sie, sie könnten etwas Interessantes entdeckten.

Doch der Kangoo schwieg. Er öffnete sich nicht plötzlich und machte auch sonst keine Anstalten, sich mitzuteilen. So wusste man nachwievor nur, dass er einer toten jungen Frau gehört hatte. Doch bereits am nächsten Tag stand im Rosengarten zu lesen, um welchen Südtiroler Prominenten es sich gehandelt hatte. Das machte den Wagen noch interessanter, obwohl er sich in der Zwischenzeit nicht verändert hatte. Eine große Gruppe Menschen umringte ihn und fotografierte eifrig mit den Handys. Sie waren beinahe schon traurig, als der von der Polizei organsierte Abschleppwagen kam, um das blaue Auto zur Untersuchung nach Meran zu schleppen.

In diesen Stunden rief Marius Kofler Hubert Pixner an.

„Hubert, was wird mit dem Wagen? Ihr habt mir eine SMS geschickt, dass ihr ihn gefunden habt“, wollte er wissen.

„Wir müssen den komplett auseinandernehmen, Marius, tut mir leid. Danach könnt ihr ihn natürlich haben.“

„Und wann können wir unsere Monica beerdigen?“, fragte der Vater weiter.

„Da habe ich keine guten Nachrichten“, quälte sich Pixner zu gestehen, „unserer Chefpathologin, die die Untersuchung unbedingt persönlich fertigstellen will, ist kurzfristig ein anderer wichtiger Fall untergekommen. Bis sie damit durch ist, müssen wir warten.“

Dem Chef der Meraner Polizeistation war das schrecklich unangenehm. Er hatte selber eine erwachsene Tochter aus erster Ehe und wollte sich gar nicht erst vorstellen, was wäre wenn… Kofler schwieg still, legte aber nicht auf.

„Marius, wenn du magst, können wir uns privat treffen. Ich kann auch meine Frau Elena mitbringen, sie ist Psychotherapeutin und findet eigentlich immer die richtigen Worte. Vielleicht kann sie euch helfen?“, bot er dem verzweifelten Mann an.

Er hörte es schlucken.

„Ja, Hubert, machen wir das. Aber lassen wir unsere Frauen zuhause. Ich schätze deine Elena ja, aber mir wäre ein Gespräch unter Männern lieber.“

Hubert Pixner wunderte sich ein wenig, galt doch die Ehe der Koflers als vorbildlich.

„Nicht, was du jetzt meinst“, schoss der auch gleich hinterher.

„Es geht nicht um Linda und mich. Aber nicht hier am Telefon.“

„Gut, dann schlage ich vor, lass‘ uns doch bei dem schönen Wetter auf die Terrasse von Schloss Korb gehen. Beim Blick auf den Rosengarten lässt es gleich besser erzählen, meinst du nicht?“

„Eine sehr gute Idee, und ich habe es dann auch nicht besonders weit“, versuchte Kofler ein wenig Spannung aus dem Gespräch zu nehmen.

„Wann kannst du denn?“

„Mein SpuSi-Chef kommt gleich noch zu einem Kurzrapport vorbei, heute bitte nicht mehr. Aber gerne in den nächsten Tagen, schlag du etwas vor.“

Er hörte Marius Kofler tief durchatmen.

„Morgen vielleicht?“ Es schien ihm wirklich wichtig zu sein.

„Abgemacht, morgen, um 19 Uhr in Missian“.

„Gut“, sagte Kofler und legte auf.

SIEBZEHN

Natürlich wussten die Eltern nichts von ihrem Vorhaben, das am Samstagvormittag beginnen sollte, sie würden es kaum erlaubt haben. Die beiden dreizehnjährigen Jungen, Daniel und Steffen, starteten mit ihrem Mountainbike bei der Villa von Steffens Eltern in der Nähe der Gärten von Schloss Trauttmansdorff in Meran. Eine kleine Tour in den Vinschgau lag vor ihnen. Noch immer war das Wetter warm und schön, obwohl es auf Mitte Oktober zuging und – wie Steffen erzählte – für den Abend die ersten Herbststürme gemeldet waren. Aber bis dahin würden sie lange wieder zurück sein.

Sie überprüften ihren Bargeldbestand, füllten ihre Trinkflaschen mit der selbstgemachten Limonade von Daniels Mutter, drückten die Stollenreifen noch einmal und los ging es. Die Steigungen, die sie überwinden mussten, machten ihren jungen Knochen nichts aus, im Gegenteil, sie forderten sie sogar heraus. Da sich hier jedoch das Einfallstor von Meran in den Vinschgau befand und auf der Staatsstraße ein hohes Verkehrsaufkommen herrschte, war ihr Unterfangen nicht ganz ungefährlich. Das war auch der Grund, warum sie ihre Eltern über ihr Vorhaben um Unklaren gelassen hatten.

Sie hatten ihnen erzählt, sie würden eine Waalwanderung unternehmen. Waale nennt man in Südtirol kleine, uralte Entwässerungkanäle, die bis heute genutzt werden. Da die Jungen vorhatten, später auch ein Stück weit am Partschinser Waal entlangzulaufen, war das zumindest nicht völlig geschwindelt. Immerhin waren sie klug genug, den gut ausgebauten Radweg zu benutzen. Er führte sie direkt an der Etsch entlang und war auch nicht eben wenig befahren. Deshalb kostete sie die Reise mehr Zeit und Kraft, als sie gedacht und eingeplant hatten.

Deutsche Kampfradler donnerten ohne Rücksicht auf Verluste den Weg entlang. Zum Ausgleich fanden sich ältere Herrschaften, die deutlich langsamer unterwegs waren, und hinter denen die Freunde in Warteschlaufe hingen. Am Ende schließlich hatten sie es doch geschafft, sie waren oben auf der Töll, auf einer Steilstufe des Etschtals also, die man als Grenze zwischen dem Burggrafenamt und dem Vinschgau ansah. Wie üblich warfen sie ihre teuren Räder einfach auf den Boden und liefen zur Schleuse.

An dieser auf fünfhundert Metern Höhe gelegenen Stelle bei der gleichnamigen kleinen Ortschaft Töll überwand die von Westen aus dem Vinschgau herabfließende Etsch auf kurzer Distanz und mit nur geringem Gefälle bis nach Meran hinab einen Höhenunterschied von knapp zweihundert Metern. Damit ließ sich sehr gut Energie erzeugen, weshalb es hier ein Kraftwerk gab, das seit Ende des neunzehnten Jahrhunderts bestand und viele Touristen anzog. Von der Talschwelle aus hatte man einen schönen Blick auf die im Osten in den Meraner Talkessel abfallenden, auf Algunder Gemeindegebiet gelegenen Hänge.

Steffen und Daniel waren fasziniert von den tosenden

Wassermassen, deren Gischt zuweilen bis nach oben sprühte. Wenn das geschah, wichen sie lachend ein Stück zurück.

„Letztens haben wir uns mal diesen Bunker angeschaut", erzählte Daniel. Seine Mutter interessierte sich sehr für Kunst, und wenn sie dachte, ihr Ziel könne auch für den Jungen interessant sein, nahm sie ihn kurzerhand mit.

„Den Kunstbunker von David Schönhuber?", fragte Steffen, der im Leben andere Prioritäten setzte, mit kaum verhohlener Langeweile.

Auf einem schönen, alten und originalen Stadel unterhalb von Dorf Tirol züchtete er zusammen mit seinem Großvater Hasen. Plaudern konnte er wie ein Dampfradio, und so verwunderte es nicht, dass seine Lieblingsgeschichte mit der Hasenzucht zusammenhing. Einst hatten sie einen deutschen Touristen mit kleinen Kindern in den Stall gelassen. Für die Großstädter, die so hochdeutsch waren, dass es ihnen an Dialekt ebenso mangelte wie an Intellekt, hätte ein Kurztrip in die Pegasus-Zwerggalaxie durch die Einstein-Rosenbrücke ihres Vertrauens keinen größeren Kulturschock bedeutet.

Der gestresste Familienvater, der kaum zu wissen schien, wie viele seiner Abkömmlinge um ihn herumtollten, schaffte es nie, gleichzeitig mehr als die Hälfte von ihnen im Blick zu behalten. Dennoch ging er – wobei er zunächst die Stufe hinunterstolperte und sich dann den Kopf am Querbalken stieß – sowohl mit gutem Beispiel voran als auch fehl in der Annahme, es mit Kaninchen zu tun zu haben. Glücklicherweise drang er mit dieser glatten Fehlinformation nicht bis in das einfach strukturierte Bewusstsein seiner Kleinlinge durch, die johlend in die charakteristische schiere Begeisterung im Angesicht des gänzlich Unbekannten ausbrachen.

Alldieweil parlierten Steffen und sein Opa lautstark darüber, ob Steffen auch zuhause Hasen halten dürfe, wo sie sowohl als Kuschelkissen dienen konnten als auch deutlich näher am Kochtopf seiner Mutter gewesen wären. Nein, skandierte der Großvater im ebenso schönsten wie trefflichsten Dialekt der hiesigen Eingeborenenpopulation, das sei so entschieden wie erklärtermaßen keine gute Idee, die „Hosen" würden viel zu viel Gestank verbreiten.

Die Kinder – durch ihren eher dem Müßiggang als der Hygiene zugewandten Erzeuger durchaus an stinkende Hosen gewöhnt – wunderten sich nichtsdestotrotz, was wohl die possierlichen Kleinsäuger ohne vorherige Inanspruchnahme der Dienste eines fähigen Kürschners mit übelriechenden Beinkleidern zu tun haben mochten. Es kostete Steffens Großvater größte Mühe, den lieben Kleinen zu erklären, dass nicht die verdammten Hosen stanken, sondern die verdammten Hasen! Als wäre das nicht sonnenklar gewesen, zumal ersteren nur zwei, letzteren jedoch vier Beine zu Eigen waren, was groben Schätzungen zufolge immerhin in etwa der doppelten Menge entsprach. Als ob der heimische Dialekt so schwer zu verstehen gewesen wäre. Beinkleider – „Housen", Vierbeiner „Hosen". Das konnte man wohl kaum verwechseln. Jedenfalls konnte Steffens Großvater sich rühmen, den geplanten Erholungsurlaub der Deutschen für einen nur geringen Aufpreis in einen Bildungsurlaub transformiert zu haben. Touris... Immer ein Augenrollen wert.

Sei es wie es sei, jedenfalls war ein gern zitierter Insider geboren, der dem geneigten Zuhörer zumindest solange den Tag versüßte, wie er ihn noch nicht zum zwanzigsten Mal gehört hatte. Was sich dank Steffens Enthusiasmus allerdings kaum vermeiden ließ. „Ja, genau der Kunstbunker von Schönhuber. Musst irgendwann mal mitkommen, das ist da schon ein bisschen gruselig. Besonders, wenn dann plötzlich der Vinschger (Vinschger Bahn, genannt „Vinschger") vorbeifährt. Der Tunnel hat einen eigenen Zugang, der wurde in Kriegszeiten angelegt. Daniel erzählte, was er wusste.

„Überall stehen Kunstwerke herum. Alles, was der Schönhuber so zusammengesammelt hat, Barbiepuppen,

Windlichter, bemalte Stühle, geile alte Werbeplakate, Fingernägel und Haare im Einweckglas – ein verrückter Künstler, der fast alle Bunker in Südtirol aufgekauft hat und nun Sammelsurienmuseen hütet, und natürlich seine eigenen Erzeugnisse. Er soll wie ein Labyrinth sein. Ohne den Schönhuber tätest du da nicht wieder hinausfinden“, versuchte er seinem Freund kalte Schauer über den Rücken zu jagen.

Die Beschreibung der ungewöhnlichen Galerie verfehlte diese Wirkung, doch fiel dem Jungen etwas auf, das dazu besser geeignet war. Mit seinen scharfen Adleraugen hatte er am gegenüberliegenden Ufer der Etsch etwas gänzlich Ungewöhnliches blinken sehen.

„Geh, Steffen, schau amal, da liegt was, das aussieht wie ein Rollstuhl“, stellte er ungläubig staunend fest. Steffen schaute seinen Freund an, als ob der irgendetwas genommen hätte. Dann vertiefte er seinen Blick in die ausgewiesene Richtung. Tatsächlich, in der Sonne glänzte Metall. Es war nicht sehr gut zu sehen, hatte aber die Form eines Sessels. Daniels Vater hatte nach einer Meniskusoperation eine Weile im Rollstuhl sitzen müssen.

Vielleicht hatte der Junge deshalb sofort erkannt, was für eine Gerätschaft da im Wasser lag. Die beiden blickten sich um. Offenbar hatte außer ihnen noch niemand etwas bemerkt. Die Bewunderer waren mit dem Bestaunen des kleinen Wasserfalls beschäftigt, der sich hinunter in Richtung Meran ergoss. Andere Passanten genossen den beeindruckenden Anblick der Texelgruppe in Richtung Partschins.

Die Freunde schauten einander an.

„Und, jetzt?“, wollte Daniel wissen.

„Eigentlich geht es uns ja nichts an, aber seltsam ist das schon. Man verliert ja nicht mal eben einen Rollstuhl“, versuchte sich Steffen einen Reim auf die Sache zu machen. Die beiden Jugendlichen mussten lachen, obwohl sie vermuten konnten, dass es wohl einen sehr ernsten Hintergrund zu dieser Situation gab.

„Wenn ich das richtig sehe, liegt der ja mehr oder weniger direkt vor Schönhubers Haustür", stellte Daniel fest.

„Ich schicke meiner Mutter eine Nachricht, die hat die Handynummer von ihm. Soll doch sie ihm das sagen".

„Ja, genau, und wir fahren jetzt zum Waalweg. Dann können wir beim alten Jausenwirt eine Brotzeit zu uns nehmen. Ich freu mich schon auf den feinen Speck, den sie dort haben", beeilte sich Steffen zu sagen.

Essen war eine seine Lieblingsbeschäftigungen. Und da Daniel ihm diesbezüglich in nichts nachstand, vergaßen sie den Rolli am Ufer rasch wieder. In ihrer Aufregung hatten sie etwas Entscheidendes nicht bedacht: Daniels Mutter würde später wissen wollen, was sie eigentlich auf der Töll zu suchen gehabt hatten und wie sie dahin gekommen waren. Für sie würde ihr kleiner Ausflug noch ein Nachspiel haben.

Eine gute halbe Stunde später sah man den Meraner Künstler am versteckten Zugang der Vinschgerbahn auftauchen. Und er musste die überraschende Nachricht bestätigen, die er erhalten hatte. Tatsächlich lag da ein Rollstuhl im Wasser. Weil er sich am Ufer im Gestrüpp verfangen hatte, bestand keine Gefahr, dass er weggespült werden könnte. Man brauchte ihn einfach nur mit einer Stange aus dem Wasser zu ziehen. Schönhuber hatte etliche davon in seiner Sammlung. Er schickte sich bereits an, eine zu holen, als ihm der Artikel im „Rosengarten" von heute Morgen einfiel, der ihm in der Bar ins Auge gestochen war.

Seit kurzem gab es für die größte Südtiroler Tageszeitung kein anderes Thema mehr außer dem Mord an der einzigen Paralympics-Sportlerin der Provinz, die eine Silbermedaille gewonnen hatte. Ein Foto war dabei gewesen, das Monica sitzend im Rollstuhl zeigte.

Der Artikel hatte nur wenige Details genannt, und da

Schönhuber dem „Rosengarten“ nur wenig abgewinnen konnte, hätte er sie vermutlich auch überlesen.

Allein die Tat hatte ihn berührt, deswegen hatte er den Beitrag nicht ignoriert. Und natürlich sprachen in der Passerstadt alle darüber. Schönhuber beschloss, nicht selber Hand anzulegen, sondern doch besser die Polizei zu informieren. Die Wettervorhersage schien voll ins Schwarze getroffen zu haben, und das wortwörtlich: Schwarze Wolken zogen am frühen Nachmittag vom Reschen gemächlich durch das breite Tal in Richtung Burggrafenamt und eilten einem schweren Herbstgewitter voraus. Sturm zog heran, ein eher seltenes Naturphänomen in Südtirol.

Die Jungen, die hastig ihr Essen heruntergeschlungen hatten, beeilten sich, auf schnellstem Wege in Richtung Heimat zu radeln, und bekamen deshalb nicht mehr mit, dass ein Carabineri-Alfa mit rauchenden Reifen von Rabland aus heruntergefahren kam und am Ufer gegenüber der Töll beinahe in die Etsch fuhr. Der Rollstuhl wurde von den Polizisten aus den Fluten geborgen und zurück nach Rabland gebracht. Von dort aus ging er direkt zur Untersuchung nach Meran. Anhand seiner Seriennummer ließ sich leicht feststellen, dass es sich bei dem völlig verbeulten Stück tatsächlich um den vermissten Hightech-Rollstuhl Monica Koflers handelte.

ACHTZEHN

Ein ordentlicher Wind pfiff Polizeichef Hubert Pixner um die Ohren, als er sich aufmachte, den bedauernswerten Marius Kofler im Schlosshotel Korb zu treffen. Eine Idee trieb ihn um, die als plötzliche Eingebung über ihn gekommen war. Eigentlich hätte es ein gemütlicher Feierabend auf der atemberaubenden Terrasse mit filmreifer Kulisse werden sollen. Doch was, wenn es stattdessen einer mit einem kleinen, aber feinen Whiskey in der stimmungsvollen Raucherlounge werden würde?

Pixner schloss seinen Privatwagen auf, einen echten alten Mini. Neben seinen 1,84m und den breiten Schultern wirkte das Auto wie Spielzeug neben ihm, aber das war ihm egal. Während des Einsteigens kamen ihm Skrupel, die ihm den Gedanken and die gemütliche Bar verleideten. Er rauchte nur noch selten, eigentlich gar nicht mehr. War das eine gute Idee, als frischgebackener Fast-Nichtraucher bei den Rauchern zu sitzen, oder sollte er es gerade tun, um seine neugewonnene Disziplin zu testen?

Vor allem, da Elena den Geruch von abgestandenem Rauch hasste, der sich unweigerlich in seiner Kleidung festsetzen würde. Während er die MeBo hinunterfuhr, wog er die Vor-und Nachteile der Raucherlounge sorgsam ab. Lounge oder nicht Lounge, das war hier die Frage. Er liebte diese kleinen Analysen und das Philosophieren über Alltagsprobleme, weil sie ihm den Kopf freihielten. Es war wie eine kleine Meditation, die alle anderen Gedanken, besonders die beruflichen, für ein Weilchen von ihm fernhielt. Er gewann Abstand und konnte mit neuen Kräften an die Arbeit gehen. Im Rückspiegel sah er Meran schon beinahe nicht mehr.

Um die Texelgruppe blitzte es und die Böen machten dem Mini zu schaffen. Pixner drosselte die Geschwindigkeit und wunderte sich über seine Landsleute, die trotz des aufkommenden Sturms in Richtung Bozen schossen, als würde der Weltuntergang drohen. Ach, fiel es ihm da ein, es war Samstagabend, die gingen alle aus. Bei Terlan fuhr er von der Schnellstraße herunter und kurvte langsam durch die Apfelplantagen zu seinem aktuellen Sehnsuchtsort, wo er das Objekt seiner Begierde erhalten würde.

Er hatte inzwischen regelrechten Whiskeydurst und brauchte nicht weiter zu überlegen, wo er nun eigentlich sitzen wollte.

Er hoffte nur, dass dem eingefleischten Nichtraucher Kofler die Lounge ebenfalls behagen würde. Bis er oben ankam sann er über den Nutzen der Apfelfelder nach. Die waren bei einigen Südtirolern sehr umstritten, etwas, was Pixner gut verstehen konnte. Der Absatz der Frucht war lange nicht so hoch wie ursprünglich einmal erwartet. Stattdessen ging viel vom ursprünglichen Landschaftsbild verloren. Am Hotel angekommen fand Pixner die Parkplätze wie üblich voll vor. Viele Burggräfler läuteten einen Ausgehabend in der urbansten Stadt Südtirols mit einem gepflegten Mahl direkt unter der Mendel ein.

Erneut beglückwünschte sich Pixner dafür, das kleine Auto

behalten zu haben, so konnte er sich in eine winzige Lücke quetschen. Er kramte eine Weile auf dem Rücksitz herum, der gerammelt voll mit kleinen Schrauben, Muttern, Schraubenschlüsseln, Zangen, Schnürsenkeln und anderem wichtigen Werkzeug war. Endlich fand er seine Notration, ein Päckchen Zigarillos. Er warf einen Blick hinein und tatsächlich befanden sich einige der Edelglimmstängel in der Packung. Gut, jetzt konnte es losgehen. Schnell schloss Pixner ab und eilte forschen Schrittes durch den gerade einsetzenden Regen die steinernen Stufen hinauf in das warm erleuchtete Innere der schönen Burg.

Er kannte den Weg ganz genau. Gleich hinter dem Eingang neben der Rezeption lag wie ein Lichthof die eindrucksvolle, meterhohe Halle aus Holz und Stein. Das Besondere war ihre Decke, die zur Gänze aus Glas bestand. Man betrat also keine dunklen mittelalterlich wuchtigen Räume, sondern ein Märchenschloss, getaucht in Helligkeit und sehr viel Stil. Wie immer fühlte sich Pixner geborgen, was bemerkenswert war, weil er sich normalerweise gerne verkroch, am besten in eine Höhle tief unter der Erde. Grund genug für kleine Zwistigkeiten mit seiner Elena, obschon ihre Beziehung von sehr viel Zuneigung und Verständnis geprägt war. Ähnlich der Schlossherrin Ruth Dellago liebte auch Elena weite, lichte Räume.

Er indes verehrte die Nacht und hätte seinen Dienst am liebsten einundzwanzig Uhr angetreten statt zwölf Stunden früher, morgens um neun. Leider war dies nicht möglich. Sicher, Pixner war dominant, aber das hätte er nicht durchsetzen können, weder gegenüber seinen Vorgesetzten noch gegenüber Elena. Doch an diesem Ort fühlte er sich gänzlich anders. Hier mochte er das viele Licht, vielleicht auch, weil es gleich an der rechten, weiß verputzten Wand eine winzige gotische Tür gab, die sich in Richtung Tresen der Bar öffnete. Ein wunderbarer Duft von feinem Tabak hatte sich in die

Sessel und in die Holztäfelung hineingesogen, weshalb Pixner tief durchatmete.

Er war ein wenig zu früh dran, sodass er Kofler eine SMS mit seinem Aufenthaltsort schickte. Dann nahm er auf einem der bequemen Hocker Platz, kramte seine schmale Lesebrille aus einer der vielen Taschen seiner abgewetzten braunen Lederjacke und studierte mit Genuss die Whiskeyflaschen, die auf einem hinter dem Keeper befindlichen Regal drapiert waren. Eben hatte er sich für einen besonderen Tropfen entschieden, da berührte ihn vorsichtig eine Hand an der Schulter. Pixner, der völlig in Gedanken versunken auf die Etiketten gestarrt hatte, konnte eine Schreckreaktion gerade noch unterdrücken. Er hatte Kofler tatsächlich nicht kommen hören.

„Hoi, Marius“, begrüßte er ihn freundlich, „ist dir das recht hier in der Raucherlounge?“ „Hubert, sel isch mir wirklich völlig wurscht, ich bin nur froh, dass ich nicht so weit zu fahren brauchte. Jetzt noch mehr als heute Mittag!“

Der Polizeichef bemerkte erst in diesem Augenblick, dass Kofler ziemlich nass war. Richtig, der erste Herbststurm des Jahres und der prasselnde Regen, dem er beherzt wie mit einem Sprung durch die Eingangspforte entgangen war. Daran hatte er in diesem warmen und gemütlichen Raum gar nicht mehr gedacht. Kofler schüttelte sich wie ein Hund.

„Was trinkst du, Marius? So, wie du ausschaust, würde ich dir zu etwas Hochprozentigem raten“, meinte Pixner.

Der SVP-Mann nickte. Auch er betrachtete die Alkoholika hinter dem Barmann, entschied sich am Ende doch für einen einheimischen Obstler. Mit den Getränken in der Hand suchten sie sich in noch relativ leeren Bar – die meisten Gäste waren noch beim Essen – einen schönen Tisch aus und nahmen in den gemütlichen Sesseln Platz.

„Nun, sag‘ mir, Marius, wo drückt der Schuh? Ich spüre doch ganz genau, dass es dir nicht nur darum geht, den Tod deines Kindes verarbeiten. Sicher, das ist verdammt schlimm genug, aber da ist noch etwas anderes."

Er bemühte sich, Kofler nicht allzu tief in die Augen zu schauen, wollte er doch nicht oberlehrerhaft erscheinen.

Das wäre taktisch unklug gewesen, weil er damit das scheue Wild vertrieben hätte. Er wollte auch an sich selbst arbeiten. Elena hatte es ihm wieder und wieder gebetsmühlenartig gepredigt, er habe mitunter eine Art am Leib, die schwer an einen Oberlehrer erinnere. Das war nicht neu für ihn, aber aus ihrem Munde bewegte die Mahnung zum ersten Mal etwas in ihm, und er begann sie ernst zu nehmen. Gegenüber Kofler, der nachdenklich in sein Schnapsglas blickte, hatte er jedenfalls den passenden Tonfall angeschlagen. Er hatte um dieses Treffen gebeten, nun er musste nun auch liefern.

„Hubert, die Monica hatte sich im letzten halben Jahr innerlich sehr von uns entfernt, hauptsächlich von mir. Für eine typische Vatertochter eine merkwürdige Entwicklung. Sie stritt immer häufiger und heftiger mit mir, besonders übte sie Kritik an der SVP. Die sei viel zu lax im Umgang mit Ausländern, vor allem mit den vielen Flüchtlingen. Sie würde sich nicht genug gegen Italien abgrenzen und setze sich zu wenig für eine Wiederangliederung Südtirols an Österreich ein."

Er pausierte. Pixner sagte nichts und hörte zu. Er nahm ein Schlückchen aus einem Whiskeyglas und ahnte mehr und mehr, dass da noch etwas völlig anderes kommen würde.

„Ich dachte, ich spinne. Früher hat sie mir immer ganz andere Vorwürfe gemacht. Da hat es sie gestört, dass ich mit meinen Ansichten die Grünen nicht unterstütze. Ich habe dann argumentiert, die Zeit sei noch nicht reif für einen grünen Landeshauptmann, genauso wenig wie für einen weiblichen, aber das hat sie als „karrieregeil" vom Tisch gewischt. Dabei wusste sie ganz genau, dass ich Veränderungen – auch in Sachen behinderte Mitbürger – nur als Landeshauptmann würde durchsetzen können."

Wieder holte er Luft.

„Linda ist da übrigens ganz genauso starrsinnig, alle beide".

Während er die Worte sprach fiel ihm wieder ein, dass seine Tochter jetzt nicht mehr starrsinnig war, nicht mehr starrsinnig sein konnte und er schluckte.

Pixner schwieg einfach weiter und blickte ihn aufmunternd an.

„Dieser Gesinnungswechsel ist schon sehr merkwürdig. Besonders, weil ich wegen der gleichen Dinge schon seit Ewigkeiten massive Schwierigkeiten mit meinen Parteigenossen hatte."

Jetzt verstummte er. Pixner war überrascht. Wie jeder andere Südtiroler wusste er natürlich, dass in der Partei keiner dem anderen die Butter auf dem Brot gönnte, die bekannte Steigerung „Gegner", „Feind", „Parteifreund". Aber nach außen gaben sie gerne den Nimbus der Geschlossenheit. Was also steckte in Koflers Fall dahinter?

„Welche denn, Marius?" fragte er freiheraus.

„Ach", fuhr der fort und winkte dabei dem Barkeeper nach einem zweiten Obstler.

Auch Pixners Glas war leer. Er zögerte jedoch, ob er wirklich noch einen zweiten trinken sollte, denn er musste ja noch fahren und hatte im Vergleich zu Marius den deutlich längeren Nachhauseweg.

Als der Barkeeper sie erreichte, bestellte der Commissario aber dann doch einen zweiten Whiskey, diesmal eine andere Sorte, und bat zudem um die Karte.

„Im Prinzip hat die Linda ja recht, und die Monica auch. Vor zehn Jahren habe ich auf ökologischen Weinbau umgestellt, das ist der eine Punkt. Der andere mein Engagement für bessere Bedingungen für Behinderte."

„Das verstehe ich jetzt nicht...", warf Pixner ein.

„Du kennst doch unsere Landsleute, Hubert. Kaum hatte ich Erfolg mit dem Biowein, hieß es, das macht der doch nur, um besseres Geld zu verdienen. Sie versuchten mich unglaubwürdig aussehen zu lassen – aus Neid. Meine Bemühungen bessere Bedingungen für behinderte Menschen zu schaffen, wurden als reine Vorteilsnahme für Monica gewertet. Hinter ihren Vorwürfen steckten jedoch vor allem wahlkampftaktische Erwägungen. Die Konservativen in unserer Partei haben Angst davor, ihre Pfründe zu verlieren, sollte ich Landeshauptmann werden."

In Sachen Politik erstaunte den Polizisten Pixner schon lange nichts mehr. Er wusste, wie der Hase läuft. Als junger Mann war er für sein Talent gelobt, ja sogar ausgezeichnet worden. Logische Folge wäre eigentlich eine Karriere im Ministerium gewesen. Doch sehr bald klar wurde ihm klar, dass das nur durch ordentlich Bakschisch oder eben das richtige Vitamin B zu erreichen sei. Pixner kam ein Gedanke, den er sogleich aussprach.

„Bringst du deine Probleme mit der Partei mit dem Mord an Monica in Verbindung?", wollte er ganz direkt wissen. Er setzte sein bestes Pokerface auf, während der Kellner die Karte auf den Tisch legte.

„Hubert, der Gedanke kam mir durchaus, aber ich kann selbst nicht daran glauben. Soweit würden sie dann doch nicht gehen. Die Familie ist heilig, noch immer, auch heute noch", wiederholte er.

„Und trotzdem. Wenn man mal so eine Ahnung hat, ist doch oft etwas dran", spann er den Faden weiter. Pixner stieg darauf ein.

„Sie könnten sich vergaloppiert haben. Vielleicht wollten sie dir nur einen Denkzettel verpassen, dich ablenken oder etwas in dieser Art. Und sind dabei weit über das Ziel hinausgeschossen. Ist jemand aus Laas in der SVP?"

„Aber hallo, einige Mitglieder des Gemeinderats und einige ziemlich einflussreiche Landbesitzer. Ein Burgeneigentümer ist auch dabei, du weißt schon."

Er wollte keine Namen nennen, aber der Commissario konnte sich auch so seinen Teil denken.

„Andererseits", gab Pixner zu bedenken. „kommt man in einer so großen Verzweiflung, wie du sie gerade erlebst, auch auf phantastische Ideen, um endlich Antworten zu finden."

„Ja, Hubert, das ist uns eigentlich das Ärgste zurzeit, dass wir uns so gar keinen Reim auf alles machen können. Leider ist da noch etwas".

Das sah man nicht alle Tage: Ein gestandener Mann um die Fünfzig wurde rot wie eine Tomate.

„Ich möchte dir noch etwas erzählen, Hubert, und deswegen sollte auch Elena nicht dabei sein, denn es ist mir richtig peinlich." Pixner hob erstaunt die Augenbrauen. „Monica muss einen Liebhaber gehabt haben!" Nun war es heraus. Pixner konnte sich gerade noch bremsen, nicht laut aufzulachen. Er spürte die Nöte seines Gegenübers, fand sie jedoch reichlich lächerlich.

„Warum sollte eine Dreiundzwanzigjährige keinen Freund haben, lieber Marius?", fragte er lächelnd.

„Vielleicht weil sie im Rollstuhl saß? Wie soll denn das gehen?", wand sich der Vater.

„Du magst dir das nicht vorstellen, weil sie deine Tochter war, aber auch behinderte Menschen empfinden Lust und haben Gefühle wie Zuneigung und Liebe. Sie wird wohl einen Weg gefunden haben – und einen Mann. Oder", Kofler wurde noch röter, „vielleicht auch eine Frau!"

Hubert Pixner bestellte eine kleine Marendeplatte, dazu das köstliche Holzofenbrot, das extra für Schloss Korb gebacken wurde. Er nippte an seinem Whiskey und ärgerte sich, dass das der letzte sein musste, denn am allerliebsten hätte er noch einen dritten getrunken. Er musste an Elena denken. Ob sie ihn vielleicht abholen würde? Den Wagen könnten sie ja morgen wieder einsammeln.

Doch er verwarf den Gedanken gleich wieder, als er die Höhe der Rechnung überflog. Als echter Südtiroler war er recht knausrig im Hinblick auf vermeidbare Ausgaben. Er unterschied streng zwischen Effizienz und Lebensqualität. Und mehr als zwei hochpreisige Whiskeys waren keinesfalls effizient, nicht im Hinblick auf sein Budget für Luxusartikel und erst recht nicht für seinen klugen Kopf. Er blickte in erstaunte Augen. Kofler, der nicht wissen konnte, worüber er gerade nachdachte, vermutete falsch.

„Ihr wisst etwas, stimmt‘s?“, beschwerte sich der Ökowinzer.

„Sorry, Marius, ich wollte, es wäre so. Ich habe gerade ein paar Überlegungen angestellt.“

Er wollte keinesfalls zugeben, dass seine Gedanken zu einem völlig anderen Thema abgeschweift waren.

„Du glaubst also, Monica hatte einen Freund“, nahm der den Faden geschickt wieder auf und lenkte so von sich ab.

„Wie genau kommst du drauf? Gerade hast du erzählt, sie hätte sich dir schon seit einigen Monaten nicht mehr so anvertraut wie früher. Irgendetwas muss dich oder Linda ja auf diese Idee gebracht haben “, schlussfolgerte er.

Der Kellner erschien und brachte ein köstliches Arrangement aus ausgezeichnetem Speck, wunderbarem Heukäse aus Tisens, einer gehaltvollen Butter und sauer eingelegten Gurken wie direkt aus Omis Kellerfass. Ein Weidenkörbchen enthielt mehrere dick aufgeschnittene Scheiben Brot mit einer Kruste, von der Brotliebhaber nur träumen konnten.

„Magst auch ein bissl?“ fragte der Polizeichef, denn Marius Kofler schien ihm sehr blass um die Nase, und seine Wangen waren eingefallen. Zuerst sträubte sich der andere, aber dann griff er doch zu. Pixner merkte, dass das leichte Taubheitsgefühl in seinem Hirn durch die recht fette Butter reduziert wurde, und so traute er sich, ein Bier zu dem Ganzen zu bestellen. Nachdem sich beide Männer in Ruhe und Schweigen gestärkt hatten, legte Marius Kofler los.

„Eigentlich war es genau das, was mich so irritiert hat. Dieses ultrakonservative Gerede auf einmal, das passte so gar nicht zu ihr. Eine unserer Maximen, Lindas wie meiner, ist ja, „leben und leben lassen". Andere Menschen sollen ihr Leben so gestalten, wie sie es wollen und wie sie es für richtig halten. Besonders unsere Tochter."

Wieder verstummte er einen Augenblick und schien mit den Tränen zu kämpfen.

„Aber das war mir doch arg. Also fing ich – mehr oder weniger bewusst – an, sie zu beobachten. Es ging nicht so weit, dass ich versuchte, ihre E-Mails zu checken oder gar ihr Handy. So etwas würde ich nie tun", betonte er, und Pixner glaubte ihm das auch.

„Es ließ sich gar nicht vermeiden. Einmal, vor guten vier Monaten, hörte ich sie im Garten lachen. Ich wollte zu ihr, mit ihr gemeinsam fröhlich sein – vielleicht wäre sie wieder die Alte, meine stolze und selbstbewusste Tochter."

Nun glitzerte es nicht mehr nur verdächtig in seinen Augen, Kofler weinte. Elena würde ihn in den Arm nehmen, aber er, Pixner? Er war doch ein Mann... Schließlich räusperte er sich. „Schau, Marius, ich möchte nicht an deiner Stelle sein. Es gibt für Eltern nichts Schlimmeres, als ein Kind zu verlieren. Und dann noch auf solch tragische Art und Weise, das ist kaum auszuhalten. Umso mutiger ist es von dir, dass du dich dem Allem stellst, denn nur so kommst du da durch. Wie schafft das eigentlich Linda?", fiel ihm gerade noch ein zu fragen.

Kofler schüttelte nur den Kopf. Nachdem er ein wenig auf der köstlichen Rinde seiner Scheibe Brot herumgekaut und so neue Kraft getankt hatte, berichtete er weiter.

„Also, ich hörte Monica lachen und ging hinaus in den

Garten. Sie saß mit dem Rücken zu mir und hielt ihr Handy ans Ohr, sie nahm mich gar nicht wahr. Gerade wollte ich sie ansprechen, als ich merkte, wie ihre Stimme tiefer wurde und fast schon gurrte wie eine Taube. Ich stockte. Auch das kannte ich gar nicht von ihr. Es hat mich neugierig gemacht."

Kofler genierte sich.

„Ich hörte sie Koseworte sagen, „Tesoro" (Schatz) nannte sie ihn, und peinliche Dinge wie „ich reibe so fest ich kann, warte es nur ab." Da bin ich dann schnell weggegangen, denn ich schämte mich."

„So eine Art Fremdschämen meinst du?", überlegte Pixner. „Andererseits kann sie gerade das tatsächlich auch zu einer Frau gesagt haben, nicht wahr?"

Kofler wurde diesmal nicht rot, sondern regelrecht bleich. Eine behinderte Frau, Sex, und dann vielleicht sogar lesbisch, das war zu viel für ihn. Was wäre, wenn das publik würde, wenn einer seiner sauberen Parteigenossen davon Wind bekäme? Seine Karriere wäre am Ende, er wäre erledigt, für immer. Oder war das sogar schon geschehen und Monicas hatte ihren „Unfall" tatsächlich seinen Parteifreunden zu verdanken? Das würde dann auch erklären, warum sie sich bisher nicht gerührt hatten. Der „Rosengarten" wäre für einen kleinen Wink in Sachen „Marius Kofler und seine lesbische behinderte Tochter" für die nächsten hundert Jahre glücklich gewesen. Pixner betrachtete Kofler, während er sein Bierglas austrank.

„Marius, wir haben leider immer noch nicht das Handy deiner Tochter gefunden.

Insofern dürfte es schwer werden, die betreffende Person aufzuspüren. Aber wir sollten, nein, wir müssen sie finden. Im Übrigen glaube ich nicht, dass es eine Frau ist. Dann hätte Monica eher „geschickt reiben" gesagt", pisackte er den, wie er fand, doch recht spießigen Politiker. Kofler leuchtete tatsächlich wie eine rote Ampel.

„Beim letzten Passerslalom war sie prominente Zuschauerin und wurde von unseren Carabinieri geschützt. Müssen wir bei öffentlichen Veranstaltungen ja seit einigen Jahren. Toni Scarpone von den drei Orgelpfeifen aus der Petrarca-Straße war ihr Bodyguard und hat hinterher voller Stolz erzählt, dass sie regelrecht mit ihm geflirtet hätte.", versuchte er ein Lächeln hinzubekommen.

„Die drei Orgelpfeifen?" platzte es aus Kofler heraus.

„Oh, entschuldige bitte, das ist ein Insiderscherz. Der ist so in Fleisch und Blut übergegangen, dass... vergiss es einfach wieder, hat null mit diesem Fall zu tun", beeilte sich Pixner zu sagen und war froh, wieder auf ein neutrales Thema überleiten zu können.

„Ich schlage also vor, wir dürfen in ihr Zimmer oder ihre Wohnung bei euch im Gut, vielleicht kommen wir dann endlich weiter!"

Kofler nickte einfach, sie zahlten und fuhren dann jeder für sich durch eine regnerische und dunkle Herbstnacht nach Hause. Pixner war Furcht weitestgehend fremd, doch eines fürchtete er durchaus: den „Rosengarten". Das Volk wollte Ergebnisse sehen. Vor allem, wenn das Opfer so bekannt und beliebt gewesen war wie Monica Kofler. Und der Presse würde es ein Vergnügen sein, sich zur Speerspitze zu erheben und den Willen des Volkes einzufordern. Und seinen Zorn zu schüren.

NEUNZEHN

Im Chefzimmer rumorte es Anfang der folgenden Woche herum. Ohnewein vernahm dies mit einem gewissen Schrecken. Er war letzte Nacht dank einer bis auf den letzten Tropfen geleerten Flasche Vernatsch und einem vergammelten Wochenende noch vor dreiundzwanzig Uhr in den Schlaf gesunken und am nächsten Morgen erstaunlich erfrischt erwacht. Sturm und Regen hatten ihn in den Schlaf gewiegt und ihm surreale, doch sehr angenehme Träume beschert, in denen er auf Wolken schwebte und alles in größter Klarheit überblicken konnte.

Seine Frau übernachtete alldieweil im Gästezimmer. Kurz dachte er an seinen Vorsatz, mit ihr reden zu müssen, sehr ernsthaft und sehr dringend. Die Paartherapie hatte sie abgebrochen. Wollte sie überhaupt noch mit ihm leben? Die Kinder waren aus dem Haus, sie hatte ihre Tanzgruppe, ihren Kunstverein, ihr Abo im Teatro Puccini, die konzertanten Kaffetanten, mit denen sie Musik analysierte. Ein erfülltes Leben also, in dem er keine Rolle spielte. Für ihre Ehe schien sie keine Zeit zu haben. So konnte das nicht weitergehen. Er würde nicht zulassen, dass sein Beruf darunter litt. Nein, der

Beruf nicht. Er brauchte Klarheit, eine Entscheidung. Der Gedanke, endlich aus der privaten Krise herauszukommen, egal mit welchem Ausgang, beflügelte ihn und verlieh ihm eine Menge überschüssiger Energie.

Spätestens nach einer heißkalten Dusche und einem guten Espresso in seiner Lieblingsbar sprühte Matthias Ohnewein nur so voller Tatendrang. Kollegin Lolita kam ihm in den Sinn. Noch ein ungelöstes Problem, dem er sich würde widmen müssen. Zum Glück war mit Pixner alles in Ordnung, mit ihm hatte er schon immer gut gekonnt. Als könnte er Gedanken lesen, steckte sein Chef den Kopf durch die Tür.

„Hosch a wenig Zeit für mich?", fragte er auf gewohnt freundliche Weise.

„Sicher, Chiefinspector", antwortete der Commissario, der seine gute Laune wiedergefunden hatte. Er wusste, Pixner mochte das nicht, Chiefinspector genannt zu werden, und genau deswegen zogen ihn seine Untergebenen zuweilen damit auf. Jeder Angehörige der burggrafenamtlichen Polizei wusste, wie gerne Pixner die englische Krimiserie „Inspector Barnaby" schaute, und genau dies war der Grund für den Spitznamen. Die Reaktion ließ nicht lange auf sich warten: Pixner drohte ihm mit einem alten Hammer. Dieser lag aus unerfindlichen Gründen auf der alten Werkbank, die als Pixners Schreibtisch diente.

Der Chef deutete ihm, auf dem merkwürdigen alten Hocker Platz zu nehmen, und kam ohne Umschweife zur Sache. Hias sah aus den Augenwinkeln eine Tasse Kaffee auf seiner Seite des Tisches dampfen, das freute ihn. Er spitzte die Ohren und hörte aufmerksam zu. Zunächst unterrichtete ihn der Chef über den Status quo, alles, was er seit dem letzten Wochenende in Erfahrung gebracht hatte. Er ließ weder den Liebhaber der Ermordeten noch den Laptop mit den bizarren Bildern aus, und auch die kleine silberne Klemme fand Erwähnung. Pixner hatte bereits heute Morgen die Durchsuchung der kleinen Wohnung im Haus der Eltern in die Wege geleitet.

„Und damit wären wir bei einem sehr wichtigen Punkt, lieber Hias“, beendete er seine Ausführungen. Ohnewein sah ihn gespannt an, seinen Kaffee hatte er inzwischen ausgetrunken.

„Es geht um Lolita. Sie ist seit Tagen krankgeschrieben. Ich bin unter anderem deshalb mit eingesprungen, und natürlich auch, weil die Sache hochbrisant ist. Wir müssen versuchen, so rasch wie möglich Ergebnisse zu erzielen. Mir ist seit Längerem aufgefallen, dass mit der Kollegin etwas nicht stimmt. Die internen Berichte der vergangenen Zeit ließen ganz klar handwerkliche Fehler erkennen, die ihr früher nicht passiert wären.“

Pixner machte eine kurze Pause, überlegte.

„Wie sie sich mit dem aktuellen Fall anstellt, das gibt mir gewaltig zu denken.“

Er setzte seinen Kommissar mit wenigen Worten über die zurückliegenden Geschehnisse in Kenntnis, insbesondere wie die Kollegin auf die Aufforderung reagiert hatte, die Todesnachricht zu überbringen. Ohnewein hätte sich gerne zurückgelehnt, doch das ging nicht auf dem unbequemen Hocker.

„Meinst du, sie wird länger ausfallen?“, stieg eine Ahnung in ihm auf.

„Hias, ich habe mir erlaubt, mit meiner Frau darüber zu sprechen. Sie ist ja Psychotherapeutin. Und sie kennt Lolita, da beide gelegentlich Kunstevents besucht. Elena hält es für mehr als angebracht, dass ich sie zu unserem Polizeipsychologen schicke. Wenn Elena richtig liegt, steht Lolita entweder kurz vor einem Burn-Out, oder sie steckt schon mittendrin.“

Pixner hatte seine Ansprache beendet.

„Das würde bedeuten, sie steht eine geraume Weile nicht zur Verfügung. Verdammt, ausgerechnet jetzt“, schimpfte Ohnewein.

„Ja, genau. Aber wir können uns keine weiteren Patzer erlauben. Daher helfe ich in diesem Fall persönlich bei den Ermittlungen. Und ich hoffe von ganzem Herzen, dass das Mädel wieder auf die Reihe kommt. Sie mag eine Zicke sein wie sie im Buche steht, aber sie war bis jetzt auch eine ganz ausgezeichnete Polizistin“, sprach der Chef vermittelnde Worte.

„Bene“, meinte der Capo Commissario, „wir haben ja auch noch Marini. Damit sind wir wieder zu dritt und kriegen das hin. Ich erwirke gerade den richterlichen Beschluss für die Durchsuchung in St. Pauls und halte dich auf dem Laufenden, was die Untersuchungen des Laptops ergeben.“

Er stand auf und legte die gestreckten Finger der rechten Hand an seine Schläfe wie bei einem militärischen Gruß. Erneut drohte Pixner mit dem Hammer, weshalb Ohnewein so tat, als ob er schleunigst das Chefbüro verlassen würde. Er ließ sich auf seinem Platz nieder und schrieb Marini eine ziemlich lange E-Mail.

ZWANZIG

Gerade als Franco Marini über einem Martini im Kunstcafé beschlossen hatte, sich von Lolita Mittegger künftig nicht mehr ärgern zu lassen, meldete sein Handy das Eintreffen einer neuen Nachricht. Wie gut, dass er Zeit hatte und nicht im Dienst war, denn sie war ziemlich lang. Der gute Hias! Er schilderte fast jedes Detail seines Gesprächs mit Pixner, wobei er auch dessen Beurteilung der Kollegin Mitteregger nicht ausließ. Zum Schluss fragte er an, ob er, Marini, morgen in den Vinschgau mitkommen wollte. Anscheinend hatte Ohneweins Chef es möglich machen können, Marini ganz offiziell in die Untersuchung einzubinden, anders konnte es sich der Maresciallo nicht erklären.

Vielleicht hatte das auch mit dem Personalausfall durch die Krankschreibung Lolita Mitteggers zu tun. Mitfühlend, wie er nun einmal war, überlegte Marini, bei ihr vorbeizugehen. Vielleicht konnte sich bei dieser Gelegenheit auch klären lassen, was sie eigentlich gegen ihn hatte. Er wusste, dass sie in den Lauben wohnte, also in der Altstadt. Eigentlich nicht direkt in den Lauben. Vielmehr residierte sie in der Sparkassenstraße, die an die Lauben stößt, in einer riesigen Vier-Zimmer-Wohnung im alten Rathaus.

Das war vor über zehn Jahren mit Mitteln von Stadt und Provinz umgebaut worden. Neben Büros fanden sich ganz oben vier hochmoderne Wohnungen, die sich quadratisch um einen Lichthof anordneten. Durch die Förderung war eine Mietpreisbremse auf zwanzig Jahre mitklausuliert worden, die Wohnungen galten bis Ablauf dieser Zeit als Sozialwohnungen und waren im Vergleich zur Quadratmeterzahl und Lage spottbillig.

Bevor er dort ankam, musste er sich jedoch durch ganze Scharen von Wandertouristen kämpfen, die besonders im Oktober in der Stadt geradezu einfielen. In den letzten Jahren kamen auch viele Schweizer, die – für ihre eigenen Verhältnisse spottbillig – Sportmarkenmode einkauften. Lachend wimmelte eine Menge Volk in den engen Gassen, Menschen klebten an den Schaufenstern und ließen ein straffes Vorwärtskommen kaum zu. Endlich. Marini klingelte an der Tür, brummelte seinen Namen in die Gegensprechanlage und fuhr mit dem Aufzug die drei Stockwerke nach oben. Natürlich hätte er auch die Stiege mit ihren über hundert Jahre alten Sandsteinstufen nehmen können, doch die waren ihm zu abgetreten, und er wusste, wie ungeschickt er manchmal sein konnte.

Lolita öffnete mit verquollenen Augen. Sie war völlig ungeschminkt, so hatte er sie noch nie gesehen. Ihre Haare waren zu zwei Zöpfen geflochten, und sie sah, wie Marini fand, eigentlich recht hübsch aus. Über Jeans und T-Shirt hatte sie eine Trachtenstrickjacke angezogen, so dass sie tatsächlich etwas sehr Tirolerisches an sich hatte.

„Franco", sagte sie mit leiser Stimme.

„Komm herein, mir geht es nicht gut, ich bin krankgeschrieben. Ich möchte nicht unhöflich erscheinen, wenn ich dir keinen Kaffee anbiete, ich lege mich gleich wieder hin."

Sie lief vor ihm her in ihr Wohnzimmer, in dem ein großes, elegantes, knallrotes Ledersofa stand. Darauf lag eine cremefarbene dünne Wolldecke, in die sie sich sofort kuschelte.

„Du frierst? Nun, es ist seit dem Sturmtief tatsächlich kühler geworden, aber ich finde es eigentlich noch ganz schön draußen“, versuchte Marini Konversation zu betreiben. Erstaunlicherweise war Lolita überhaupt nicht kratzbürstig.

„Ich friere, weil mir innerlich kalt ist, Franco. Meine Hausärztin hat mich für zwei Wochen krankgeschrieben, damit ich endlich wieder einmal zur Ruhe komme, wie sie sagt. Sie möchte allerdings, dass ich entweder zur Polizeipsychologin oder gleich zum Psychotherapeuten gehe. Vorhin habe ich mit Pixner telefoniert. Er hält den Dienstweg für geschickter, schon aus finanzieller Sicht. Ich würde den Dienstausfall länger bezahlt bekommen.“

Marini war ehrlich erstaunt. Er sah sie mit großen Augen ansah, und ließ damit seine Überraschung sehr deutlich erkennen. Um kein peinliches Schweigen aufkommen zu lassen, sprach die Polizistin eilig weiter:

„Dr. Ebner hat mir ein leichtes Psychopharmakum verschrieben. Sie meint auch, dass ich mich im Anfangsstadium eines Burn-Outs befände. Ich erzähle dir das lieber selber und bevor es in der Stadt herumgeht und es heißt, ich sei in die Anstalt eingeliefert worden.“

Sie schwieg. Oh ja, Marini wusste sehr genau, was sie meinte. Vielleicht lag es an der Wirkung des Mittels, jedenfalls schien sie vergessen zu haben, wie sie selbst erst vor kurzem ihren Kollegen Ohnewein aufgezogen hatte wegen dessen Paartherapie. Ohnewein hatte Marini auf der Fahrt nach Laas davon erzählt. Marini fasste sich und wandte sich zum Gehen.

„Liebe Lolita, ich denke, das ist eine gute Idee. Deine Nervosität ist uns in der Tat allen aufgefallen, und wir haben uns bereits Sorgen gemacht. Ich wünsche dir von Herzen, dass du bald wieder gesund und munter bist und dich voll als gute Kollegin einbringen kannst, wie wir das von dir gewohnt sind."

Nach diesen aufmunternden Worten verließ er die Kommissarin. Kurze Zeit später wurde bekannt, dass Lolita Mitteregger aufgrund eines Burn-Outs für ein halbes Jahr nicht zum Dienst erscheinen würde.

EINUNDZWANZIG

In der folgenden Woche erkannten Matthias Ohnewein und Franco Marini ein verflochtenes Netz widriger Vorfälle und versuchten ein Puzzle zusammenzusetzen. Noch immer gab es keinen schlüssigen Hinweis auf Täter oder Motiv. Der „Rosengarten" machte beinahe jeden Tag mit diesem Thema auf und bedrängte die Wache mit unablässigen Telefonanrufen. Für eine Pressekonferenz hatten sie einfach viel zu wenig konkretes Material.

Deshalb formulierte der Chef eine knappe Erklärung für die Bevölkerung. Den Hinweis auf Monicas mysteriösen Freund erwähnte er nicht, und ebenso die Sache mit den Brustbildern. Doch ließ er die Öffentlichkeit wissen, dass das Handy noch vermisst werde.

Bernie Gurtschler in Laas wurde es mulmig beim Lesen des daraufhin verfassten Leitartikels, vom Chefredakteur persönlich. Dennoch beschloss er, zunächst abzuwarten.

Die beiden Kommissare planten eine weitere gemeinsame Fahrt hoch in das Marmorstädtchen, während Polizeichef Pixner die Durchsuchung der Wohnung des Opfers anordnete. Inzwischen hatte auch di Lorenzini die abschließende

Untersuchung des „Speckbrettl"-Opfers, wie man in Südtirol anfing, die zweite Leiche im Fleischtransporter zu nennen, beendet. Sie schrieb an Pixner, sie werde nun mit Monica Kofler weitermachen, erhoffe sich allerdings keine wirklich relevanten neuen Erkenntnisse. Pixner leitete dies an die beiden Chefermittler weiter und widmete sich seinen Plänen, sein Gartenhaus zu entrümpeln und dann zu renovieren. Pixner wurde jäh aus seinen Gedanken gerissen, als Brigadiere Carmine Losso sich telefonisch meldete.

„Also, Chiefinspector, die Wohnungsdurchsuchung sollen wir übernehmen, habe ich das richtig verstanden?"

„Ihr sollt mich doch nicht ...", schnaubte er ins Telefon, lachte dann aber, „Ja, bitte. Wir haben Personalmangel. Nicht nur Commissaria Mitteregger ist ausgefallen, sondern dank der ersten Grippewelle auch eine ganze Menge Leute hier im Haus. Zum Glück nehme ich mein selbstgemachtes Echinacea-Tonikum, das bringt uns immer gut durch den Winter."

Er hätte noch weiter geplaudert, denn Pflanzenkunde war sein Steckenpferd, wenn ihm nicht in diesem Moment bewusst geworden wäre, dass dies ein wenig unpassend gewesen wäre.

„Soll ich mit Scarpone hin? Der ist zwar alleine bei uns in der Petrarcastraße, aber zurzeit ist nichts los, und er muss lernen", grinste sich Losso eins.

„Nein, nein, es war schon problematisch genug, da einen Kollegen aus Meran einzubinden. Es sind die Karpf", das war die Retourkutsche für den Chiefinspector, „aus St. Pauls vor Ort. Wenn sie maulen, schieb' die Schuld einfach auf mich", schloss Pixner das Telefonat.

Er hatte eine Reihe von Notizzetteln angefertigt, die er nun an eine große rechteckige Pinnwand hing. Auf ihnen standen die Namen aller Beteiligten und Begriffe mit Fragezeichen. Auch die bisher gefundenen Gegenstände aus dem Besitz Monica Koflers.

Er heftete die Papierstücke an, trat einen Schritt zurück und versuchte eine Ordnung hineinzubringen.

Jedenfalls soweit dies möglich war. Es fehlten noch so viele Hinweise. Der kluge Polizeichef war sich völlig sicher, dass es noch einige Personen geben musste, die mit Monica zu tun hatten, von denen sie nichts wussten. Allen voran der Mörder und der ominöse Liebhaber. Während er besonders die seltsamen Nacktbilder und diese Miniklemme betrachtete, ging in seinem E-Mail-Fach Post ein. Sie sollte ihm tatsächlich weiterhelfen, allerdings fand er sie erst geraume Zeit später. Das feinziselierte Teil war zangenförmig mit zwei dickeren Enden, auf denen sehr kleine Schaumstoffschwämmchen angebracht waren. Es konnte irgendetwas zusammenhalten, und das mit Druck. Briefe?

Viel zu klein. Zwischen den beiden „Druckknöpfen" befand sich zusätzlich auch noch ein kleines Kettchen. War das nun rein dekorativ oder hatte es einen Sinn?

Der „Chiefinspector" machte für Elena ein Foto mit seinem Handy, das er auch auf seinen Rechner lud und über den internen Server an alle verschickte, begleitet von der Frage, ob sich irgendjemand einen Reim auf den Zweck dieses Werkzeugs machen könne. Pixner beschloss zusätzlich, die Klemme ins Labor zu geben. Kollege Oberhofer von der SpuSi hatte in seinem Bericht den Verdacht geäußert, es könnte sich um versilbertes Gold handeln.

Auch merkwürdig, er kannte das sonst nur umgekehrt, etwa vom Schmuck seiner Frau. Hubert Pixner kramte aus seiner Werkbank den Plan des Gartenhäuschens und beschloss, erst einmal dieses Problem zu lösen.

ZWEIUNDZWANZIG

Auch Franco Marini und Matthias Ohnewein ging es auf der Fahrt nach Laas um die Frage, was es wohl mit der Silberklemme auf sich haben könnte.

„Hast du sowas schon mal gesehen, Hias?", erkundigte sich der Maresciallo.

„Ich überlege schon die ganze Zeit. Einerseits bilde ich mir ein ja, andererseits wüsste ich nicht, wo."

„Ob sie was mit der Behinderung zu tun hat, meinst?", bohrte Marini weiter, den das Gefühl nicht verlassen wollte, mit dieser Klemme einen wichtigen Hinweis erhalten zu haben, dessen Erklärung er übersah. Er hoffte, das jüngst erworbene Wissen in Sachen Profiling endlich zielführend zum Einsatz bringen zu können.

„Irgendwas hat sie damit festgehalten, denn da war ja ordentlich Spannung in der Feder. Aber so klein? Und dann aus einem so wertvollen Material, falls Oberhofer Recht hat", gab Hias zu bedenken. Sie passierten gerade Latsch und das prächtige Renaissanceschloss bei Goldrain.

„Irgendwie kann man mit dem Teil was zusammendrücken und festhalten. Oder auch nur festhalten. Man weiß bei

Frauen ja nie. Am Ende ist es irgendwas Dekoratives. Oder für die Haare? Ach, was weiß denn ich", beendete er seine Überlegungen. Mochte sich Marini damit befassen, er maß diesem komischen Dingen keine solche Bedeutung zu.

„Ich finde diese Brustbilder weitaus eigenartiger, Franco." Dieser nickte stumm.

„In meinem ganzen Leben habe ich noch keinen Mann mit solchen Brustwarzen gesehen. Und wir mussten früher genauso wie ihr nach Einsätzen in die Gemeinschaftsdusche. Also, nicht, dass ich da intensiv geglotzt hätte. Aber lieber dahin als weiter unten, das wäre nämlich wirklich falsch aufgefasst worden."

Er hatte das gehasst und hasste es noch immer. Wieder nickte Marini verständnisvoll, grinste aber dabei. Er antwortete:

„Für mich sehen die auch unnatürlich aus. Ich habe mir die Fotos noch einmal mit der Lupe angeschaut. Eine operative Veränderung kann ich nicht erkennen. Aber es wirkt so, als wären die über sehr lange Zeit hinweg bearbeitet worden."

Weil er für den Augenblick nicht weiter wusste, schwieg er. Es nervte ihn auch, dass er absolut keine Idee hatte, wer dieser geheimnisvolle Freund oder Liebhaber sein konnte. Da wäre viel Recherche unter Monicas Bekannten und Freunden nötig gewesen, und das kostete enorm viel Zeit. Natürlich hackte die Presse schon wieder auf ihnen herum. Das Opfer war nicht nur noch bekannter als dieser Maler, sondern zu allem Überfluss auch noch deutlich beliebter. Unwillkürlich zuckte er mit den Schultern. Sie konnten es nicht ändern, außer, es geschähe noch ein Wunder in Sachen Informationen.

Er mochte auch den Gedanken, die Tat könne etwas mit dem Erstarken rechtsradikalen Gedankenguts im Vinschgau zu tun haben, nicht aufgeben. Gerade in der letzten Zeit hatte es neben den Angriffen auf Migranten und Flüchtlinge vermehrt Aggressionen gegenüber Behinderten gegeben. In Prad am Stilfser Joch fand sich eine provinzbekannte Behindertenwerkstatt mit ausgezeichnetem Ruf. Auf sie war vor kurzem ein Brandanschlag verübt worden. Der Sachschaden war enorm, zum Glück waren aber keine Menschen zu Schaden gekommen. Es gab ein Bekennerschreiben, aus dem ganz klar hervorging, dass die mutmaßlichen Täter unter gesunden Südtirolern keine „Abartigen“ dulden wollten.

Wohl war Marini bei dem Gedanken allerdings nicht. Monica war eine echte Südtirolerin aus alteingesessener Familie gewesen und erst durch einen Unfall behindert geworden, und sie hatte für ihren Ruf als Leistungsträgerin hart gekämpft. Nicht eben das klassische Opfer für ein Einzelattentat aus politischen Gründen. Der Täter konnte bei der Ermordung einer beliebten Sportlerin kaum auf Sympathien für sich oder seine Sache hoffen, sodass es letztlich an einem nachvollziehbaren Motiv fehlte. Ein ziemlich unwahrscheinliches Szenario also. Auch Ohnewein dachte nach.

Er tendierte ganz stark zu einer Verbindung zwischen Monica und dem Marmorbruch. Doch dies war reine Spekulation, basierte mehr auf Instinkt und war bisher mit nichts zu belegen außer der Tatsache, dass sie dort gefunden worden war. Kaum etwas hasste er mehr, denn er war ein Mann der Tatsachen. Auch dies war für ihn ein Grund gewesen, das Profiling-Seminar zu besuchen. Zusätzlich brachte ihn der Verkehr auf der Staatsstraße zur Weißglut, und so schimpfte er mächtig auf die Motorradfahrer. Dann kam ihm ein Gedanke, den er laut aussprach.

„Pixner hat sich köstlichst darüber amüsiert, dass der Koflervater so genant in Sachen Tochter und Freund gewesen war.“

Er konnte nicht zu Ende sprechen, denn Marini fing lauthals an zu lachen.

„Genant? Wo hast du denn diesen Ausdruck her? Ich höre

gerade meine Oma reden...", prustete er.

Ohnewein überlegte kurz, ob er nun beleidigt sein oder mitlachen sollte. Er entschied sich für letzteres.

„Ich versuche nur, ein schönes Deutsch zu reden, schließlich kann das kaum noch einer!" Marini fiel fast vom Glauben ab und hielt sich den Bauch. Schon lange war er nicht mehr derartig erheitert worden.

„Schönes Deutsch? In Südtirol? Wo Bozen im Schnalstal Bouzen und im Passiertal Boazen heißt? Du bist schon ulkig, mein kluger Freund", beschwichtigte er den Kollegen, der zwischenzeitlich einen leicht missmutigen Eindruck gemacht hatte.

„Ich hab' ja nicht ein Semester Germanistik in Wien studiert, sellwollsell, Signore", zielte der zurück, war aber nicht böse.

„Wenn der wüsste, dass die Monica Fotos von männlichen Brüsten mit übergroßen Brustwarzen sammelte, er würde wahrscheinlich im Schock statt Bioweintrauben die Schnecken vom Boden auspressen", spann Matthias Ohnewein den angefangenen Faden fort. Marini verspürte den dringenden Wunsch, eine Toilette aufzusuchen.

„Hias, wenn du so weitermachst, dass bepiss' ich mich zum ersten Mal in meinem Leben vor Lachen. Ich muss übrigens mal, tatsächlich!"

Ein paar Meter weiter kam eine Bucht, in der ein Pommes-Wagen stand. Ein kleiner Parkplatz lud zu einer kurzen Pause ein, besonders LKW-Fahrer. Hier hielt Ohnewein an und, während Franco zur Toilette raste, nahm er einen Macchiato. Der war besser als manch einer in der Stadt und zudem deutlich günstiger. Als der Italiener zurückkam, stellte er sich zu seinem Kollegen und bestellte ebenfalls einen gefleckten Espresso.

„Du hast mich gerade auf eine Idee gebracht, Hias, mit deiner Weinbergschneckenpresse. Diese Klemme. Die hat doch irgendwas zusammengehalten. Sie könnte genauso gut auch etwas zusammengepresst haben. Hast du schon mal Bilder von Frauen gesehen, die stillen?" Ohnewein schüttelte den Kopf.

„In echt, ja, aber keine Fotos."

„Hast du hingeschaut?"

„Nein, Franco, das war mir irgendwie unangenehm. Für meinen Geschmack viel zu intim für die Öffentlichkeit. Ich habe allerdings damals oft meiner Frau zugeschaut, es war ein wunderbarer Anblick. "

Er fragte sich, worauf der Kollege hinauswollte. Was mochten seine Ausführungen mit der komischen Zange zu haben?

„Nun, ich habe hingeguckt, weil mich alles interessiert, was mit Menschen zu tun hat. Die Frauen haben während der Stillzeit sehr große Brustwarzen, viel größer als sonst. Oft sind sie auch länger als im Normalzustand."

„Und was hat das mit unserem Fall zu tun, Franco?"

Ohnewein konnte sich noch immer keinen Reim auf Marinis Gedankengänge machen.

„Sie sind deswegen so groß, weil sie beansprucht werden. Das Kind saugt daran, beißt vielleicht sogar zu. Mir haben Frauen erzählt, dass das Stillen richtig Arbeit sei und häufig sogar schmerzen würde."

Ohnewein starrte seinen Kollegen fassungslos an.

„Du meinst also, die Brustwarzen auf den Bildern sind auch „behandelt"? Vielleicht mit diesen komischen Klemmen? Und sind deswegen so riesig? Porca Miseria!"

Marini hatte während dieser Ausführungen genickt, und Ohnewein schaute nun weg von Marinis Augen auf den Sonnenberg, wo sich sein Blick verlor.

„Echt jetzt, mir ist gerade ein wenig übel. Ich bin ganz sicher nicht prüde. Ein wenig unterfordert zurzeit, aber nicht prüde. Aber das ist doch ein wenig too much."

Er sah aus, als ob er jetzt gerne eine Spucktüte hätte. Marini indes griff das Gesagte auf, bot es ihm doch die Gelegenheit, einen Vorschlag zu unterbreiten, der ihn schon länger beschäftigte.

„Hias, wo du gerade dein ... äh ... nur sekundär vorhandenes Liebesleben erwähnst... Bevor wir jetzt weiterfahren und bei Kollege Tappeiner einfallen... Ich habe von meiner Rosa, die ja für den Chefredakteur vom „Rosengarten" arbeitet, zwei Einladungskarten für ein Törggelen der besonders zauberhaften Art bekommen. Auf dem Schloss Korb nämlich, beziehungsweise oberhalb davon auf der Burg Boymont. Sie kann nicht, weil sie an dem Abend schon lange einen Termin beim Physiotherapeuten hat, den sie unbedingt wahrnehmen möchte. Magst du mich begleiten?"

Ohnewein fühlte echte Freude in sich aufsteigen. Seit er während einiger letzten Fälle mit Marini zusammengearbeitet hatte, war der ihm immer sympathischer geworden. Einen guten Freund konnte er gebrauchen, das war ihm klar.

Er war seit vielen Monaten viel zu oft alleine, und sein Alkoholverbrauch konnte sich allmählich Abusus nennen. Und dann Korb, oder vielmehr die Burgruine oberhalb? Da war er schon seit Ewigkeiten nicht mehr gewesen. Der Blick war atemberaubend und das Törggelen sehr schön, doch auch dahin war er schon seit Jahren nicht mehr gegangen.

„Ja, Franco, da komme ich richtig gerne mit. Was für eine tolle Idee. Wann denn?"

„Diesen Freitagabend. Hast du Zeit?"

„Eigentlich habe ich immer Zeit, außerhalb vom Dienst", kam etwas traurig zurück.

„Bene, abgemacht, wir teilen uns ein Taxi!"

„Klasse, so wird's gemacht".

Die beiden Kommissare stiegen zurück in den Wagen und fuhren weiter nach Laas. Weit war es nun nicht mehr.

DREIUNDZWANZIG

Nachdem Carmine Losso mit dem Ehepaar Kofler einen Termin ausgemacht hatte, stand er mit einer Reihe von Leuten vor dem massigen Holzportal des großen Anwesens. Einer von ihnen pfiff bei diesem imposanten Anblick. Es war vollkommen klar, dass hier nur eine traditionelle Südtiroler Familie leben konnte. Losso ranzte den Mann trotzdem an, der Anlass ihres Hierseins war schließlich ein sehr trauriger. Tatsächlich öffnete ihnen Linda Kofler mit verheulten Augen die Tür, und direkt neben ihr stand, gleichsam sie schützend, ihr Mann. „Kommen Sie nur herein", bat der den Carabiniere.

„Ich habe hier den richterlichen Beschluss", sagte Losso und verwies auf ein Papier, das er in den Händen hielt.

Kofler winkte ab.

„Das braucht es nicht, Brigadiere, wir haben nichts gegen diese Maßnahme!"

Linda dagegen wirkte so, als wolle sie die Polizisten eigentlich nicht hereinlassen, als würden sie mit dem Betreten der Einliegerwohnung ihrer Tochter das Andenken an sie beschmutzen. Marius musste seine Frau beinahe zur Seite schieben.

„Ich gehe voran“, sagte er sehr gefasst und mit dünner Stimme. Linda fauchte fast:

„Alles, von dem Sie denken, Sie müssten es mitnehmen, wird mir vorher gezeigt“, bestimmte sie, obwohl das gar nicht ihr Recht war. Losso, sich seines gewinnenden Lächelns durchaus bewusst, beruhigte sie sogleich.

„Aber natürlich, Signora, wobei ich nicht glaube, dass wir irgendetwas mitnehmen müssen. Hauptsächlich geht es darum, zu ermitteln, wer dieser mysteriöse Freund Ihrer Tochter war.“ Bei dem Wort „Freund“ zuckte Marius deutlich zusammen, während Linda erstaunlicherweise ruhig blieb.

„Ob die mehr weiß als der Herr Papa?“, durchfuhr es den Carabiniere. Er mahnte sich, diese Beobachtung seinem Chef mitzuteilen. Monica hatte eine rollstuhlgerechte und sehr geräumige Wohnung im Erdgeschoss des Hauses besessen, welche sie hell und gemütlich eingerichtet hatte. Viel Grünzeug – vor allem Blumen, aber auch andere Pflanzen – standen auf echtem Parkett in schönen alten Terrakottatöpfen; die Wände schmückten gut gefüllte Bücherwände. Viele der Bücher hatten bunte Rücken. Es gab Fachliteratur zum Thema Bogenschießen, Schinken über Spiritualität und Kräuterkunde, aber auch einige Kunstbände. Offenbar hatte Monica Romane geliebt, Frauenliteratur, wie der Brigadiere feststellte. Er beauftragte einen der Männer, der ihn deswegen böse anfunkelte, jedes einzelne Buch einmal herauszuziehen, um zu sehen, ob in ihnen möglichweise etwas versteckt sein könnte. Im Kontrast – oder in Ergänzung? – zu ihrem Faible für Bücher musste Monica sehr technikverliebt gewesen sein.

Auf ihrem sehr schlichten, schneeweiß lackierten Schreibtisch standen zwei in leichtem Winkel zueinander angeordnete Monitore, die an einen Rechner unterhalb angeschlossen waren. Zwei Handys lagen daneben, eine Kamera, ein Festnetztelefon.

Eine grüne Schreibtischlampe mit Schirm wie aus einem amerikanischen Uralt-Krimi stand dazwischen. Auch wenn das Arrangement auf den ersten Blick seltsam anmutete, so passte es doch. Einige Geldscheine und ein Lippenstift lagen lose auf der Platte. Badezimmer und Küche trugen keine besondere Note. Gut, die Durchgänge hatten keine Türen und waren extrabreit. Losso warf einen kurzen Blick ins Bad, fand darin „Frauenzeugs“, also Schminkutensilien, Parfumflaschen und allerhand Haarschmuck, runzelte die Stirn und ging weiter zur Küche. Hinter ihm wuselten die drei anderen Carabinieri. Mutter Linda stand plötzlich neben ihm.

„Sie hat ganz gerne gekocht“, erzählte sie, jetzt in einem deutlich freundlicheren Tonfall. „Die Computer, die Telefone und die Kamera müssen wir mitnehmen, Signora Kofler, alles andere lassen wir hier“, erwiderte Losso, die relative Zugänglichkeit der Hausherrin sogleich ausnutzend. Er war verwirrt. Hatte es nicht geheißen, Monicas Handy sei nicht gefunden worden? Und nun lagen hier plötzlich zwei herum?

„Wissen Sie, warum Monica diese beiden älteren Handymodelle aufbewahrt hat? Sicher hatte sie ein Smartphone. Gefunden haben wir es allerdings noch nicht“, fragte er die Mutter. Linda schien seine Worte gar nicht wahrzunehmen, seine Gedankengänge schon gar nicht, und beantwortete die Frage, ohne dass sie richtig zu ihr durchdrang. Dann erzählte sie einfach weiter.

„Die alten Handys? Keine Ahnung... Manchmal probierte sie auch Rezepte aus, die sich selbst ausgedacht hatte. Ließ sich gerne von Gott und der Welt inspirieren. Monica war sehr offen anderen Kulturen gegenüber, und wenn es möglich gewesen wäre, wären hier ständig Leute zum Essen dagewesen.“

Losso, der im Vorfeld alle zum Fall gehörenden Protokolle durchgelesen hatte, kam eine Frage in den Sinn.

„Ihr Mann hat gegenüber dem Chef der Kriminalpolizei ausgesagt, Ihre Tochter habe gerade im letzten halben Jahr diesbezüglich eine Veränderung durchgemacht. Sie habe einen gewissen Patriotismus an den Tag gelegt, der ihm sehr fremd gewesen sei, und hätte viel mit ihm gestritten, nahezu unerbittlich."

Während er in die Fächer der Küche schaute und Schubladen aufzog, blickte er zu der Mutter, die schon wieder Tränen in den Augen hatte.

„Ja, das stimmt. Nun ist es ja so, dass Marius von seiner Grundüberzeugung eher ein Grüner ist. Ich bin Mitglied in dieser Partei, kann mir das als Grundschullehrerin aber auch eher leisten. Dieses Getöne von Monica klang in meinen Ohren ziemlich aufgesetzt, so, als habe ihr das irgendjemand eingeredet. Und da ist so ein Mann, mit dem sie etwas hatte, schon ein aussichtsreicher Kandidat. Wobei... Allzu ernsthaft kann die Sache nicht gewesen sein, sonst hätte sie mir davon erzählt."

Man sah in ihren Augen, dass sie sich in dieser Hinsicht sehr sicher war.

„Marius mag den Gedanken nicht, weil er ihr Vater ist, aber ich möchte wetten, dass es ein Liebhaber war."

Die letzten Worte hatte sie sehr schnell gesprochen, ihre Stimme brach, dann begann sie zu weinen. Mit dem Instinkt eines liebenden Ehemanns kam da Marius in die Küche gelaufen und nahm sie fest in die Arme. Allerdings hatte auch er gerötete Augen. Carmine Losso fühlte großes Mitleid mit den beiden. Ein Kind zu verlieren, und dann auch noch durch Mord, musste etwas sehr Furchtbares sein. Er entdeckte einen altmodischen Brotkasten auf der großen Arbeitsplatte um den Herd und ein Miniregal aus Bambus, auf dem verschiedene Konfitüren drapiert waren.

Sie waren offenbar alle selbstgemacht, denn sie trugen handschriftliche Etiketten, welche die wildesten Fruchtmischungen beschrieben. Sowas bekam man nicht im Supermarkt. Auch Honiggläser waren dabei. Eines der Gläser, eines mit einem ganz besonderen Schliff, hatte kein Etikett. Losso hielt es einen Augenblick in der Hand und beschloss dann, und sein Instinkt riet ihm, es sicherheitshalber mitzunehmen. Es würde nicht schaden, den Inhalt untersuchen zu lassen. Als er später Hubert Pixner anschrieb und dieser seine Ansicht teilte, schickte Carmine Losso den Honig ins Labor der Kriminalpolizei.

VIERUNDZWANZIG

Erstaunt las Polizeichef Hubert Pixner die E-Mail der Journalistin Christa Rossi ein zweites Mal. Dann stand er auf und durchwühlte seine Post. Er erhielt täglich die aktuelle Ausgabe des „Rosengarten", selten genug von ihm beachtet. Da war das Exemplar von heute ja auch schon. Pixner betrachtete das Titelbild. Es zeigte Monica, strahlend im Rollstuhl sitzend, ihre Medaille hochhaltend, damit jeder sie sehen konnte. Darüber die Headline in fetter Times New Roman: „Die geheime Liebe unserer Bogen-Moni: Wer ist dieser geheimnisvolle Mann?" Pixner zog die dichten Augenbrauen zusammen und grollte. Nur selten hatte ihn jemand so gesehen, und diese wenigen Menschen wussten: Wenn Hubert Pixner einmal böse war, dann richtig. Und wenn man gar den Anlass für seinen Zorn geliefert hatte, sollte man schleunigst das Weite suchen.

„Hias", rief er in der Hoffnung, dass der Angesprochene an seinem Arbeitsplatz wäre. Doch Kommissar Ohnewein war schon lange mit dem Kollegen Marini unterwegs nach Laas. Pixner musste einfach mit jemandem reden, deshalb rief er seine Ehefrau an.

„Elena, wir haben es wieder einmal nicht geschafft, den Stand unserer Ermittlungen geheim zu halten. Es ist etwas nach außen gedrungen, da schau, hast den „Rosengarten“ gelesen?“, fragte er sie, nachdem sie sich mit „Pronto“ gemeldet hatte. Sie kannte das von ihm. Wenn er gleich lospolterte, ohne Gruß und ohne Frage nach ihrem Befinden, war er sehr übellaunig.

„Moment“, rief sie, legte den Hörer auf den Küchentisch und öffnete auf ihrem Rechner die Onlineversion der Tageszeitung. Sofort erschien die Überschrift in dicken Buchstaben.

„Porca Madonna! Das können die ja nur aus der Questura haben!“

„So isches, liebe Gattin. Hätte große Lust nachzuforschen, wer das war, aber zurzeit gibt’s Wichtigeres. Vielleicht müssen wir endlich einmal ein Lehrseminar anbieten und den Leuten begreiflich machen, dass die Ergebnisse unserer laufenden Ermittlungen nichts, aber wirklich absolut gar nichts außerhalb dieses Gebäudes zu suchen haben. Auch nicht bei Ehefrauen- und -männern, Freunden und Freundinnen, Liebhabern und dergleichen mehr.“

Er blicke noch immer ein wenig grimmig daher, doch sein Hauptzorn war deutlich verraucht, seit er Elenas warme Stimme vernommen hatte. Dass er sich gerade selbst nicht an seine eigene Dienstanweisung hielt, fiel ihm gar nicht auf. Elena dagegen merkte, dass ihren Ehemann noch etwas anderes bewegte.

„Na, geh, Schatz, da ist doch noch etwas, sonst würdest du mich nicht aus dem Dienst heraus anrufen!“

„Kennst mich gut, meine Taube“, grinste Pixner nun.

„Also: Mir hat eine Journalistin sehr aufschlussreiche Post geschickt. Hab die Lady gleich mal gegoogelt, sie ist seriös und schreibt nebenbei für hiesige Presseorgane, aber nicht für den „Rosengarten“. Hauptsächlich für den „Corriere della sera“ und für die „Süddeutsche“.

„Hut ab", meinte Elena da nur, und ihr Mann fuhr fort: „Ja, sie scheint perfekt zweisprachig zu sein, was es ja nicht so oft gibt. Ich selber bin das sicherlich auch nicht, und meine Sprachkenntnisse sind nicht so schlecht."

„Ich weiß, caro", lachte seine Frau in Reaktion auf das unerwartete Geständnis.

„Sie schreibt, sie habe Monica persönlich gekannt. Letztere hätte ihr ein Geheimnis anvertraut, das etwas mit einem „amante" zu tun habe. Sie habe überlegt, ob ihre Informationen für die Ermittlungen von Bedeutung sein könnten, als sie den Aufmacher vom „Rosengarten" sah. Doch will sie sie schriftlich nicht preisgeben und bittet daher um ein Treffen."

„Wow", sagte Elena, „wenn ihr Glück habt, weiß die, wer der große Unbekannte ist. Immerhin ist jetzt schon mal eines klar: Es handelt sich tatsächlich um einen Mann. So gesehen müsst ihr der Postille also doch dankbar sein", feixte sie ein wenig.

„Ich muss schauen, wen ich mitnehmen kann. Ohnewein und Marini sind in Laas. Aber wenn das, was sie zu erzählen hat, wirklich wichtig für die Untersuchung ist, muss ich es protokollieren lassen, also sollte jemand dabei sein."

Seine Gattin lächelte ein wenig in sich hinein. Pixners letzte Überlegungen galten ihr. Er war ein gutaussehender Mann und wusste das auch. Er nutzte das nie aus, doch er konnte ausgesprochen charmant sein. Ein Charme, der aus Menschenliebe bestand und deshalb beinahe umwerfend war. Man, aber vor allem auch frau hatte Mühe, ihm zu wiederstehen.

Elena, selbst von großer Präsenz, konnte deswegen reichlich eifersüchtig werden. Um Ärger von vornherein aus dem Wege zu gehen, versuchte ihr Mann, bei Befragungen von Menschen weiblichen Geschlechts stets einen Beisitzer zu haben. Als Pixner sich noch einmal die Webseite der Journalistin ansah, musste er feststellen, dass Elenas Wünsche nicht in Erfüllung gehen würden. Christa Rossi war eine attraktive Frau, sogar eine sehr attraktive. Pixner begann ein wenig zu schwitzen. Wenig später fiel ihm auf, dass Hias ihm noch vor seiner Abfahrt ebenfalls eine E-Mail geschickt hatte.

Darin stand:

„So wie es aussieht, sind wir endlich ein paar Schritte weiter. Losso hat ausgezeichnete Arbeit geleistet. Sie haben Monicas Bude gründlich auseinandergenommen. Die Handys, die sie gefunden haben, haben sich leider als tote Spur erwiesen. Alt, ohne SIM-Karte, keine aufschlussreichen Daten. Vermutlich hat sie sie nur aufgehoben, um im Notfall Ersatz zu haben. Auf den Rechnern findet sich überwiegend der gleiche Mist wie auf dem iPad, aber auch da ist der Typ nicht zu erkennen. Allerdings sind im Hintergrund verschwommen einige Einrichtungsgegenstände zu sehen. Vielleicht bringt uns das weiter. Die Jungs sollen sich das die Tage mal in der Vergrößerung ansehen und mich auf dem Laufenden halten, man weiß ja nie. Wirklich umgehauen indes hat mich ein Bericht aus unserem Labor. Losso fielen nämlich eine Reihe von selbstgemachten Marmeladen auf, und es waren wirklich ulkige Mischungen dabei. Und Honiggläser. Alle waren etikettiert, bis auf eines. Das hat Losso mitgenommen und zur Untersuchung an uns geschickt. Das Resultat ist überaus interessant: Der Honig stammt von Vinschger Bienen und ist mit Kräutern vom Sonnenberg angereichert."

Pixner überlegte kurz und schrieb dann zurück:

„Wir wissen, dass Monica Kofler gerne im Vinschgau war. Ihre Eltern haben zu Protokoll gegeben, dass sie auf dem Sportplatz in Mals trainierte und danach häufig an der Etsch entlanggefahren ist. Ihren Rolli hat man ebenfalls in der Etsch gefunden, eine Spur, die wir gerade näher zu beleuchten versuchen. Es muss noch eine andere Verbindung geben, da könnte ich glatt meinen Hintern drauf verwetten", schloss er die in sehr legerem Ton gehaltene Mail. Danach schlug er der Zeitungsfrau einen Termin am nächsten Tag vor und hoffte, mit ihrer Hilfe endlich mehr Klarheit in den Fall zu bekommen.

FÜNFUNDZWANZIG

Irene Gurtschler-Oberhammer legte ihrem Angetrauten genüsslich die Zeitung auf den Frühstücksteller.

„Da, siggsches, jetzt wissen sie es alle!“, dramatisierte sie den Bericht über den vermuteten Freund der getöteten Frau. Bernie blickte angeekelt zu ihr auf – sie wurde ihm von Tag zu Tag widerlicher. Allein wie sie da stand, einen uralten und zerschlissenen Bademantel, der wahrscheinlich niemals gewaschen worden war, um ihren abgemagerten Körper geschlungen.

Die Fingernägel raspelkurz, aber trotzdem abgefressen, die Beine unrasiert, sodass man unter ihren hautfarbenen Strumpfhosen die langen dunklen Haare auf Schienbeinen und Waden deutlich erkennen konnte. Sie trug dreckige Badelatschen, und man konnte die Fußnägel sehen, die irgendwann im Sommer ein einzelnes mal lackiert worden waren. Inzwischen aber war der Lack abgesprungen, und sie hätten eigentlich dringend geschnitten werden müssen.

Weil ihr die Haare schon mit Anfang Fünfzig ausgefallen waren – was sie aber nicht dazu bewogen hatte, einmal einen Arzt aufzusuchen – trug sie eine Perücke. Diese war billig gewesen, sie hatte sie bei Ebay ersteigert und passte ihr überhaupt nicht, weder die karottenrote Farbe, noch die Frisur, die wohl ursprünglich einmal aus Locken bestanden hatte. Am schlimmsten aber war der spöttisch verzogene Mund mit den dünnen, fast nicht mehr erkennbaren Lippen und dieser Blick aus den eiskalten, grauen Augen.

Bernie wandte sich wieder ab und widmete sich dem Artikel, der aber kaum sympathischer wirkte. Natürlich war er so reißerisch, wie er nur sein konnte, und nicht wirklich informativ. Es war sehr deutlich zu erkennen, dass sich das Wissen der Polizei und der Presse darin erschöpfte. Der Imker aß sein Honigbrötchen auf, trank – schon im Stehen – noch einen Schluck Kaffee, schleuderte seiner Frau ein „Pah“ entgegen und verließ die Küche. Die Einrichtung stammte noch aus den achtziger Jahren. In dieser Zeit waren sie in das Haus gezogen.

Inzwischen war sie schmutzig. Alles in diesem Haus war schmutzig, bis auf das Zimmer, das Bernie das seinige nannte. Das war penibel gepflegt und beinahe klinisch rein. Irene durfte es nicht betreten. Trotz ihrer Dominanz hatte sie dieses Verbot immer respektiert, denn eins war ihr klar: Hätte sie es nicht getan, hätte er sie wohl umgebracht. Bernie setzte sich in den alten Opasessel, den er tatsächlich von seinem Großvater geerbt hatte, und erlaubte sich, den heutigen Vormittag träumend vor dem Fenster zu verbringen. Er hörte dazu seine Lieblingsversion von „Azurro“, die des Komponisten Paolo Conte. Irene krakeelte irgendetwas vor der Zimmertüre herum, er hörte gar nicht hin. Irgendwann würde sie aufgeben, es war immer dasselbe Procedere.

Er dachte an Monica und daran, wie er sie kennengelernt hatte. Verdammt, er hatte das Mädchen mehr gemocht, als er in der Vergangenheit sich selbst gegenüber hätte zugeben können. Wie sie da in Elisabeths wunderschönem Kräutergarten gesessen und geschnuppert hatte. Ihm waren sofort ihre ausgesprochen kräftigen Hände aufgefallen. Ausgehungert nach einer speziellen Berührung hatten sofort seine Brustwarzen zu schmerzen begonnen und sich ein wenig aufgestellt, so wie bei einer Frau. Bernie war gleich klar gewesen: Er musste diese junge Frau gewinnen, irgendwie. Zum Glück stellte sich heraus, dass sie einen ganz ähnlichen Musikgeschmack hatte wie er selbst. Als er ihr dann noch erzählte, er habe eine riesengroße, selbstgebaute Stereoanlage, hatte er gewonnen. Er brachte Monica zu ihrem Auto, sie tauschten Telefonnummern aus, und Monica fuhr mit einem Kribbeln im Herzen nachhause.

Vielleicht würde sich ja bald ihr Status als ewige Jungfrau ändern. Nachdem sich Bernie seiner alten Freundin Elisabeth anvertraut hatte, der sein beginnendes Verhältnis ohnehin nicht entgangen wäre, war sie doch stets bestens über solche Dinge informiert, war die Lösung für die Frage, wo sie sich treffen konnten, ohne dass Irene allzu rasch Verdacht schöpfte, schnell gefunden: Das Häuschen in Elisabeths Garten.

Es war perfekt eingerichtet: gemütliche Liege, Wasserkocher, Tisch und Küchenzubehör. Die Musik, beschloss Bernie, würde er auf sein Handy laden und Miniboxen dafür mitbringen. Er hatte auch noch andere Dinge im Gepäck, aber diese würden Zeit beanspruchen. Elisabeth kannte die Vorlieben ihres alten Freundes und früheren Bräutigams. Ja, er hatte sie damals heiraten wollen, sie waren bereits verlobt gewesen. Doch dann gab sie Gott den Vorzug. Elisabeth schlechtes Gewissen darüber, dass Bernie – wie sie es sah – ihretwegen unglücklich geworden und eine Ehe mit der fürchterlichen Irene eingegangen war, bewog sie dazu, seine Affäre zu unterstützen. Behutsam hatte Bernie seiner neuen Freundin den Stand der Dinge erklärt und sie auch über seine übereifersüchtige Frau informiert.

Ziemlich überrascht nahm er gewahr, dass Monica dies alles nicht zu stören schien. Trotzdem schob er ein paar handelsübliche Erklärungen nach, „meine Frau liebt mich nicht“ und dergleichen mehr, und alles war tuttaposto. Er musste ihr somit auch nicht mehr erklären, warum sie sich nicht in seinem Haus im historischen Kern des kleinen Städtchens Laas treffen konnten.

Sie waren bei ihrem ersten Treffen beide gleich aufgeregt gewesen. Kaum hatte Bernie Musik aufgelegt, konnte er sich nicht mehr zurückhalten und küsste die erwartungsvolle junge Frau. Er bemerkte, wie unerfahren sie war, und gab sich große Mühe. Schließlich kam die Sprache auch auf die halluzinogenen Kräuter, die er für seinen einen, ganz besonderen Honig – den Amorapis – verwendete.

Bernie ließ Monica durchaus wissen, der Honig werde eigentlich nur von Männern gekauft, aber sie wurde trotzdem neugierig und bat darum, ihn probieren zu dürfen. Rasch stellte sich heraus, dass Amorapis seine Wirkung auch bei Frauen nicht verfehlte. Monicas ohnehin schon amouröse Stimmung verwandelte sich in einen wahren Rausch.

Da sah Bernie die Gelegenheit gekommen, Monica von seiner speziellen Vorliebe zu berichten. Trampeln konnte sie ihn schlecht, aber seine Brustwarzen mit Kraft drehen, das würde sie hinbekommen. Sie probierte es tatsächlich aus, und Bernie war im siebten Himmel. So gestand er ihr auch, über keine Manneskraft mehr zu verfügen, aber so wie sie geschickte Hände zu haben. Was dann passierte war eine Art Tauschgeschäft.

Er verschaffte ihr Genuss und sie zerquetschte ihm die Brust. Er brauchte den Schmerz, dieser beförderte ihn in eine Art Paradies. Wichtig war für ihn, dass sie ihm dabei tief in die Augen schaute. Er war ihr erster Liebhaber, daher entwickelte sich rasch ein Verliebtsein, das sie bisweilen für echte Liebe hielt. Etwas, das Bernie ausnutzte, um Monica von seinen politischen Ideen zu überzeugen. Obwohl Bernie ihre Hände liebte, brachte er eines Tages eine kleine goldene Klemme mit.

Er bat seine Geliebte, seine Brustwarzen damit zu malträtieren, sprich, diese mit dem Folterinstrument zusammenzuquetschen. Zunächst traute sie sich nicht, tat ihm dann aber den Gefallen. Bernie geriet in immer größere Abhängigkeit und forderte sie schließlich auf, Fotos von seiner Brust zu machen. Auf die Frage, zu welchem Zweck dies geschähe, erklärte er ihr, dass er sie in einem entsprechenden Forum online stellen wolle. Er war so unglaublich eitel, dass er sich Likes erhoffte.

Monica wurde nach einigen Monaten zunehmend unzufriedener. Sie war klug genug, um zu bemerken, dass all dies nicht ihr „Ding" war, sie begann zu leiden. Bernie merkte davon nichts, er war zu sehr mit sich selbst beschäftigt. Ihm fiel lediglich auf, dass sie Terminvorschläge für Treffen immer häufiger ablehnte und auch keine Eigeninitiative mehr zeigte, bis sie ihn schließlich ohne Vorankündigung bei sich zuhause besuchen wollte.

Daran dachte er, als er nach draußen auf das gewaltige Ortlermassiv schaute. Seiner Frau Irene war sehr rasch aufgefallen, dass er sich veränderte, weniger leidend erschien. Sie fuhr ihm nach und entdeckte sein Geheimnis. Sie wartete nur noch auf die passende Gelegenheit, ihm mit ihrem Wissen „ordentlich eine reinzuwürgen".

In der Zwischenzeit rief Monica Christa Rossi an. Diese hatte einmal ein schönes Porträt über sie geschrieben, sehr einfühlsam und sensibel. Sie hatte großes Vertrauen in diese Frau, die etliche Jahre älter war als sie. Weil die Journalistin außerdem eine große Reportage über Menschenhandel mit Prostituierten in Bozen geschrieben hatte, glaubte sie in ihr die richtige Person gefunden zu haben. Sie brauchte jemanden, mit dem sie über diese ganze merkwürdige Situation sprechen konnte, in die sie hineingeraten war.

Das lange Gespräch fand eine Woche, bevor Monica den Tod in Laas fand, statt. Christa Rossi sah da einen Zusammenhang und wollte schon längst mit der Polizei gesprochen haben. Als sie die reißerische Schlagzeile in der Zeitung las, rief sie endlich auf der Questura an, ließ sich den Zuständigen nennen und schrieb danach an den Chef der Polizeidienststelle eine E-Mail. Schriftlich wollte sie sich noch nicht äußern, daher bat sie um ein Treffen.

SECHSUNDZWANZIG

Seit wenigen Wochen gab es in Meran ein neues In-Lokal, das „Schwarze Rössl". Es lag in den oberen Wasserlauben und war eines der ältesten Wirtshäuser der Stadt. Der Gastraum war winzig klein und – ganz erstaunlich – nur von Einheimischen besucht. Die alte eichene Holzpforte sah so heruntergekommen aus, dass sich keiner außer Altmeranern hinein traute. Eines Tages war es geschlossen. Niemand wusste, was mit dem Etablissement geschehen war. Weil aber gerade viele der mittelalterlichen Häuser in der Nachbarschaft renoviert und modernisiert wurden, nahm man zu Recht an, dasselbe treffe auch für das Rössl zu. Es dauerte ein paar Jahre, dann eröffnete es mit viel Insider-Prominenz erneut seine Tür.

Die antike Bausubstanz war wo es eben möglich schien erhalten worden, und man hatte keine Inneneinrichtung in irgendeinem abgefahrenen neumodischen Style gewählt, sondern angemessen stilvoll und dennoch gemütlich eingerichtet. Das kam an.

Und so wurde dies auch der Ort, an dem sich Pixner mit der sehr großen, blonden Frau traf. Ohne weitere polizeiliche

Begleitung, denn es waren alle Beamten unterwegs. Sie war einfach gekleidet, in Jeans und Pullover, eine Regenjacke hing über ihrem linken Arm. Seit dem ersten Herbststurm vor wenigen Tagen war es deutlich kühler geworden, was Pixner, der kein Freund von großer Hitze war, als sehr angenehm fand.

Als der Polizeichef aufstand, um seine Gesprächspartnerin zu begrüßen, stellte er fest, dass sie nur wenige Zentimeter kleiner sein konnte als er. Sie hatte eine sehr angenehme Stimme und sprach Italienisch mit einem ganz leichten Akzent.

"Guten Tag, Commissario", sagte sie, „schön, dass Sie so rasch für mich Zeit gefunden haben."

„Aber, Signora", erwiderte er, „was denken Sie denn, wie uns der Fall unter den Nägeln brennt. Sie sind ja selber von der Presse und wissen, dass uns der „Rosengarten" im Nacken sitzt. Aber selbstverständlich möchten wir die Sache ebenfalls baldmöglichst aufgeklärt haben. Die Eltern müssen Gewissheit haben und sie wollen ihre Tochter endlich begraben dürfen."

Christa Rossi nickte.

„Dann wollen wir keine Zeit verlieren. Ich hoffe, ich kann Ihnen", sie stockte einen winzigen Moment, „sachdienliche Hinweise liefern."

Als sie gesehen hatte, dass er ihr kurzes Zögern wahrgenommen hatte, sah sie sich verpflichtet, Hubert Pixner darüber aufzuklären, bevor er falsche Schlussfolgerungen zöge. „Ich bin Deutsche", berichtete sie zu Pixners großem Erstaunen, denn so sah sie trotz der blonden Mähne überhaupt nicht aus.

„Allerdings lebe ich schon seit über dreißig Jahren in Meran, bin mit einem Italiener verheiratet und habe in Heidelberg und in Rom studiert. Doch manchmal hapert es noch immer an Vokabeln im Italienischen".

„Ich wollte, mein Italienisch wäre so gut wie Ihres“, gestand Pixner, und das meinte er ernst. Christa lächelte ein sehr feines Lächeln. Sie kannte die Probleme, wusste aber auch, dass es umgekehrt nicht besser, sondern in der Regel sogar schlimmer war. Kaum ein Italiener in Südtirol konnte Deutsch.

„Zu Monica“, sprach sie weiter und wechselte dabei ins Deutsche, nachdem sie sich beide einen Cappuccino bestellt hatten.

„Nachdem ich dieses Porträt über sie hier in der „Südtiroler Sonne“ veröffentlicht hatte, war sie ganz begeistert. Ich fühlte, sie brauchte Menschen, bei denen sie so sein konnte, wie sie wollte. In der Öffentlichkeit musste sie sich oft verstellen, auch um ihres Vaters willen. Sie war keineswegs immer nur fröhlich, sehr häufig schien sie geradezu verzweifelt. Sie hat sich Kinder gewünscht und wusste diesen Wunsch nicht zu realisieren. Und, was kaum einer weiß“, berichtete die Journalistin, “sie hatte großes Interesse an Esoterik und überlegte, ob sie dies zu ihrem Beruf machen könnte, etwa als Begleiterin speziell für behinderte Menschen. In diesem Zusammenhang befasste sie sich auch sehr mit Naturheilkunde und Kräutern, besonders mit den einheimischen. Ich erinnerte mich, einmal ein Interview mit einer Frau aus Göflan geführt zu haben, die von den Menschen dort oben als Hexe bezeichnet wird. Elisabeth Premstaller, eine Frau, die ein schier unglaubliches Wissen in dieser Disziplin hat.“

Christa Rossi trank einen Schluck Kaffee. Hubert Pixner klangen ihre Worte in den Ohren. Göflan? Das lag doch direkt neben Laas! Er sagte jedoch nichts, sondern hörte einfach weiter zu.

„Also erzählte ich ihr davon und am nächsten Tag fuhr Monica gleich hin. Es traf sich ausgezeichnet, schließlich liebte sie den Vinschgau.“

Das wusste Pixner bereits. Er nickte aufmunternd, sie solle fortfahren.

„Das mag zwei bis drei Jahre her sein. Sie freundete sich mit Elisabeth an und war wohl regelmäßig bei ihr. Mir schrieb sie immer wieder einmal. Dann hörte ich eine Weile gar nichts mehr von ihr, das war vor einem knappen Dreivierteljahr. Allerdings dachte ich mir nichts dabei. Ich habe selbst genug zu tun, und sie sicher auch. Vielleicht hatte sie sich ja verliebt – Liebe war nach der Esoterik und dem Sport das Top-Thema bei ihr."

Wieder machte sie eine kleine Pause.

„Dann rief sie an, es gehe ihr nicht gut, ob sie vorbeikommen könne."

Christa Rossi trank ihren Kaffee aus.

„Ich hatte Zeit, und sie kam gleich. Sie weinte und erzählte eine schier unglaubliche Geschichte. Ausgerechnet bei Elisabeth hatte sie einen Mann kennengelernt. Deutlich älter als sie und ein Fetischist. Jedenfalls konnte ich das aus Monicas Bericht heraushören, ihr selbst war das offensichtlich nicht so recht klar. Eine Unterart des Sado-Masochismus, die meist bei Männern vorkommt, genannt Trampling. Jemand genießt es, wenn ein anderer auf ihm steht, möglichst auf der Brust. Ersparen Sie mir die Einzelheiten."

Als sie Pixners erstaunten Blick sah, erklärte sie: „Ich habe vor Jahren eine Reportage über Menschenhandel und Prostitution gemacht, seither ist mir nichts Menschliches mehr fremd", lachte sie heiser und unlustig.

„Dieser Mann aber wollte, dass sie ihm die Brustwarzen quetscht, und zwar mit aller Kraft. Er hatte dafür sogar spezielles Werkzeug, Klemmen und Wäscheklammern. Er versuchte durch den Schmerz in einen Zustand zu geraten, den man als high bezeichnen könnte. Im Gegenzug hatte er ihr halluzinogene Kräuter gegeben. Ich befürchte, diese stammten aus Elisabeths Garten."

Sie machte ein bekümmertes Gesicht.

„Die bewirkten, dass Monica ihre natürlichen Hemmungen solchen Praktiken gegenüber verlor. Ich riet ihr, den Typen schleunigst zu verlassen, da das weder die Liebe war, die sie sich erhoffte, noch auf die Dauer gut gehen konnte. Zumal ihr Liebhaber verheiratet ist. Außerdem hatte er ihr gegenüber zugegeben, dass er sich in seiner Verzweiflung, weil seine Frau ihn nicht mehr „behandelte“, manchmal von Insekten in die Brustwarzen stechen lassen hatte. Das fand ich dann schon ziemlich grenzwertig. Monica musste das schleunigst aufgeben!“

Christa Rossi atmete aus. Sie sah den hoffnungsvollen Blick des Polizisten, den sie leider enttäuschen musste.

„Commissario, ich habe leider keine Ahnung, um wen es sich handelt. Das hat sie mir nicht verraten.“

Christa blickte auf ihre Uhr. Sie rief die Kellnerin herbei, doch Pixner winkte ab. „Ich übernehme das, gehen Sie ruhig. Ich denke allerdings, wir werden uns nicht das letzte Mal gesehen haben“, entließ er die Journalistin freundlich. Sie schüttelte ihm die Hand und bedachte ihn dabei mit einem sehr warmherzigen Lächeln.

„Ich möchte wirklich gerne helfen. Die Sache macht mich sehr betroffen!“

Damit ging sie.

Pixner blieb eine kleine Weile sitzen. Er überlegte, ob der Mord am Ende mit einer gewissen Szene zu tun haben könnte. Ohneweins neue Erkenntnis als Profiler könnten nun gefragt sein. Die Feststellungen in Sachen Werkzeug, Brustwarzen und erotische Praktiken hatte er sogleich an sämtliche Dienststellen und natürlich die beiden Kommissare im Auto weitergeleitet. Nachdem Pixner in die kleine Villa am Steinernen Steg im Sissi-Park zu seiner Frau zurückkehrt war – sie hatte das Anwesen aus erster Ehe übernommen – fand er diese in der Küche. Sie brutzelte wieder einmal etwas

Gutes. Er liebte es, ihr zuzuschauen, er liebte jede einzelne ihrer Bewegungen. Während er sich einen kleinen Schluck aus der bereits geöffneten Weißweinflasche einschenkte, überlegte er, wie er seine Frage am geschicktesten formulieren könnte, kam er sich in diesem Moment doch selbst reichlich naiv vor.

„Elena", begann er, „diese Monica war doch nach der Aussage ihrer Mutter und dem Inhalt ihrer Bücherregale ziemlich esoterisch unterwegs. Wie passt das für dich mit einer speziellen Form des Sado-Masochismus zusammen?"

Kurz erklärte er, worum es ging. Wie er es erwartet hatte, zuckte Elena nicht mit der Wimper, wie er wahrnahm, obwohl sie mit dem Rücken zu ihm stand. Sie antwortete nicht sofort.

„Ich sehe da keinen so großen Widerspruch, Gattemeiniger. Jemand, der auf Sinnsuche ist, betritt –", sie lachte sofort auf, „in diesem speziellen Fall hätte es ja sogar wörtlich gestimmt, nach dem, was du über Trampeln erzählt hast – leichter ungewöhnliche Wege als ein Normalsterblicher."

Sie rührte kräftig im wohlduftenden Tiroler Gröschtl herum.

„Nein, ich finde es nicht paradox, und darauf willst du ja hinaus. Trotzdem musste sie offensichtlich bedröhnt genug sein, um die Hemmschwelle zu überwinden, und das ist interessant und könnte einen Hinweis auf eine mögliche Sucht in sich bergen."

Einen Augenblick hielt sie in ihrem Redeschwall inne und machte ein nachdenkliches Gesicht. Dann wischte sie in der Luft mit einer ihr sehr eigenen Geste eine sich gerade entwickelnde Theorie vom Drogenmissbrauch einer Paralympicsportlerin beiseite und sprach weiter:

„Ich sehe allerdings eine große Gefahr im dahinter steckenden Fetischismus des männlichen Partners", hub sie zu einer Predigt zum Thema psychische Auffälligkeiten an, eines ihrer Lieblingsthemen. Da aber die unmittelbare Gefahr eher darin bestand, dass dabei das Gröschtl leiden würde, unterbrach ihr Ehemann sie sofort.

„Genau das meinte diese Journalistin auch“, sagte er und erzählte in epischer Breite, was Christa Rossi alles ausgesagt hatte. Wieder einmal hielt er sich nicht an seine eigenen Direktiven.

SIEBENUNDZWANZIG

Maresciallo Marini betrachtete mit Staunen die kurze, aber gehaltvolle Nachricht auf seinem Diensthandy. Da Matthias fuhr, las er sie ihm vor.

„Marini", platzte es aus Ohnewein heraus, „ich denke, du brauchst keinen Kurs in Rom, du bist auch so genial. Du hattest mit deiner Theorie vollkommen recht."

Sollte er sich freuen oder nicht?

Marini war unsicher. Er schwieg verlegen vor sich hin, und Ohnewein beschloss, das Thema zu wechseln.

„Kollege Tappeiner schien not very amused, dass wir schon wieder bei ihm aufkreuzen. Nicht, dass er damit nicht hätte rechnen müssen."

Wenig später hatten sie ihr Ziel erreicht und stiegen aus.

„Ja, ich glaube auch, der wäre am liebsten ganz raus aus der Sache", bestätigte der Italiener. „Gerne ganz draußen wäre sicher auch unser Freund Martin Gufler", mutmaßte Ohnewein. „Irgendwie war der mir nicht geheuer, als wir letzte Woche bei ihm waren. Er mag ja cholerische Anfälle haben, aber das war schon ein bisschen übertrieben, findest du nicht?"

Ohnewein wartete die Antwort nicht ab und sprach gleich weiter.

„Und hammerhart, wie der, kaum war ein Kunde am Telefon, auf Knopfdruck den Tonfall änderte. Oscarreif! Bisher dachte ich, so etwas können nur Frauen!“, gestattete er sich ein Grinsen. Auch Franco Marini kam nicht umhin, ein kleines Lächeln aufzusetzen. Am nächsten Freitag wollte er dann mit Hias zum Törggelen, und darauf freute er sich tatsächlich. Er hatte in diesem Jahr noch keine Esskastanien gehabt, obwohl sie überall angeboten wurden. Am besten war es, sie eigenhändig zu sammeln und er wusste auch eine gute Stelle dafür. Seine derzeitige Freundin Rosa mochte sie nicht so sehr, und das Ritual des Törggelens war der Westfälin ausgesprochen fremd. Sie trank lieber Bier und liebte eine deftige Küche. Marini bemerkte bei diesem Gedanken, dass er ein richtiges Loch im Bauch hatte.

Während die beiden Männer ausstiegen, kam ihm eine, wie er fand, ganz ausgezeichnete Idee.

„Hias, wir schnappen uns den Tappeiner und gehen mit ihm Mittagessen. Es ist kurz vor zwölf und der macht gerne eine Vesperpause. Vielleicht taut er ja ein bisschen auf, und wir können das als Spesen verrechnen.“

Ohnewein schaute Marini an. Wie so oft hatte der Maresciallo im richtigen Moment die perfekte Idee.

„Ja, bärig. So machen wir das“, bestätigte er und schon waren die beiden Meraner im Revier von Schlanders verschwunden. Wie sie richtig vermutet hatten, hätte sich Georg Tappeiner etwas Schöneres vorstellen können als einen weiteren Besuch der Kriminalpolizei. Dass es dazu kommen musste, war ihm allerdings klar gewesen, also besser, es möglichst bald hinter sich zu bringen. Hoffentlich war der Fall bald gelöst, denn auch er hatte die stets informationshungrige Presse auf dem Hals. Die Reporter vermuteten, der anonyme Liebhaber oder Freund könne hier oben im Vinschgau zu finden sein. Gott sei Dank wussten sie nicht noch mehr. Tappeiner kannte die Fotos und auch ihre Bedeutung. Doch war es ihm, im Gegensatz zu Pixner, nicht möglich, sein Erschrecken darüber mit seiner Frau zu teilen. Die hätte ihm kein einziges Wort geglaubt, sondern sich in ihrem beinahe täglich aufkeimenden Misstrauen bestätigt gefühlt, er würde von seinem Dienstrechner aus auf einem Seitensprungportal mit anderen Frauen chatten.

„Gehen wir in die „Goldene Krone", schlug Tappeiner vor. „Täglich frische Pasta, hausgemacht von der Köchin. Sehr, sehr gut und gar nicht teuer."

Die drei Männer liefen wenige Meter, bis sie das altehrwürdige Gasthaus erreichten, und freuten sich, noch einen Platz zu bekommen. Zwölf Uhr war Mittag, und daran hielten sich alle. Die drei Besucher folgten der Tagesempfehlung „Pasta al radicchio", mit etwas Hasenfleisch im Sugo, ganz der Jahreszeit entsprechend. Die Tagliatelle waren tatsächlich handgemacht und schmeckten ausgezeichnet. Alle drei Kommissare ließen sich einen Wein dazu schmecken. Sie wählten einen Terlaner Riesling vom Fass.

Wie Marini gehofft hatte, wurde vom guten Tropfen Tappeiners Zunge etwas lockerer. „Warum der so ausgetickt ist da oben?", beantwortete er die Frage Ohneweins in Sachen Gufler.

„Naja, der Martin ist bekannt für seinen Jähzorn. Seine erste Frau, Sieglinde, soll ihm deswegen auch davongelaufen sein. Allerdings waren die beiden damals auch noch verdammt jung, achtzehn, glaube ich, und danach ist er verschwunden. Alle haben zuerst gedacht, da sei was unterwegs, aber das stimmte wohl nicht. Auf alle Fälle ist die Sieglinde dann abgehauen und war kurze Zeit später mit dem Robert Sigmund verheiratet, dem späteren Göflaner Bürgermeister. Das hat der Martin dem nie verziehen", plauderte Tappeiner munter aus dem Nähkästchen. Marini und Ohnewein hatten durch einen kurzen Blickwechsel abgemacht, ihn erzählen zu lassen, und so hatte die ganze Atmosphäre etwas von einer lockeren Plauderei unter Freunden.

Da bemerkte der Schlanderer Kommissar, dass er sein Viertelchen bereits geleert hatte. Als Tappeiner ein wenig unglücklich dreinblickte, meine Marini grinsend:

„Wir helfen!“ und orderte rasch ein weiteres, bevor sein Informant die Laune verlor.

„Die Pasta ist wirklich gut, aber der Sugo ein winziges bissl zu fett. Obwohl er super schmeckt, das muss ich sagen.“

Ohnewein nickte heftig mit dem Kopf dazu. „Dabei war die Sieglinde doch sowieso eine Gruber“, fügte der einheimische Polizist hinzu. Kaum war es gesagt, fiel ihm der leicht stupide Gesichtsausdruck beider Kollegen auf.

„Ihr wissts nix, gell?“ fragte er. Kopfschütteln.

„Also“, begann er seinen Geschichtsunterricht, von dem Ohnewein fürchtete, der könnte lang werden. Ihm waren die Südtiroler Familienclans und ihre Verflechtungen, die immer einher gingen mit heftigen Konflikten, wohlbekannt.

Marini auch, wenn auch wahrscheinlich nicht so sehr im Detail.

„Laas und Göflan sind sich, seit der Marmor abgebaut wird, spinnefeind. Im Besonderen natürlich die beiden Hauptunternehmer Gufler und Gruber. Sie versuchen sich seit hundert Jahren gegenseitig die Aufträge abzujagen. Darunter leidet dann manchmal auch die Bevölkerung, die hauptsächlich in den Brüchen arbeitet. Es kam schon vor, dass vor lauter zu deutlich gezeigter Missgunst der Kunde ganz einfach woanders bestellt hat.“

Georg Tappeiner musste kurz pausieren, nahm ein Gäbelchen Pasta und schluckte es mit einem Schlückchen Wein hinunter.

„Die junge Sieglinde, ein bildschönes, schwarzhaariges Ding, gehört zur Göflaner Gruber-Familie. Niemals hätte sie den Martin heiraten dürfen, wäre es nach denen gegangen. Aber in den Neunzigerjahren ließen sich auch bei uns im rückständigen Südtirol", er hustete ein wenig, „die Madln meist nichts mehr befehlen und machten stattdessen das, was sie wollten."

Er brachte dies in einem Tonfall hervor, dass sich der Gedanke aufdrängte, er heiße diese spezielle Entwicklung nicht besonders gut.

Marini und Ohnewein konnten sich daher beide ein heimliches Grinsen kaum verkneifen, das sie jedoch nach schnellem Griff zu ihren Gabeln hinter kauenden Wangen verbargen. Ohnewein vollführte eine auffordende Bewegung mit seiner Gabel, und Tappeiner fuhr fort: „Auf alle Fälle war es schnell vorbei mit der großen Liebe, und die Leute meinten, Gufler wäre handgreiflich geworden."

Marini und Ohnewein blickten sich mit hochgezogenen Augenbrauen an.

„Sieglinde ging zurück nach Göflan und heiratete bald darauf den Robert Sigmund, der ein Modegeschäft in Schlanders hat. Sie haben drei Kinder, und sie sollen glücklich sein." Tappeiner schloss seinen Vortrag.

„Der Gruber soll übrigens auch ziemlich an diesem Amerika-Deal interessiert gewesen sein, wie man so hört", fügte er dann hinzu. Er nahm noch einen Happen und einen Schluck Wein, dann bestellte er durch Handzeichen den Espresso für hinterher. Es war plötzlich ganz still am Tisch, und erst jetzt fiel ihnen auf, wie laut es im Lokal war. Es war brechend voll.

Tappeiner, der mit Schrecken festgestellt hatte, dass er schon längst wieder auf der Station hätte sein sollen, fragte – diesmal in freundlichem Tonfall:

„Kann ich noch etwas für euch beide tun?"

„Georg", begann Marini, „sei jetzt nicht böse, aber es ist bekannt, dass es gerade im Vinschgau viele Gruppierungen gibt, die am rechten Rand anzusiedeln sind. Hältst du es für möglich, dass hier ein Motiv zu finden sein könnte? Die haben doch oft etwas gegen Behinderte, wären gerne ein „reinrassiges“ Volk, was auch immer das sein mag!“

„Nein“, widersprach da der Kommissar aus Schlanders, „nein, also das glaube ich wirklich nicht. Du hast damit schon recht, aber die Monica war nun wirklich eine durch und durch echte Südtirolerin, und entstammte noch dazu zwei sehr alten Familien. Das könnts knicken, das ganz sicher nicht“, war er beinahe ein wenig beleidigt.

„Uns ist die Verbindung Monicas hierher damit noch weniger klar, Georg. Dass der Mord hier geschah, muss einen Grund haben“, sagte Marini sanft.

Tappeiner schaute ganz erstaunt aus der Wäsche.

„Wollt ihr den Provinzbullen mal so richtig auf die Schippe nehmen?“, fragte er, doch sah an ihren überraschten Mienen, dass das nicht der Fall war.

„Na, ihre Mutter Linda ist doch eine Gruberin, hat sie euch das nicht erzählt?“

Die beiden verneinten. Während sie ihren Kaffee nahmen, schaute Ohnewein zur Kontrolle die Nachrichten auf dem Diensthandy durch, während Tappeiner nach seiner langen Rede erschöpft auf seinem Stuhl saß. Er schien nicht mehr von dieser Welt zu sein. Matthias hatte die gleiche Post von Chef Pixner bekommen, nur las er sie ganz durch, anders als Marini im Auto.

„Es gibt noch einen anderen Grund, Franco, warum Monica gerne nach Göflan kam“. Tappeiner hörte nicht zu, sondern döste ein bisschen vor sich hin. Marini hob interessiert das Gesicht.

„Eine Elisabeth Premstaller, die „Hexe vom Sonnenberg“, wie sie genannt wird. Monica hat sie scheinbar sehr verehrt und war oft hier. Das hat diese Journalistin zu Protokoll gegeben. Wer der Typ ist, weiß sie aber leider auch nicht. Ich würde sagen, wir besuchen die Kräuterfrau, wenn wir schon gerade hier sind!"

Ohnewein ließ sich die Rechnung bringen und von Tappeiner den Weg erklären. Wenige Minuten später schon waren an einem der schönsten Bauerngärten vom ganzen Vinschgau.

ACHTUNDZWANZIG

Das rostige Gartentor, niedrig und ganz sicher noch ein Original aus den Sechzigerjahren, ließ sich leicht öffnen. Eine Klingel hatten sie nicht gefunden. Ohnewein und Marini waren beeindruckt von den vielen Herbstblumen, die einen wunderbaren Duft verströmten. Sie wandelten wie durch einen Wald von gelben Sonnenblumen, gelbroten Zinnien, rosa und violette Dahlien, blauen Hortensien, orangen Astern und Lampions sowie knallgelben Chrysanthemen. Beide Männer schwiegen und bewunderten.

Nichts wirkte angelegt, und doch musste es so sein. Alle Pflanzen schienen wild durcheinander zu wachsen, und dennoch herrschte eine Ordnung, beinahe eine göttliche, wie sie beide es empfanden. Trotz wilden Hummelbrummens – die Insekten waren trotz der fortgeschrittenen Jahreszeit noch immer in Scharen unterwegs – durchströmte den großen Garten eine sakrale Atmosphäre. Schweigend schritten sie voran und entdeckten Beete, die voller verschiedener Kräuter waren und in sattem Grün schwelgten.

Weiter hinten sahen sie einen wunderschönen alten Palabirnbaum stehen.

„Du, Franco, mir hat der Pixner – du weißt doch, dass der privat ein Experte in Sachen Bäume ist – mal erzählt, dass die Rinde pro Jahr circa drei Millimeter wächst. Dann muss der hier bei dem Durchmesser mindestens zweihundert Jahre alt sein", blieb er andächtig vor dem Prachtexemplar stehen.

„Perfekt geschätzt, Signori", hörten die beiden Polizisten eine warme, tiefe Frauenstimme sagen. Wie auf Befehl drehten sie sich um. Die Frau war vollkommen lautlos erschienen und stand nun lächelnd hinter ihnen. Sie musste zwischen vierzig und sechzig sein.

Elisabeth Premstaller war schwer zu beschreiben, weil sie die Menschen hauptsächlich durch ihre Aura beeindruckte. Sie war nicht alt und nicht jung, nicht schön und nicht hässlich, nicht groß und nicht klein. Sie trug Kleidung, durch die es beinahe unmöglich schien, etwas wie eine Figur wahrzunehmen, und war dennoch nicht unförmig oder gar schlampig. Ihre langen, silbriggrauen Haare hatte sie sehr kunstvoll zu einem Zopf geflochten, den sie wiederum in Tiroler Bäuerinnenart um den Kopf geschlungen trug. Der Rest der Kleidung war aber nicht sehr traditionell, eher ökologisch angehaucht, jedenfalls war dies Marinis Empfinden, der von Frauenkleidung wenig Ahnung hatte.

Ohnewein, der sogar noch weniger davon verstand, enthielt sich jeden Kommentars.

Über einem rostfarbenen und langen Rock, der bequem wirkte, trug ihre Gastgeberin eine senfgelbe, bestickte Bluse und darüber eine Strickjacke in derselben Farbe wie der Rock. Ihre Hände und ihr Gesicht waren braungebrannt und leicht ledrig. Sie trug kaum Schmuck, aber der wenige, der da war, schien aus purem Silber zu sein, was ausgezeichnet zu ihren Haaren passte. Am auffälligsten aber stachen ihre großen, braun-grünen Augen mit dichten dunklen Wimpern hervor.

Die Frau war, soweit die beiden Männer das beurteilen konnten, komplett ungeschminkt und hatte das auch gar nicht nötig. Ihre gerade, nicht allzu große Nase, passte sich gut in den Gesamteindruck ein, und ihre Lippen, erstaunlicherweise noch immer leicht rosa, waren beinahe gleichgroß und sanft geschwungen. Sie hielt einen Strauß soeben gepflückter Blumen in der rechten Hand, in der linken dagegen Flachs zum Binden. Marini und Ohnewein waren stocksteif geworden und starrten die Frau wie eine Erscheinung an. Sie strahlte eine solche Autorität aus, dass sie beinahe wie eine Göttin schien, und das war ihr offenbar auch bewusst. Sie nahm die Blumen in die linke Hand und streckte die rechte freundlich zur Begrüßung aus.

„Ich bin die Besitzerin dieses Fleckchens Erde, Elisabeth Premstaller, und Sie?", entwickelte sie weiterhin einen gewissen Charme, wenngleich Marini seine Uniform trug. Die beiden Kommissare stellten sich vor.

„Dann sind Sie wegen Monica hier. Ich wäre ganz sicher in den nächsten Tagen auf Sie zugekommen. Es war mir nicht so ganz klar, ob Sie mich brauchen, denn ich habe eigentlich nichts von Belang auszusagen", schloss sie ihre kurze Rede und brach damit einen ihrer wichtigsten Grundsätze, nämlich nicht zu lügen – zum ersten, aber nicht zum letzten Mal an diesem Tag. Ohnewein und Marini schauten sie neugierig an.

„Bitte erzählen Sie doch einfach, Frau Elisabeth", bat Marini.

Er fühlte es wie einen undefinierbaren leichten Schmerz im Körper, dass, so faszinierend diese Frau auch war, irgendetwas nicht mit ihr stimmte. Ohnewein dagegen war ziemlich hin und weg. Elisabeth Premstaller wies mit dem Blumenstrauß auf einen verwitterten Steintisch unter dem Birnbaum.

„Wenn Sie mir kurz helfen würden, ein paar Stühle aus der Hütte zu tragen? Ich mache uns inzwischen einen feinen Kräutertee", lud sie die Herren ein. Sie blickte Ohnewein kurz ins Gesicht.

„Haben Sie Magenschmerzen?"

Der macht ein ziemlich verblüfftes Gesicht und antwortete.

„Mir liegt ein wenig der Sugo vom Mittagessen in der „Goldenen Krone“ im Magen, in der Tat. Der war zwar wirklich lecker, aber vielleicht doch etwas zu viel Butter.“

„Dann mache ich einen Tee mit frischem Oregano, Schafgarbe und Kümmel, das wird helfen!“, empfahl sie und zog gleich los, ihren Vorschlag in die Tat umzusetzen.

Marini sah nicht so aus, als ob er sich auf diesen Afternoon-Tea wirklich freuen würde, machte aber gute Miene zum bösen Spiel. Während die Kräuterfrau werkelte, trugen sie drei wunderschöne uralte schmiedeeiserne Gartenstühle nach draußen, viel zu zierlich für zwei Kerle wie sie.

Offenbar hatten beide das Gleiche gedacht, denn sie schauten die Stühle mit leicht belämmertem Gesichtsausdruck an, dann einander, und lachen plötzlich los.

Da kam auch schon die Hausherrin und trug ein Tablett mit einer sehr bunten, offensichtlich handgetöpferten und bemalten Kanne sowie Tassen, grünen Äpfeln und etwas, das aussah wie Kekse. Über den Tisch hatte sie zuvor eine Decke aus grobem Leinen gelegt, und beide Männer stellten fest, dass sie mit leichter Hand geradezu ein Gemälde arrangiert hatte. Bald dampfte der Tee in den Tassen. Elisabeth setzte sich auf ihrem Stuhl zurecht.

Ohnewein bemerkte tatsächlich sehr bald eine wohltuende Wirkung, während Marini über die Schokoladenplätzchen herfiel, die zu seiner großen Freude selbstgebacken waren.

Nachdem auch die Gastgeberin einen Schluck genommen hatte, lehnte sie sich ein wenig zurück und begann ihre Erzählung:

„Mein Wissen über die Wirkung von Kräutern, speziell unserer heimischen Bergflora, habe ich von meiner Mutter, und die von der ihren. Wir geben es von Generation zu Generation weiter. Es ist uralte Gelehrsamkeit in Familientradition", hielt sie einen Moment inne und nahm noch einen Schluck Tee. Ohnewein wurde das Gefühl nicht los, hier einem lange trainierten Vortrag zu lauschen. Er und Marini behielten ihre interessierten Mienen.

Hoffentlich kam hier ein wenig Licht ins Dunkel dieser merkwürdigen Geschichte.

„Schon unsere Urahninnen wurden von den Bauern als Hexen bezeichnet, trotzdem kamen sie lieber zu uns, als dass sie zum Doktor gingen. Da sich die Bezeichnung „Hexe vom Martelltal" mit meinem Umzug nach Göflan in „die Hexe vom Sonnenberg" wandelte, wurde die Presse auf mich aufmerksam. Der „Rosengarten" berichtete über mich, ziemlich wirres Zeug übrigens, dann kam eine eigentlich recht schöne Reportage in der „Südtiroler Sonne". Und dann sie: Christa Rossi. Sie kennen sie ja bereits", konnte die Kräuterfrau ein Grinsen nicht zurückhalten. Ohnewein machte ein nicht sehr intelligentes Gesicht, während Marini hüstelte.

„Wie", sagte der Kommissar, und wollte gerade zu einer Frage ansetzen, aber Elisabeth kam ihm zuvor. Offenbar hörte sie sich gerne selber reden.

„Christa wurde durch die Reportage neugierig. Sie schlug dem „Corriere della Sera" ein Porträt über mich vor und bekam den Auftrag. So lernten wir uns kennen und haben uns sogar ein wenig angefreundet. Sie rief mich heute Vormittag an, um mir mitzuteilen, dass sie sich mit Ihrem Chef, dem Hubert Pixner getroffen und ihm von mir erzählt habe. Ich rechnete also mit einem Besuch – wenn auch nicht so bald."

Marini hätte sie gerne gefragt, was dieser letzte Halbsatz zu bedeuten habe, entschied sich jedoch anders und machte sich stattdessen eine Notiz, so wie er auch alles andere aufschrieb, was ihnen diese eindrucksvolle Frau mitteilte.

„Christa muss später wohl ein Porträt über Monica Kofler

geschrieben haben, die wir hier oben alle persönlich kennen. Schließlich ist Sieglinde Sigmund ihre Tante."

Die erwünschte Wirkung bei den beiden Polizisten blieb aus, da diese über diesen Punkt bereits aufgeklärt waren. Die leicht eitle Martelltalerin zog einen leichten, nur für Marini erkennbaren, Flunsch und sprach.

„Nur fuhr sie da nicht so gerne hin. Es erinnerte sie zu sehr an das, was sie verloren hatte. Sieglinde und Monica sahen sich unglaublich ähnlich. Monica betrachtete Sieglinde, die sich trotz dreier Kinder eine sehr jugendliche Figur bewahrt hatte, und stellte sich vor, sie könnte auch so ausschauen. Das machte sie traurig, wie sie mir einmal erzählt hat. Ich ließ sie oft einfach hier sitzen, mit einer Tasse Bergtee und mit einem Buch. Sie hat viel gelesen und weniger mit ihrem Smartphone operiert als Gleichaltrige."

Im Gedenken an die tote junge Frau wurde Elisabeth Premstaller nun ganz still. Sie trank ihren inzwischen erkalteten Tee in einem Zug aus und stand auf.

„Möchten Sie noch eine Tasse?", fragte sie. Ohnewein nickte.

„Der hilft tatsächlich, es geht mir schon wesentlich besser, ich danke Ihnen", lobte er.

Marini dagegen schüttelte den Kopf. Aber er habe ja schließlich auch kein Magendrücken, begründete er seinen Entschluss. Elisabeth lächelte fein, schaute dem Italiener in die Augen und wandte sich direkt an ihn:

„Christa will von Monica erfahren haben, dass diese hier bei mir einen Mann kennengelernt haben soll, einen mit besonderen Neigungen. Ich nehme an, dass Sie hier sind, um einen Namen zu erfahren."

Unweigerlich nickten die beiden Polizisten.

In Elisabeth Premstallers Augen erschien ein unergründlicher Ausdruck, der bewirkte, dass sie wie nicht von dieser Welt erschien. „Nun…", erklärte sie langsam, „ich weiß von einem Mann, den Monica hier kennengelernt hat. Aber ich kann Ihnen nicht sagen, ob das der Mann ist, den Sie suchen. Ich weiß nicht, ob er fetischistische Neigungen hat, und ich kann auch nicht sagen, ob die beiden ein Verhältnis hatten."

Elisabeth log in diesem Punkt bewusst, was auch der Grund war, warum sie ihren Blick verschleiert hatte. Am liebsten hätte sie einfach geleugnet, dass Monica hier jemanden kennengelernt hatte. Bernie genoss nach wie vor ihre Loyalität und ihr Mitgefühl, sie wollte ihn bei der Polizei nicht in Misskredit bringen. Aber das war nach Christas Aussage gegenüber den Ermittlern kaum noch möglich. Bestenfalls hätte Elisabeth sich darauf zurückziehen können, sie habe nicht mitbekommen, mit wem Monica gesprochen habe, aber das war bei der persönlichen, beinahe intimen Atmosphäre, die auf ihrem Anwesen herrschte, kaum glaubhaft. Sie konnte nicht riskieren, dass ihre Gäste misstrauisch wurden, das würde zu noch mehr Fragen und noch mehr Fragen führen. Ob sie wollte oder nicht, darum, Bernies Namen zu nennen, kam sie nicht herum. Sie konnte lediglich versuchen, ihren Freund so unverdächtig wie möglich erscheinen zu lassen. Ihr Nimbus als Kräuterhexe, ihre Verschleierung verfehlten zu ihrem Glück auch diesmal ihre Wirkung nicht. Die Ermittler nahmen ihr ihre Worte einstweilen ab.

„Und um wen handelt es sich?", wollte Ohnewein wissen.

„Er heißt Bernie Gurtschler und ist Imker in Laas. Wenn ich raten müsste, würde ich allerdings mutmaßen, dass die beiden nur gute Freunde waren. Immerhin ist Bernie beinahe dreißig Jahre älter als Monica und dazu noch verheiratet. Wir kennen uns von früher, seine Eltern waren wie die meinen Erdbeerbauern."

Ohnewein und Marini schauten sich an, froh, endlich eine Spur gefunden zu haben, auch wenn zu diesem Zeitpunkt noch offen war, ob sie wirklich zu dem gesuchten Liebhaber führte. Es bedurfte keiner Worte für das Einverständnis, dass sie Gurtschler gleich noch einen Besuch abstatten würden. Sie trugen die Stühle wieder ins Häuschen und sahen sich dabei um. Neben den Kräutern standen da auch noch allerhand Honiggläser mit verschiedenen Aufschriften herum.

Ein Glas fiel Ohnewein wegen des besonderen Schliffs gleich ins Auge. Es leuchtete regelrecht in Regenbogenfarben, trug ein Etikett mit Goldschrift und hatte den Namen „Amorapis“.

„Ist das ein besonderer Honig?“, wollte der stattliche Mann wissen.

Elisabeths Lippen umspielte wieder dieses geheimnisvolle Lachen. Sie maß den Kommissar von oben bis unten, schaute ihn genau an und meinte dann: „Eincr, den Sie ganz sicher nicht nötig haben, Capitano!“

Der wurde augenblicklich rot und hatte sofort verstanden, was sie damit meinte. Marini dummerweise auch, der vor lauter Feixen schnell die Gartenhütte verließ. Eine solche Bemerkung von einer Frau, die trotz höheren Alters – seines Alters, wie ihm zerknirscht einfiel –, eine starke erotische Ausstrahlung hatte, war für den wenig ausgelasteten Ehemann zuviel des Guten. Er stellte das Glas gleich wieder weg und ging zu seinem Kollegen in den Garten. Elisabeth Premstaller folgte.

„Wenn Sie noch irgendetwas von mir brauchen, Signori, Sie wissen, wo Sie mich finden. Ich gebe Ihnen meine Karte mit, denn ab und zu bin ich auch in meinem Stadel, oben am Sonnenberg.“

Marini und Ohnewein nahmen Abschied von dieser merkwürdigen Erscheinung, teils in Bewunderung, teils sogar in Furcht, ganz sicher jedoch in Verwirrung darüber, wie man sie einzuschätzen hatte. Vielleicht war sie ja tatsächlich eine Hexe.

NEUNUNDZWANZIG

„Was war denn das“, entfuhr es Matthias Ohnewein, als sie sich ein paar Meter entfernt hatten. „Eine Frau“, gab Marini lapidar zurück und grinste von einem Ohr zum andern.

„Eine, die dich ganz offensichtlich in mehrfacher Hinsicht ziemlich beeindruckt hat!“

„Wird Zeit für unser Törggelen, Franco, ich glaube, ich brauche wirklich mal einen gescheiten Gesprächspartner“, lachte der Kollege.

Marini war beeindruckt und im Grunde auch ein wenig gerührt, doch das ließ er sich nicht anmerken. Elisabeth Premstaller hatte ihnen die Adresse der Gurtschlers gegeben und ihnen den Weg erklärt. Weit entfernt von hier lag ihr Ziel nicht.

Unterwegs sagte Ohnewein zu Marini:

„Bevor wir jetzt zu dem Honigheini reingehen, möchte ich gerne ein kleines Resümee ziehen. Halt doch mal bitte irgendwo an.“

„Gute Idee“, meinte Marini und fuhr bei nächster Gelegenheit rechts ran. Schade, dass er nicht mehr rauchte, jetzt wäre eine Zigarette hilfreich gewesen. Die beiden Männer setzten sich – so gut es in den Autositzen möglich war – gegenüber. Marini begann:

„Die Idee mit dem rechtsradikalen Hintergrund sollten wir haken. Das war so ein Einfall, mit dem konntest du ja von Anfang an nicht so viel anfangen.“ Ohnewein nickte nur.

„Pixner hat erwähnt, dass der Vater parteipolitische Querelen als Motiv in Betracht zieht. Womöglich wollten ihm die Parteifreunde einen Denkzettel verpassen, der dann aus dem Ruder gelaufen ist. Die Tatsache, dass seine Frau eine geborene Gruber ist und von hier stammt, könnte dazu passen. Aber mal ehrlich: Es ist doch reichlich auffällig, eine behinderte Frau im Rollstuhl zu entführen. Und was soll dabei schiefgegangen sein? Warum hat man sie in den Bruch geschafft und auf welche Weise? Da müsste dann ja irgendein Querbezug zu Gufler existieren. Aber der hat doch eigentlich nichts damit zu tun, wenn die SVP einem ihrer Mitglieder Schaden zufügen möchte.“

Ohnewein nickte wieder und antwortete:

„Diese Theorie hat mir überhaupt nicht geschmeckt. Soweit würden die „Genossen“, er lächelte bei diesem Wort, „nicht gehen. Sich an Menschen vergehen, das ist nicht ihr Stil, selbst wenn der Tod der jungen Frau nicht geplant und gleichsam ein Betriebsunfall gewesen wäre. Sowas sind Mafiamethoden und passen nicht zu echten Südtirolern. Aber wieso soll eigentlich der Gufler nichts damit zu tun haben? Ist eigentlich jemals sein Alibi überprüft worden?“, fragte er mehr sich selbst als seinen Kollegen. Er zückte sein Handy und schickte eine Nachricht an Tappeiner mit der Bitte um Auskunft in dieser Sache.

„Der erscheint mir ohnehin ein bisschen dubios. Weniger wegen seiner internationalen Kontakte in den Osten als aufgrund der Tatsache, dass er uns nicht erzählt hat, dass er mit der Tante der Toten einmal kurz verheiratet war", überlegte der Maresciallo.

„Hm, Franco, als wir mit ihm oben waren, wussten wir aber noch nicht, wer sie ist."

„Und du meinst, er hat sie nicht erkannt? Denk dran, Elisabeth Premstaller hat uns berichtet, dass sie alle hier persönlich kannten."

„Du weißt schon, wie zugerichtet sie war", entgegnete Ohnewein.

„Dann hätte sie auch Tappeiner erkennen müssen oder einer seiner Polizisten."

Sie schauten einander an und schwiegen.

„Trotzdem werde ich das Gefühl nicht los, er könnte etwas damit zu tun haben. Selbst wenn das Alibi wasserdicht ist, er hat doch diese Moskau-Connection, darüber könnte er möglicherweise einen Killer angeheuert haben!", spekulierte da Marini. Ohnewein fing schallend an zu lachen.

„Franco, hast du zu viel ferngesehen in der letzten Zeit? Kümmert sich deine Rosi nicht genug um dich? Wir sind hier in Südtirol und nicht in Berlin oder Mailand. Außerdem, wenn schon, dann eine Tiflis-Connection!", sagte er und unterbrach sich kurz. Marini sah erstaunlicherweise gar nicht böse aus.

„Außerdem", sprach er weiter, „sehe ich im Augenblick keinen Grund, warum Martin Gufler die Nichte seiner Exfrau um die Ecke bringen sollte. Was ich merkwürdiger finde ist, dass uns die Koflers nichts darüber erzählt haben."

Marini schoss zurück. „Dass Gufler kein Motiv hat?" Ohnewein stutzte einen Moment, bemerkte dann aber, dass ihn Marini auf den Arm nahm.

„Sorry, Hias, aber der musste jetzt einfach raus. Ich weiß schon, worauf du hinauswillst. Die halbe Verwandtschaft der Toten stammt aus Göflan. Das ist wirklich seltsam", spann er den Gedanken des Kollegen weiter.

Er setzte sich wieder hinter das Steuer und ließ den Motor an.

„Ich muss das alles ein bisschen sacken lassen, besonders das, was uns die Strega (italienisch für „Hexe“) erzählt hat. Mein Bauchgefühl sagt mir einfach, dass dieser Gufler irgendetwas mit der Sache zu tun hat.“

„Mhmh“, murmelte der Commissario, „es könnte aber auch mit diesen alten Streitereien zusammenhängen, falls Monica nämlich doch nicht oben im Bruch getötet wurde, was wir immer noch nicht mit Sicherheit wissen“, gab er zu bedenken.

Marini programmierte gerade noch das Navigationsgerät. „Stimmt, wo sind eigentlich die Endergebnisse der Spurensicherung? Und auch die abschließende Analyse von Lukrezia liegen noch nicht vor!“

„Vielleicht hat sie ja das Gift noch nicht gefunden“, versuchte Ohnewein einen in der Polizei uralten, leicht chauvinistischen Witz der genialen Professorin gegenüber. Eine Anspielung auf ihre berühmte Namensvetterin Lukrezia Borgia, die als Giftmörderin in die Geschichte einging. Er sah seinen Kollegen trotz Sonnenbrille grinsen.

„Genau. Monica wurde von einer kontaminierten Biene des Imkers Bernie Gurtschler gestochen und schlug sich dann im Wahn, nachdem sie im Rollstuhl auf den Berg gefahren war, mit einem Marmorblock den Kopf ein. Danach legte sie sich auf die Schrägbahn. Hervorragend, der Fall ist gelöst.“

Sie legten gerade den gewissen Zynismus an den Tag, den Ermittler manchmal brauchen, um sich von der Monstrosität einer Tat abzulenken.

DREISSIG

Bis die Kommissare Matthias Ohnewein und Franco Marini ihren Dienstwagen vor dem prächtigen und bemalten Stadel Bernie Gurtschlers parkten, war man auch in Meran nicht untätig geblieben. Lukrezia di Lorenzini hatte bei Hubert Pixner angerufen und ihn in die Pathologie bestellt. Sie tat recht geheimnisvoll, allerdings war sie für diese Masche bereits berüchtigt. In der Carabinierista-tion versuchten sich auch Toni Scarpone und Carmine Losso an der Lösung des Falls, jedenfalls soweit ihre Zeit es zuließ. Zusammen schauten sie sich immer und immer wieder die Fotos an, die auf Monicas Rechner gefunden worden waren. „Inzwischen habe ich mich an den Anblick gewöhnt", meinte Toni, „aber irgendwie sind diese riesigen Brustwarzen trotzdem eklig".

„Naja", gab Carmine zurück, „der Typ kann ja nichts dafür".

„Bist du da so sicher? Im Bericht steht, der ließ sich die Brustwarzen zwirbeln und mit diesen Klemmen abquetschen. Außerdem soll er sich von Bienen reinstechen lassen haben."

Tonis Gesichtsausdruck nahm einen angewiderten Ausdruck an. Carmine fuhr daraufhin mit dem Zeigefinger durch die Luft, machte das Geräusch einer summenden Biene und „flog" so auf seinen Kameraden los.

„Bleib bloß weg", schrie Toni im Spiel und sprang auf. Schützend legte er beide Hände über seine Brust wie eine Frau, die ihre nackten Brüste bedecken möchte. Carmine fand diesen Anblick äußerst belustigend und zog den jüngeren Kollegen weiter auf.

„Du stehst wohl nicht so auf flotte Bienen", vermutete er und ließ wieder den Zeigefinger fliegen. „Ich stehe auf ...", wollte Scarpone gerade erwidern, als ihm das Wort im Halse stecken blieb. Er klappte den Mund wieder zu und schaute ungläubig.

„Was ist, Toni, he, ich wollte dich doch nur ein bisschen foppen. Sei nicht immer so schnell beleidigt", tröstete Carmine.

„Nein", erwiderte der junge Carabiniere, „das ist es nicht. Beim Wort „stehen" ist mir gerade etwas eingefallen. Komm mal her, ich zeig dir was."

Er drehte den Bildschirm seines Rechners in Richtung Carmine Losso, der jetzt neben ihn getreten war. Dann klickte er auf ein Dokument und scrollte.

„Da", rief er, „da, siehst du das? Diese Bilder passen so überhaupt nicht zu den Brustbildnissen"

Losso kam näher an den Bildschirm, zog sich dann einen Stuhl heran.

„Was ist denn das?", staunte er kichernd.

Man sah einen scheinbar kopflosen Mann gerade mit dem Rücken auf dem Boden liegen. Er war von oben fotografiert worden, und genau diese Perspektive war es, die die Fotos so ungewöhnlich machten. Man konnte nämlich auf seinem Brustkorb die Spitzen zweier Cowboystiefel sehen. Das Foto musste von der Trägerin oder dem Träger der Stiefel gemacht worden sein, und diese Person stand auf dem Mann. Beide Carabinieri schauten sich die Fotos an – es waren etliche. Die Schuhe wechselten, häufig waren Sportschuhe, Fußball mit groben Stollen oder sogar Golfer zu sehen.

„Ich verstehe den Zusammenhang nicht, um ehrlich zu sein", gab Carmine zu. „Außer, dass es mir so vorkommt, als wären diese Fotos älter. Alle Schuhe sind nicht gerade der letzte Schrei", erkannte der äußerst modebewusste Carmine Losso sofort.

Toni hatte eine zündende Idee.

„Weißt du was? Wir legen jetzt mal die Schuhbilder neben die Brustbilder. Vielleicht ist es ein und derselbe Kerl".

Sie verschoben die Fotografien und waren nach ein paar Minuten um eine Erkenntnis reicher. Es war tatsächlich die Brust eines einzigen Mannes, eindeutig an der Form seiner eher hageren Schultern zu erkennen, die beinahe auf allen Bildern zu sehen waren. „Carmine, ich habe mir die Fotos so oft angeschaut, weil der Maresciallo das unbedingt wollte. Er meinte, wir müssten aufpassen, dass wir nichts übersehen, und doch ist uns das Offensichtliche entgangen. Also sehe ich sie mir jetzt noch einmal genau an", beschloss er.

Sei es, weil der neue Fund ihn aufmerksamer gemacht hatte, sei es, weil mit Losso ein zweites Augenpaar einen Blick auf die Sache hatte, tatsächlich fiel beiden beinahe gleichzeitig eine Winzigkeit auf, die sie bisher übersehen hatten. Auf einem der Brustbilder saß der Mann auf einem Sofa oder in einem Sessel. Neben ihm schien etwas zu glänzen. Losso nahm die Maus und vergrößerte den Ausschnitt. Es war eine goldene Klemme.

„Toni", brachte er etwas heiser hervor, „das sind die gleichen Dinger, wie sie im Auto von Monica Kofler gefunden wurden. Wenn wir jetzt noch herausbekommen, wer der Typ auf den Fotos ist, dann haben wir den mysteriösen Liebhaber und sind vielleicht endlich ein Stück näher an der Lösung."

Beide Männer blickten sich an. Sie waren ein wenig stolz auf sich selbst. Warum Monica allerdings die Schuhbilder auf dem Rechner hatte, konnten sie sich weiterhin nicht erklären.

EINUNDDREISSIG

Im Revier wussten das alle: Der stets sanftmütige „Krieger" konnte auch richtig sauer werden. Wehe, wenn Hubert Pixner das Blut kochte, dann suchte man besser ganz schnell das Weite. Zu beruhigen war der kraftvolle Mann in solchen Fällen nur durch seine Frau, doch auch die konnte ausgesprochen wütend werden und war dann in Sekundenschnelle auf hundertachtzig. Das liege an ihrem Stieraszendenten, behauptete sie dann später entschuldigend. Pixner musste man lange auf die Nerven gehen, bis es soweit war und er explodierte.

Doch genau dies geschah soeben am Telefon. Seit Tagen nervte ihn dieser selbsternannte Gesellschaftsreporter Georg Platzhirschner auf sämtlichen Kanälen, Nummern, Frequenzen, Leitungen und anderen Kommunikationsgelegenheiten. Wobei es Pixner schon interessiert hätte, woher ausgerechnet dieser Südtiroler Baby-Schimmerlos-Verschnitt seine private Handynummer hatte.

„Selbst wenn wir den Namen wüssten, würde ich ihn ganz gewiss nicht an dich weitertratschen", schrie er in die Muschel seines Telefons, dessen Retro-Design einem uralten

Bakalitttelefon nachempfunden war. Nur mit einem solchen Schätzchen war es möglich, den Hörer so trefflich aufknallen zu lassen, wie er es nun einmal gerne tat. Natürlich besaß der Polizeichef auch Gerätschaften in modernerem Design, um informationstechnisch auf dem Laufenden sein zu können.

Aber dieses Telefon liebte er nun einmal. Der Anruf hatte es noch einmal offensichtlich werden lassen: Sie hatten wohl eine undichte Stelle auf dem Revier. Obwohl Pixner in einer internen Notiz eindrücklich darauf hingewiesen hatte, dass in Sachen Trampeln oder Brustklammern nichts, aber auch wirklich gar nichts nach draußen gelangen dürfe, schon gar nicht an die Presse, hatte der „Rosengarten" gestern seine saftige Titelstory publiziert.

Natürlich versehen mit einer oberdämlichen Headline: „Klammerte sie am Ende zu sehr?", hieß es da, gefolgt von einem mit Wollust und in geradezu epischer Breite verfassten Bericht über die arme Monica, das Sexualleben behinderter Menschen und den Fetischismus, „den uns ganz sicher die vielen Ausländer hier herein gebracht haben."

Kofler würde seine Kandidatur vergessen können, falls ihm das jetzt überhaupt noch wichtig war. Den völlig geschockten Mann hatte er mit deren Einwilligung an Christa Rossi weitervermitteln können.

Doch danach stand kein Telefon mehr still in der Wache. Natürlich war diese Geschichte auch von höchstem Interesse für Platzhirschner, dem kaum etwas mehr Freude bereitete, als Skandale aufzudecken. Besonders wenn sie erotischer Natur waren, wovon es in Südtirol freilich weniger gab als solche finanzieller Natur.

Für die nächste Ausgabe der „Fesches Diandl" plante man sogleich einen Achtseiter, garniert mit Fotos von Monica, Anschauungsmaterial aus der SM Szene, einem Interview mit einer Domina. Zwar hatten sie letztere relativ problemlos im

Sündenpfuhl Bozen aufgetrieben, aber niemanden mit diesen speziellen Kenntnissen.

Der Umstand, dass es sich um eine sehr spezielle Vorliebe handelte, machte Platzhirschner geradezu verrückt. Er musste herausbekommen, wer sich hinter dem „Klammeräffchen“, wie er den Mann getauft hatte, verbarg. Ganz sicher ein russischer Finanzmogul oder ein Politiker – aus Rom eventuell? Dort hatten sie ja schon vor zweitausend Jahren unmoralische Orgien gefeiert, wie jedes Schulkind wusste.

Platzhischner witterte die Story seines Lebens, das privat völlig unspektakulär verlief. Der Reporter konnte sich nicht vorstellen, dass vielleicht ein ganz einfach gestrickter Mann Phantasien hatte, welche seine eigene Vorstellungskraft um Myriaden übertrafen. SM interessierte ihn schon, aber umgekehrt, mehr in Richtung „fifty shades of grey“, und er liebte auch Splattervideos. Er musste die Story haben, koste es, was es wolle. Dass der Chef der Polizei nicht mit allen Informationen herausrückte und noch immer keine Pressekonferenz abgehalten hatte, machte ihn im Hinblick auf die Brisanz des unbekannten Liebhabers vollkommen sicher.

Womöglich war der ja sogar der Mörder, spann er sich zurecht. Platzhischner versuchte alles, bot sogar Bestechungsgelder an. Damit kam er dummerweise nicht besonders weit, allerdings gelangte er so an Pixners private Handynummer. Er überlegte, sich mit der nordisch-ladinischen Schönheit, der Ehefrau Pixners, zu beschäftigen, doch das traute er sich nicht so recht. Also lieber den Chef höchstpersönlich nerven, solange, bis der endlich den Namen herausrückte. Und den würde dann er haben, nur er.

Platzhischners Gier nach Anerkennung, um endlich den Coup seines journalistischen Lebens zu landen, machten ihn blind gegenüber allen Warnungen. Wieder einmal hatte er sich eine neue SIM-Karte für sein Handy besorgt und Pixner damit angerufen.

Doch diesmal im wahrsten Sinne des Wortes eine Nummer zu weit gegangen. Der Leithammel der Polizeiherde verlor die Contenance. Seine Stimme, die zuerst so laut geworden war, dass man sie sogar draußen auf dem Kornmarkt hörte, wurde nun gefährlich leise.

„Platzhirschner", begann er, „wenn ich von dir auch nur ein einziges weiteres Wort höre oder lese, lasse ich dich öffentlich hinrichten. Zuerst vierteilen und dann die Haut abziehen. Ganz langsam. Deine Knochen werfen wir dann den Straßenhunden in Neapel vor. Du hast schon dermaßen oft gegen sämtliche journalistischen Leitlinien verstoßen, dass wir garantiert innerhalb weniger Minuten etwas finden, mit dem wir nicht nur deine", er lachte verächtlich, „Karriere zerstören, sondern dich auch noch für längere Zeit in den Trienter Knast verdonnern werden. Dann darfst du zusehen, wie du es vermeidest, in den Duschräumen die Seife aufheben zu müssen. Ich wünsche dir außerdem recht viel Spaß in der Bläsersektion der Gefängnisband!"

Nun warf er mit aller Kraft den Hörer auf die Gabel, der wackelnd dort liegen blieb. Vorsichtig steckte die Sekretärin den Kopf durch die stets geöffnete Tür.

„Alles okay, Inspector?"

Das hatte jetzt noch gefehlt. Obwohl sie es lieb meinte und ihn eigentlich hatte aufmuntern wollen, flog der erschrockenen Frau eine Marone entgegen. Pixner hatte in der Mittagspause oben auf der Tappeiner-Promenade eine Tüte voll gesammelt. Schnell war die Sekretärin wieder verschwunden. Pixner atmete tief durch, dann stand er auf. Er ging ins Vorzimmer, lächelte die langjährige Mitarbeiterin an und entschuldigte sich.

„Der macht mich noch wahnsinnig, dieser unerträgliche Kerl. Allerdings würde ich auch wirklich gerne wissen, wer da nicht dichtgehalten hat!", schaute er sie fragend an.

„Ich war's nicht, Chef, ich schwöre", meinte sie daraufhin ängstlich.

„Ja, Ursel, ich weiß, aber du kennst sie alle am besten und am längsten, vielleicht kannst mal unauffällig ein bissl recherchieren. Ich will auch nicht unbedingt jemanden zur Rechenschaft ziehen. Aber es muss klar sein, wie wichtig es ist, Informationen, die nicht an die Öffentlichkeit gehören, hier im Dienstgebäude zu lassen."

Er schenkte seinem Gegenüber eines seiner liebenswürdigstes Lächeln. Ihm war klar, dass er den Schuldigen niemals finden würde, aber vielleicht hatte Ursel ja Erfolg. Pixner kehrte in sein Büro zurück. Bevor er die alte Schweinslederaktentasche mit dem Schnappverschluss packen und endlich zur Pathologin Prof. Dr. Lukrezia di Lorenzini aufbrechen konnte, hatte er jedoch noch einen wichtigen Anruf zu erledigen, von dem ihn dieser, wie er ihn bei sich nannte, hirnlose Vollidiot abgehalten hatte. Er wählte die Nummer, die auf der Visitenkarte Christa Rossis stand. Hoffentlich hatte sie Zeit.

„Pronto", meldete sich ihre klare, leicht sonore Stimme. „Hier Pixner", sagte der Polizeichef, „haben Sie zufällig etwas Zeit für mich? Neben dem Zusammensetzen des Lebenswerks Marius Koflers bewegt mich nämlich noch eine andere Frage, um in medias res zu gehen." Sie antwortete gleich:

„Ich brüte gerade über einem Artikel mafiöser Strukturen bei der Südtiroler Speckherstellung und kann eine kleine Abwechslung gebrauchen. Wenn es Sie nicht stört, mache ich mir nebenher eine Tasse Kaffee und stelle das Telefon auf laut. Außer mir ist keiner da, der mithören könnte", informierte sie den Kommissar.

„Also, sprechen Sie einfach."

„Sehr gut", freute sich Pixner, „ich selbst habe es etwas eilig, denn ich muss dringend zu unserer Chefpathologin, die scheint etwas herausgefunden zu haben. Aber vorher wollte ich Sie zwei Dinge fragen, die mir am Herzen liegen. Das eine ist: Wie geht es Kofler, und das zweite: Gibt es so etwas wie eine BDSM Szene in Südtirol, wo wir eventuell den Täter finden könnten?"

„Momento", kam es zurück. Dann hörte er Wasser rauschen und Geklappere in der Küche, ein Schrank wurde auf- und wieder zugemacht, dann Schritte in Richtung Telefon, etwas wurde auf einen Tisch gesetzt.

„So, Commissario, der Kaffee dampft, und ich werde so rasch ich es vermag antworten. Marius kam zusammen mit seiner Frau zu mir. Wie sie mir gestanden, hat der Hausarzt ihnen beiden Stimmungsaufheller verschrieben. Als der Bericht im „Rosengarten" erschien, schickten sie sich gerade an, Monicas Auto, das endlich aus der KTU herausgekommen war, an eine Stiftung zu verschenken. Noch nicht einmal die wollte den Wagen, obwohl sie ihn dringend hätte brauchen können. Die Koflers sind aktuell regelrecht geächtet, als ob sie ihre Tochter zu solchen, wie die Leute sagen, „Perversitäten" getrieben hätten. Da brechen Vorurteile auf, von denen man gar nicht glaubt, dass es sie überhaupt gibt."

Christa Rossi hielt einen kurzen Moment inne, und Pixner hörte, wie sie einen Schluck trank. Er fühlte großes Mitleid mit dem Paar und wurde gleichzeitig nur noch wütender, auf die Presse und ganz besonders auf Platzhirschner.

„Bitte erzählen Sie einfach weiter, Frau Christa", bat er.

„Linda Kofler überlegt, eine Therapie anzufangen, und Marius, ob sie das Weingut verkaufen sollen, um aus Südtirol wegzugehen. Er hat offenbar einen sehr guten Freund in der Steiermark, der auch Ökowinzer ist und einen Teilhaber gebrauchen könnte. Vielleicht ist das wirklich das Beste. Sie wissen, wie nachtragend die Menschen sein können."

Pixner nickte unwillkürlich und sagte dann: „ Ja, allerdings würde ich die beiden gerne noch einmal in Sachen Verwandtschaft befragen. Monica hat nämlich eine Tante in Göflan."

„Oh", erwiderte Christa Rossi nur kurz, „dann war Elisabeth ja gar nicht ihre einzige Verbindung dorthin. Hat sie mir nie erzählt. Zum Thema Szene in Südtirol. Natürlich gibt es hier eine. Bei meiner Recherche zum Bericht in der „Südtiroler Sonne" habe ich die ganz gut kennengelernt. Und keineswegs nur in Bozner Bordellen, wie viele vielleicht denken. Sie ist schon nach den offiziellen Daten über die gesamte Provinz verteilt. Die Dunkelziffer liegt weit höher, aber man kann nur mutmaßen, denn wer würde sich da schon freiwillig outen."

Sie lachte kurz auf. Pixner sagte nichts. Also berichtete sie weiter.

„Ich glaube nicht, dass der Täter in der Szene zu suchen ist. Schließlich war der Freund anscheinend ein Privatmann, der sich wohl Bilder oder Filme im Internet anschaute, aber nicht in einschlägigen Etablissements verkehrte. Monica erzählt mir, dass es ihm wichtig sei, mit der Frau, die all das mit ihm anstellt, äußerst vertraut zu sein. Das geht natürlich nicht bei einer Prostituierten."

Nun schwieg sie einen Moment.

„Das stimmt, Christa, da haben Sie recht. Wie sieht es mit dem Internet aus, gibt es da auch eine Szene?", fragte er etwas naiv nach.

„Hubert, die gibt es doch zu allem. Nennen Sie mir irgendetwas, wozu es nicht ein Forum gibt. Doch da zu suchen erscheint mir wirklich sinnlos. Die sind so gut verschlüsselt, da müsste ein Fachmann oder eine Fachfrau für IT ran, spezialisierter, als Sie sie zur Verfügung haben dürften. Haben Sie denn bei Monica verwertbares Material in dieser Richtung gefunden?", stellte sie nun ihrerseits eine Frage.

Pixner dachte nach.

„Nein, es gab nur Fotos und Filme, offenbar von Monica selbst mit Hilfe ihrer Kamera angefertigt. Va bene. Ich danke Ihnen sehr und lasse Sie nun in Ruhe weiterarbeiten", beendete er das Telefonat.

„Jederzeit, ich stehe Ihnen gerne zur Verfügung, wenn ich noch irgendwie helfen kann. Ich fand das übrigens schrecklich, wie diese Klemmengeschichte durch den Blätterwald gerauscht ist. Die armen Eltern. Viel Erfolg", wünschte die Journalistin und legte auf.

Auch Pixner dachte noch einen Augenblick an die Eltern des Opfers, denen man nicht nur das Kind genommen hatte, sondern deren ganzes Leben aus reiner Sensationslust den Mord betreffend zerstört worden war. Er stand endlich auf, schnappte seine Tasche und stürmte hinaus, nicht, ohne sich von seiner Vorzimmerdame verabschiedet zu haben. Die schmollte nun auch nicht mehr.

ZWEIUNDDREISSIG

Matthias Ohnewein und Franco Marini stellten erstaunt fest, dass sie gar nicht so lange bei Elisabeth Premstaller gewesen waren, wie es ihnen vorgekommen war. Maximal eine Stunde. Der Himmel war unfassbar blau; die Lärchen am Ufer der Etsch bildeten dazu einen herrlich goldenen Kontrast. Und die Luft war wunderbar weich. Marini, der ehemalige Raucher, nahm einen tiefen Zug.

„Die Luft ist ganz anders als in Meran, nicht wahr“, freute er sich. Es tat ihnen beiden gut, gelegentlich einmal aus ihrer kleinen Stadt herauszukommen und die frische, kristallklare Luft der Berge zu genießen.

„Trotzdem müssen wir jetzt da hinein, lieber Freund“, entgegnete Matthias Ohnewein.

Sie zogen an der schönen, altmodischen Glocke, die perfekt zu dem historischen Stadel passte. Es dauerte einen Augenblick, bis eine Frau den einen Flügel des alten Tores öffnete. Marini und Ohnewein hatten damit die zweite Begegnung der merkwürdig-weiblichen Art an diesem Tag. War jedoch die erste durch ihre Strahlkraft aufgefallen, schien diese das genaue Gegenteil davon zu sein.

Ohnewein schoss das Bild eines mageren alten Ackergauls durch den Kopf, außerdem guckte sie wie eine wütende Kröte. Marini spürte eine sehr tiefe Verletzung in ihr, einen psychischen Missbrauch, der ausgesprochen alt sein musste. Was, war weder in diesen Minuten relevant noch hätte man es so ohne weiteres herausfiltern können. Vielleicht ein Psychotherapeut, falls sie es zugelassen hätte.

Dagegen sprach allerdings ihre Verschlossenheit, die sie wie einen Schutzschild vor sich hertrug. Irene hatte ihren ein wenig verschlissenen Janker eng um sich geschlungen, sie öffnete jetzt die Arme, um die Jacke noch fester um sich zu ziehen. Marini fielen dabei ihre Hände, die schmal und wohlgeformt waren.

„Ja?", bellte sie. „Was wollt ihr?"

Sie musterte die Kommissare von oben bis unten und bedachte sie mit einem Blick, als ob die beiden die gemeinsten Hausierer waren, die sie je zu Gesicht bekommen hatte. Ohnewein stellte zuerst Marini und dann sich selber vor. Daraufhin wollte die Hausherrin ihre Erkennungsmarken sehen. Als die beiden ihr die Erkennungskarten vorwiesen, kam sie ihnen ziemlich nahe, und sie rochen einen säuerlichen Schweißgeruch, der bei Ohnewein um ein Haar zum Brechanfall geführt hätte. Er trat unwillkürlich einen Schritt zurück und überlegte dann, ob die Frau vielleicht krank sein mochte. Man sah ihr an, dass sie kaum mehr als Mitte Fünfzig sein konnte, und dennoch umgab sie die Aura einer alten Frau. Ohnewein sprach zu ihr.

„Wir möchten gerne zu Bernie Gurtschler. Ist er da?" Irene gab ein Geräusch von sich, das einem Grunzen ähnelte, und öffnete die Türe ein wenig mehr. Dann schlurfte sie durch die Haustür ins Innere des Stadels und ließ die Männer stehen.

Die beiden Polizisten befanden sich nun in einem mir sehr großen ungleichmäßigen Sandsteinplatten gepflasterten Hof, von dem rechts ein Wohnhaus abging und links eine Werkstatt, wahrscheinlich ein ehemaliger Stall. Einige Meter weiter in gerader Linie nach hinten war eine schöne Hecke zu erkennen, an der sogar noch Rosen blühten.

„Wie passt der schöne Hof mit dieser Bewohnerin zusammen?", wandte sich Marini an seinen Kollegen, „und wie wird wohl Bernie Gurtschler ausschauen, der es immerhin fertiggebracht hat, die Aufmerksamkeit einer deutlich jüngeren Frau auf sich zu ziehen?"

Bevor Ohnewein jedoch antworten konnte, trat der Genannte höchstpersönlich aus dem Haus. Sie sahen einen zierlichen Mann mit schmalen Schultern, kurzen grauschwarzen Haaren und erstaunlich blauen Augen. Hässlich war er nicht, aber er trug eine Traurigkeit im Gesicht, die etwas von Verzweiflung an sich hatte. Im Hintergrund sah man seine Frau, die sich bewusst im Dunkeln hielt.

„Was kann ich für Sie tun, meine Herren?", fragte Bernie Gurtschler.

Natürlich hatte ihn seine alte Freundin Elisabeth schon längst über den bevorstehenden Besuch unterrichtet.

„Können wir nicht hineingehen?", bat Ohnewein.

„Ja, sicher doch", erwiderte der Imker, „gehen wir in meine Werkstatt dahinten, wo ich den Honig herstelle."

Marini nahm gerade noch wahr, wie böse seine Gattin daraufhin dreinschaute. Sie wäre wohl gerne dabei gewesen, doch weder ihr Mann noch die Polizisten luden sie zu dem Gespräch ein. Die drei Männer betraten den einzigartigen Raum. In der Tat war er einmal ein Schafstall gewesen, doch nun standen in, wie es den Polizisten erschien, tausenden von Holzregalen Honiggläser. Gurtschler zog drei Hocker herbei.

„Hier stehen immer mehrere Sitzgelegenheiten, weil ich hier auch Seminare veranstalte", erklärte er.

„Herr Gurtschler, wir wissen von Elisabeth Premstaller, dass Sie Monica Kofler ziemlich gut gekannt haben. Die Zeitungen sind voll von Meldungen, dass wir nach ihrem Mörder fahnden. Warum haben Sie sich nicht bei uns gemeldet?“, wollte der Kommissar der Meraner Stadtpolizei wissen.

Bernie Gurtschler schien die Gläser in den Regalen zu zählen und antwortete nicht. Es war offensichtlich, dass er nach der passenden Erwiderung suchte. Schließlich sah er den beiden Männern sehr offen ins Gesicht und öffnete den Mund: „Wegen meiner Frau.“

Marini und Ohnewein leuchtete das natürlich ein, weniger jedoch der Rest der Entgegnung, der sich in einem regelrechten Wortschwall äußerte, so als habe Gurtschler schon sehr lange auf die Gelegenheit gewartet, sich all dies von der Seele zu reden.

„Ich hatte kein Verhältnis mit Monica. Sie war eine junge Frau, hübsch noch dazu. Aber ich bin fast dreißig Jahre älter als sie, da passiert so etwas nicht mehr so leicht. Ich war eher ein väterlicher Freund. Doch zeigen Sie mir die Ehefrau, die so etwas glaubt. Besonders dann, wenn die Ehe nur noch auf dem Papier besteht und man im Falle einer Scheidung alles verlöre, was man besitzt.“

Seine Augen glitten über die Honiggläser, quer durch den Raum, zum hinteren Fenster hinaus und wieder zu den Kommissaren. Seine Stimme wurde plötzlich lauter und erstaunlicherweise leidenschaftlich.

„Selbst hier bei uns sitzen sie schon, dank staatlicher Hilfe. Werden unterstützt, wo es nur geht. Und die ersten haben bereits begonnen, Geschäfte zu machen. Ein georgischer Zahnarzt hat im Sommer den uralten Striegelstudelhof gekauft, und seit einer Woche gibt einen syrischen Fahrradladen in Laas. In Laas!“, wiederholte er erbost, als Ohnewein und Marini verblüffte Gesichter machten, die er klar missinterpretierte.

„Wenn das so weitergeht, kaufen sie unser ganzes Städtchen auf, und die Frauen müssen Kopftuch tragen oder gar den, wie heißt das gleich, dieses Gewand da, Sie wissen schon..." Doch bevor Marini mit dem Wort Burka aushelfen konnte, schrie er schon weiter, die Kommissare waren bass erstaunt.

„Der Gufler Martin kommt in der Welt herum, und der hat es auch gesagt. In Meran gibt's ein afrikanisches Restaurant, und dann der Skandal in Bozen, wo ein türkischer Metzger die Tiere schächtet, damit die Islamisten auch ihr richtiges Fleisch zu essen bekommen. Von mir aus sollen die alle Gemüse fressen, das tät denen eh besser mit ihrer Mordlust."

Er hielt einen kurzen Moment inne, die Polizisten sagten noch immer nichts. Es war besser, ihn fortfahren zu lassen, denn solange er sich in dieser Stimmung befand, mochte womöglich auch noch eine verwertbare Mitteilung aus ihm heraussprudeln.

„Ganz Südtirol wird islamisiert, Sie werden es noch sehen, und dann ganz Europa. In zehn Jahren gibt's hier keine Gotteshäuser mehr, nicht das kleineste Kapellchen wird sich finden, und wir werden wie Sklaven den Scheichs die Hintern abputzen."

Gurtschler war bei den letzten, nun vollends wirren Worten aufgesprungen und blieb vor seinen Regalen stehen.

„Die Bienen waren heuer nicht sehr fleißig. Wird nicht viel Honig geben, Amorapis geht aus", murmelte er vor sich hin. Dann drehte er sich abrupt mit einem erschrockenen Gesichtsausdruck um, den weder Marini noch Ohnewein deuten konnten.

„Das ist ein ganz besonderer Honig, er hilft bei der Manneskraft", erklärte der Imker, dessen Stimme auf einmal ganz dünn geworden war.

Die Kommissare hatten sich mit kurzem Augenkontakt

über ihre weitere Vorgehensweise verständigt, und Ohnewein sprach: „In der Tat ist es eines unserer größten Probleme, wie das in der nächsten Zeit mit den vielen Migranten zu handhaben sein wird, aber ich glaube eigentlich nicht, dass gerade eine erzchristliche Gegend wie Südtirol jemals vom rechten Glauben abfallen wird."

Er sah es nicht, aber er fühlte, wusste, wie Marini sich im Inneren bei diesen Worten schier ausschüttete vor Lachen. Ohnewein als katholischer Prediger, das hatte etwas. Dennoch zog er ein bierernstes Pokerface auf und nickte zustimmend.

„Und der Landeshauptmann wird es gewiss verhindern, dass unser altes Kulturgut an irgendwelche Investoren aus dem Ausland verhökert werden wird", führte Ohnewein seine Gedanken weiter aus. Es wirkte. Gurtschler beruhigte sich.

„Wir wollen aber noch einmal zum Anfang zurückkommen, Herr Gurtschler. Sie hatten also eine rein freundschaftliche Beziehung zu Monica Kofler. Hatte sie eigentlich ähnliche politische Vorstellungen wie Sie?" fielen ihm die Worte ihres Vaters zu dieser Thematik ein. „Monica war zuerst so linksgrünversifft wie ihre Mutter. Der Vater ist SVPler, aber er betreibt ein Ökoweingut. Naja, immerhin nur Südtiroler Trauben, das finde ich sehr gut. Die Elisabeth und ich legen auch größten Wert auf unsere heimischen Produkte", lenkte er ein wenig vom Thema ab.

Als er in weiterhin fragende Gesichter schaute, die ihn nicht aus dem Thema Monica entlassen würden, fuhr er fort.

„Ich konnte das Mädel sehr bald davon überzeugen, in welch großer Gefahr wir uns alle befinden. Sie als Prominente wäre uns eine große Hilfe gewesen."

„Wen meinen Sie mit uns?", fragte nun Marini.

„Na, die AHP, die Andreas-Hofer-Partei. Widerstand gegen den Einfluss von außen. Südtirol bleibt sauber."

Keiner der beiden Meraner hatte je von dieser Partei gehört, und da Gurtschler so rasch nichts einfiel, mit dem er ihr Interesse daran wecken konnte, blieb er beim Thema Monica.

„Ja, also, Monica. Sie und ich haben gemeinsam viel Musik gehört. Zufälligerweise stand sie total auf „Nirvana“, genau wie ihr Vater.“

Gurtschler wurde zuerst rot, dann weiß. Obwohl es beiden Beamten auffiel, konnten sie sich doch keinen Reim darauf machen. Marini, ein wenig ungeduldig geworden, stand auf. Er schaute sich in der Werkstatt um und sah eine kleine Vitrine mit Broschen aus Gold. Eine feine Arbeit, wenn auch nicht unbedingt sein Geschmack. Der Künstler oder die Künstlerin hatte Insekten verwendet, sie plastiniert und dann mit Gold veredelt. Irgendwie kam ihm das Ganze bekannt vor, obwohl er wusste, dass er noch nie solchen Schmuck gesehen hatte. „Tolle Arbeiten hier, Herr Gurtschler. Verkaufen Sie die, oder ist das eine Sammlung?“, fragte er den Naturfreund.

„Die macht meine Frau“, erläuterte er, „sie ist ja Zahntechnikerin und tobt sich in ihre Freizeit gerne kreativ aus.“

„Wann haben Sie die Monica eigentlich zum letzten Mal gesehen?“ wollte Ohnewein wissen.

„In der letzten Zeit hatte sie sich ein wenig zurückgezogen, ich denke, es war wohl letzte Woche. Ich habe mir das nicht aufgeschrieben“, reagierte Bernie ein wenig ärgerlich.

„Und wo haben Sie sich getroffen? Wenn Ihre Frau nichts davon wissen durfte, meine ich“, gab der Kommissar zu bedenken.

„Wir haben uns bei Elisabeth getroffen, da war sie sowieso gerne. Die Musik habe ich auf meinem Handy mitgebracht. Vor einiger Zeit schon habe ich meine komplette Plattensammlung digitalisiert, da war das kein Problem.“

Er signalisierte mit seiner Körperhaltung, dass er für weitere Fragen zurzeit nicht mehr zur Verfügung stand, und auch die beiden Kommissare waren müde geworden.

„Wir kommen unter Umständen noch einmal auf Sie

zurück, sollten wir weitere Fragen haben. Und Sie wollen als ihr guter Freund doch sicher auch wissen, wer das getan hat, oder?“, erkundigte sich Marini im Gehen. Sie hatten beide den starken Verdacht, in Bernie Monicas Liebhaber vor sich zu sehen, was sie bisher nicht beweisen konnten. Ihn in Ungewissheit über ihre Vermutungen oder gar Erkenntnisse brutzeln zu lassen, schien ihnen zu diesem Stand der Dinge klüger, als ihn sofort in die Mangel zu nehmen. Gurtschlers Gesicht verhärtete sich, und als ob er diesen Ausdruck Lügen strafen wollte, versicherte er: „Aber natürlich, so schnell wie möglich!“

Im Hinaustreten sahen sie noch Irene Gurtschler in der Türe des Stadels stehen, sie schaute bitterböse. Die Perücke war nun geradegerückt, die seltsame Spange irgendwo inmitten der einstigen Lockenpracht geklemmt. Ohnewein und Marini setzten sich in den Dienstwagen.

„Und, was denkst du?“, fragte der letztere.

„Dass die Aussagen, die wir bekommen haben, bisher nicht zusammenpassen“, entgegnete sein Kollege.

„Ja, genau“, bestätigte Marini.

„Wir kennen die Bilder auf dem iPad, die einen Mann mit fetischistischen Neigungen zeigen. Nach dem, was Christa Rossi uns erzählt hat, handelt es sich dabei um Monicas Liebhaber, den sie bei Elisabeth Premstaller kennengelernt haben soll. Die wiederum leugnet zwar nicht, dass Monica bei ihr eine Bekanntschaft geschlossen hat, will aber nichts von einem Verhältnis wissen. Und der vermeintliche Liebhaber bestreitet alles, erweist sich aber als rechte Socke.“

„Was glaubst du, ist er der, den wir gesucht haben?“, stellte Ohnewein die Frage, die sie beide beschäftigte.

„Naja, die Rossi hat ausgesagt, dass Monica etwas mit einem Fetischisten hatte. Das wird sie sich ja nicht aus den Fingern gesogen haben, zumal die Bilder auf dem iPad in die gleiche Richtung deuten. Der Fetischist existiert also. Damit gibt es aber auch keinen Grund für die Annahme, dass die Journalistin sich über den Ort des Kennenlernens der beiden irrt. Und Elisabeth Premstaller ist nur ein einziger Name eingefallen, der von Gurtschler. Wenn du mich fragst, dann sind wir hier an der richtigen Adresse. Auch wenn er die Beziehung leugnet. Was sollte er sonst tun? Gibt er es zu, wird einer ihn vernichten, die Presse in einer hämisch zelebrierten öffentlichen Hinrichtung oder die gehörnte Gattin im folgenden Scheidungskrieg", führte Martini aus.

„Beweisen können wir es ihm aber nicht. Da könnte womöglich eine Hausdurchsuchung Aufschluss bringen, aber dazu bräuchten wir schon einen Tatverdacht im Hinblick auf die Mordtat. Und den haben wir nicht. Selbst, wenn er ihr Liebhaber war, macht ihn das noch lange nicht zu ihrem Mörder", grübelte Ohnewein.

Matthias schaltete sein Diensthandy wieder an, beide hatten die Telefone während des Besuchs abgestellt, um nicht gestört zu werden.

„Ach", verkündete er, „eine Nachricht von Tappeiner. Guflers Alibi ist wasserdicht."

In Kommissar Ohneweins Magen grummelte es. Aber diesmal war nicht der etwas zu fette Sugo Schuld daran, sondern böse Vorahnungen. Versatzstücke, die er mit seinen neuerworbenen Profilingkenntnissen wie Mosaiksteine zusammenzusetzen begann.

Marini meinte:

„Der Gufler schien mir ja schon mit Freuden nationalistisch zu sein. Du weißt, wie der mich während seiner Predigt im Bruch angeglotzt hat, und seine unverschämten Anspielungen lassen auch keine andere Erklärung zu."

„Worauf willst du hinaus, Franco? Dass es doch ein rassistisches Motiv für die Tat gibt?", setzte Ohnewein dagegen.

„Ich weiß, wir hatten das bereits ausgeschlossen", entgegnete der Angesprochene.

„Aber es drängt sich förmlich auf, dass es da eine Verbindung zwischen Gurtschler und Gufler geben könnte. Und der sollten wir nachgehen. Wer weiß, was wir da finden. Vom Alter her könnten sie sich auch schon länger kennen. Schlimmstenfalls haben Gurtschlers Gesinnungsgenossen von seinem Verhältnis Wind bekommen und den Gufler geschickt, damit er das Problem aus der Welt schafft, dass einer der ihren Inzucht mit unwertem Leben betreibt, oder wie immer diese Spinner das nennen würden."

„Der Gedanke gefällt mir überhaupt nicht", erklärte sein Freund, und dann fuhren sie schweigend durch einen grapefruitfarbenen Abendhimmel zurück nach Meran.

DREIUNDDREISSIG

Matthias Ohnewein überlegte: Gufler und Gurtschler waren also möglicherweise miteinander bekannt oder gar Freunde, ihre politische Gesinnung passte perfekt zusammen. Dies ließ sich über Georg Tappeiner leicht herausfinden, der zumindest Martin Gufler schon seit Ewigkeiten kannte. Waren sie vielleicht sogar in der gleichen Partei, dieser AHP, die Gurtschler ins Spiel gebracht hatte?

Auch das würde er überprüfen lassen.

Ohnewein machte sich eine Notiz, während Marini ruhig den Wagen fuhr. Auch er war in Gedanken versunken. Und wo Ohnewein gerade bei Tappeiner angekommen war, verfolgte der Kommissar noch einen anderen Faden, der ihm bei dem Kollegen aus Schlanders im Wirtshaus aufgefallen war. Irgendwie schien der sehr auffällig betont zu haben, dass Monicas Tante Sieglinde während ihrer Ehe mit Gufler kein Kind bekommen hatte. Eine Information, die im Grunde überflüssig war. Die kurze Ehe, die kein Jahr überdauert hatte, hätte solcherlei Überlegungen gar nicht nahegelegt.

„Es muss auch eine Verbindung Gufler zu Monica geben“, sprach da sein Freund Franco Marini in die Stille im Wagen.

„Franco, manchmal glaube ich wirklich, du kannst Gedanken lesen. Ich brüte gerade über genau demselben Tatbestand. Alibi hin oder her. Was macht dich stutzig?“

„Ich musste an die von dir so angehimmelte Elisabeth Premstaller denken“, sinnierte Marini, während Ohnewein kurz brummte.

„Sie hat da etwas über die große Ähnlichkeit zwischen Monica und Sieglinde losgelassen, erinnerst du dich?“

Ohnewein bewegte nur leicht den Kopf. Auch bei ihm klingelte gerade etwas, das es galt festzuhalten, bevor es wieder im Orkus verschwunden war.

„Nun kann das durchaus passieren. Nicht nur zwischen Eltern und Kindern. Mein Bruder zum Beispiel sieht unserer Großmutter väterlicherseits zum Verwechseln ähnlich. Ich frage mich nur, ob sie uns damit einen versteckten Hinweis geben wollte oder ob es mehr dahin geplaudert war“, erwog der Italiener.

„Ich kann mir nicht vorstellen, dass diese Frau irgendetwas tut oder gar sagt, das keinen Hintersinn hat“, erwiderte Ohnewein.

„Du hast Recht, sie erzählte das betont beiläufig. Aber warum?“

„Da ist etwas im Busch, ganz sicher“, konstatierte Marini.

„Mir ist auch etwas aufgefallen, Franco. Nämlich „Nirvana“. Kannst du dich noch an die Musik erinnern, die uns beinahe das Hirn weggeblasen hat, als uns Gufler vom Bruch nach unten gefahren hat?“, gab Ohnewein zurück.

„Oh ja, das war grauenhaft. Weniger die Musik, die hätte mir schon gefallen, aber die Lautstärke war tödlich!“

„Ich kann mich noch genau erinnern, es lief „Smells like Teenspirit“, und von wem ist das?“

Marini hätte um ein Haar abrupt gebremst, und das mitten

auf der Staatsstraße. So verlangsamte er das Tempo und fuhr rechts an den Rand. „Nirvana", antwortete er.

„Und gerade vorhin hat Gurtschler erzählt, das sei auch die Lieblingsband von Monicas Vater gewesen, und blickte danach ziemlich komisch aus der Wäsche."

„Ganz genau, mein Freund, wenn wir das alles also einmal zusammenzählen, kommen wir zu welchem Ergebnis?", machte der angehende Profiler die Rechnung auf.

„Gufler ist der leibliche Vater von Monica. Aber warum das ganze Versteckspiel, was sollte das? Vor allem aber: Wusste das Mädchen davon, oder hat sie es auch erst durch den lieben väterlichen Freund erfahren?"

Marini zuckte mit den Schultern. Ohnewein fuhr fort. „Mal was anderes: Glaubst du dem Gurtschler seine hehren Gefühle?"

Marini erwiderte: „Nein, nicht wirklich. Da stimmt etwas ganz gewaltig nicht. Warum sollte der sonst auch so ausgerastet sein in Sachen Migration. Das kam total aus dem Blauen, als wollte er von etwas ablenken."

„Ja, das schien mir auch so", stimmte Ohnewein zu.

„Und ist dir nicht auch die komische Haarspange bei seiner Frau aufgefallen? Und dann dieser komische Schmuck."

Beide Polizisten lachten.

Matthias resümierte weiter. „Die Frau ist doch Zahntechnikerin, hat er erzählt. Also, diese Brustklemme aus Monicas Auto ist selbstgeschmiedet, das haben sie uns aus dem Labor erzählt. Was, wenn Madame Gurtschler die eigenhändig hergestellt hat?"

„Für ihre Konkurrentin?", rief Franco Marini, „machst du Witze? Nein, das sicher nicht. Da muss ich noch einmal drüber nachdenken. Aber irgendwie könnte das für mich insgesamt schon passen."

„Und ich knöpfe mir jetzt als nächstes noch einmal Linda

Kofler vor, ich finde das bemerkenswert, dass sie uns nichts darüber erzählt", versprach der Kollege, während sie nun durch die Dunkelheit in den Meraner Talkessel rollten, der wie mit tausenden von hellen Lampions geschmückt die Nacht begrüßte.

VIERUNDDREISSIG

Als Teil der Sanitätsbetriebe Südtirol SANES war das Krankenhaus Bozen mehrfach umgebaut worden. Die Pathologie befand sich einem der modernsten Teile und war hervorragend ausgestattet. Auch wenn es, ähnlich wie in Meran, immer wieder Beschwerden darüber gab, es werde hier zu wenig Deutsch gesprochen, gehörten doch alle Betriebe der SANES zu den besten Einrichtungen der Gesundheitsversorgung im gesamten Land Italien. Professor Doktor Lukrezia di Lorenzini konnte man mit Fug und Recht eine außergewöhnliche Person, nicht nur in Südtirol, nennen.

Sie war von altem Adel, eine Gräfin von Geburt in einem Land mit etwa achthundert Schlössern und Burgen, konzentriert wie nirgendwo sonst in Europa. Bevor sie ihre Gattin Maria di Lorenzini geheiratet hatte, die wiederum eine ladinisch-italienische Mischung war, hatte die sehr sportliche Frau mit den kurzen aschblonden Haaren lange in Zeit in Amerika gelebt. Nach dem Abitur war die Bürgermeisterstocher aus dem Eisacktal zunächst kurz nach Innsbruck gezogen, um dort Sport zu studieren, musste aber sehr bald einsehen, dass dies nicht das Richtige für sie war. Medizin lag ihr im Blut. Schon als Kind hatte sie gerne Ameisen und Würmer seziert, und auch so manche Schnake musste dran glauben. Ein neuer Plan reifte in ihr, es wurde Zeit für einen gründlichen Wechsel in ihrem Leben.

Also brach sie kurzerhand auf nach Oregon, um dort Medizin zu studieren. Für sie und ihren unbändigen Freiheitswillen war es selbstverständlich gewesen, das Studium selbst zu finanzieren, und das gelang ihr auch. Sie schaffte alles mit links, die Finanzierung, das Studium, die guten Abschlussnoten. Das einzige, was sich nicht so recht einstellen wollte, war die Liebe. Es gab Affairen und kurze Beziehungen, aber keine feste Partnerin. Sie war vielleicht zu eigensinnig, zu wenig kompromissbereit, opferte ihre Zeit beinahe ausschließlich der Wissenschaft. Rasch war sie promoviert, ihre Habilitationsschrift ließ auch nicht lange auf sich warten. Sehr viel schneller als ihre Kollegen in Europa hatte die Liebhaberin Alter Musik, die ausgezeichnet Gambe spielte, akademisch sämtliche Grade erreicht. Ihre Einsamkeit machte ihr allerdings mehr denn je zu schaffen. Um nicht in eine Abhängigkeit von bestimmten Drogen abzurutschen, Rauschmittel wie Kokain, wie sie es bei einigen ihrer ehemaligen Kommilitonen beobachtete, löste sie extrem schwere Puzzles und beschäftigte sich mit europäischer Ahnenforschung.

Das brachte sie wieder zurück in ihre Heimat, wo schon vor vier Jahren die Stelle des Chefpathologen in Bozen freigeworden war, die nun mit ihr endlich wieder hochkarätig besetzt werden konnte. Vor lauter Freude, ihr Kind nach beinahe fünfzehn Jahren wieder bei sich zu haben, gaben ihre Eltern eine große Gartenparty in ihrem Haus unter dem Latemar. Zur Unterhaltung der Gäste und als Anerkennung dafür, dass es in ihrem Falle die Tochter des Hauses war, die Karriere machte, spielte eine Girlband auf, die „signorinebrutte“. Punkklänge zogen durch Haus und Park, und nein, hässlich waren die jungen Damen beileibe nicht. Eine, die Bassgitarristin, hatte es Lukrezia besonders angetan. Maria wurde sogar zwei Jahre später ihre anvermählte Ehefrau.

Eine recht schillernde Persönlichkeit also, in deren Büro Pixner nun platzte, als sie gerade vor einem hypermodernen Schreibtisch mit mehreren Rechnern auf einem Gymnastikball saß. „Inspector", rief sie erfreut – sie und Pixner mochten sich ziemlich. Er wusste ihre geradlinige Art und ihren bisweilen äußerst schwarzen Humor zu schätzen. Viele hielten Lukrezia für arrogant, was sie gelegentlich auch war. „An der Dummheit stirbt die Menschheit noch aus", pflegte sie zu sagen, wenn ihre geistreiche Ironie um ein Haar wieder einmal niemandem aufgefallen wäre. Nun ja, niemandem außer dem Polizeichef, der stets eine passende Antwort bereit hielt.

„Ally", gab er daher flugs zurück, wohlwissend, dass die Pathologin eine erklärte Feindin der amerikanischen Kultserie „Ally McBeal" war. Ihre Mutter dagegen liebte die Serie, und so hatte Klein-Lukrezia sie auch immer ansehen müssen. Sie lächelten sich an.

„Hubert", fuhr die Ärztin nun fort, „man mag es nicht glauben, wenn man die Leiche der bedauernswerten Monica sieht, aber die Schädelfraktur war nicht die Todesursache."

Sie verstummte, um auf diese Weise besser die Wirkung ihrer Worte auf den Commissario genießen zu können. In der Tat malten sie großes Erstaunen auf sein Gesicht. Doch er fing sich schnell, schließlich war er erstens ein Mann und zweitens ein Profi.

„Irgendwie hat das etwas Beruhigendes, finde ich", betrachtete er die neue Wendung, „den Kopf zerschlagen zu bekommen ist sicher keine angenehme Todesart. Hat er sie erwürgt?" Lukrezia konnte ein Lächeln kaum unterdrücken.

„Wieso er?", war ihre prompte Antwort. „Dieses Mädchen – sie war übrigens noch Jungfrau – wog keine fünfzig Kilo. Die hätte auch eine kräftige Frau in den Bruch tragen können!" Noch eine Neuigkeit, die Pixner überraschte. „Du meinst, sie wurde nicht im Bruch getötet? Wenn ich fragen darf, wo und wie denn dann?"

Lukrezia setzte sich auf ihrem Gymnastikball zurecht und nahm ihre Lesebrille von der Nase. Pixner erwartete eine folgende Vorlesung in Sachen „Pathologie für Laien", auch wenn die Dame ganz genau wusste, dass seine biologischen Kenntnisse vielschichtig waren. Allerdings war sie in Bozen die beste Kraft, die beste, die sie hatten bekommen können, sowieso, und mit ihren Fähigkeiten würde sie locker in Harvard unterrichten können, deshalb schwieg er fein stille und ließ sie dozieren.

Sie liebte es nun mal, und manchmal musste man dem Affen eben Zucker geben. Während sie sprach, fiel ihm ein, dass Stefan Oberhofer, der Leiter der SpuSi, in seinem abschließenden Bericht geschrieben hatte, der Mord könne nicht im Bruch stattgefunden haben. Da Pixner ohnehin vorhatte, alsbald ein dringend ausstehendes Meeting mit allen ermittelnden Kollegen einzuberufen, würde er Oberhofer dazu bitten.

„Und von daher ist es ganz klar, dass neben dem Abusus halluzinogener Substanzen eindeutig ein Gift verwendet wurde," schwadronierte die Professorin gerade, „einige Zeit, aber nicht sehr viele Stunden, bevor der bereits erstarrende Leichnam im Schacht des Bruchs abgelegt wurde!"

„Nicht im Schacht, liebe Kollegin, sondern auf der Schrägbahn, die dann mit der toten Frau auf der Plattform nach unten gefahren wurde. Ein wenig theatralisch das Ganze", fiel es Pixner erst in diesem Moment so richtig auf. Lukrezia reagierte ungehalten.

„Also, das ist doch nun wirklich egal", bekräftige sie ihre Ansicht, dass Mordfälle locker von der Pathologie alleine gelöst werden könnten.

„Nein, verehrte Professorin, das ist es nicht“, erklärte der Polizeichef milde. Er sah es aus den Augenwinkeln, wie sie ihn kurz anfunkelte, ging aber nicht darauf ein.

„Ohne Zweifel würden wir ohne die Forensik oft zu anderen Ergebnissen, häufig zu falschen kommen, wie die Vergangenheit bedauerlicherweise immer wieder zeigt. Aber die klassische Ermittlung hat durchaus noch ihre Berechtigung, und mit ihr der siebte Sinn, die Intuition des Detektivs. Sagen wir es so: Es ist wie in allen Bereichen des menschlichen Lebens, gemeinsam geht es immer am besten.“

Nun hatte auch er seinen Vortrag gehalten, und sie waren quitt.

Pixner hätte zu gerne noch einen Scherz zum Thema Gift und Lukrezia gemacht, fand dies aber in der Situation wenig angebracht.

„Hast du schon Ergebnisse, welches Gift verwendet worden ist?“, fragte er stattdessen. „Das muss noch ausgewertet werden, Hubert. Ich schicke dir dann umgehend die Ergebnisse. Nachdem ich in der Zeitung gelesen habe, was es mit diesen Goldklemmen auf sich hat, dachte ich mir schon, ihr solltet den Fall so schnell wie möglich zur Aufklärung bringen. Sonst wandelt sich Südtirol allmählich zu Sodom und Gomorrha, und die braven Familienväter müssen nicht mehr über den Brenner in den Puff fahren“, fing sie schallend an zu lachen. Pixner grinste dazu.

„Ja“, bestätigte er, „Volkes Zorn ist am Kochen. Zuerst wird eine der beliebtesten Sportlerinnen des Landes umgebracht, dazu noch eine behinderte, was ja schon monströs genug erscheint. Aber dann auch noch diese Fetisch-Geschichte. Das schlägt dem Fass den Boden aus. Wir kommen bisher ganz gut voran, alles weist auf den Vinschgau, aber auch, dass da eine ganz andere, vielleicht ältere Geschichte dahinter steckt“, formulierte der Kommissar eine kurze Zwischenbilanz. Lukrezia nickte.

„Vergiss bitte eins dabei nicht: Gift ist nach wie vor die klassische Frauentatwaffe. Allerdings passt das anschließende Beseitigen der Leiche mit so viel Aggression nicht zu dieser Annahme. Vielleicht hatte sie einen Helfer."

„Die ganze Geschichte ist ausgesprochen bizarr, das ist es, was man wirklich mit Sicherheit sagen kann", rief Pixner im Hinausgehen.

Eine Teamkonferenz wurde mehr als nötig. Die Sache mit den halluzinogenen Substanzen beschäftige ihn, es wollte auch nicht so recht zum Bild der rechtschaffenen Sportlerin passen.

FÜNFUNDDREISSIG

„Was für ein herrliches Oktoberwetter, Franco", freute sich Ohnewein, als die beiden Kommissare im Hof von Schloss Korb standen. Ihre Blicke wanderten nach oben, hinauf zur Burgruine Boymont, wo das Törggelen stattfinden sollte.

Marinis deutsche Freundin Rosi hatte die beiden Jungs hergefahren, zurück nach Meran würden sie sich ein Taxi teilen. Die Weinberge, längst abgeerntet, hatten ein buntes Kleid angelegt, überall leuchtete es rot, orange und goldgelb. Darüber ein cyanblauer Herbsthimmel, über den gelegentlich leichte Schleierwolken zogen, wie ein zarter Schal, der hinter einem Frauenkopf im Cabriolet herflatterte.

Einige der Gäste hatten beschlossen, an den Wingerten entlang und dann durch den Wald nach oben zu wandern. Ohnewein hätte es gutgetan, aber Marini war zu faul. Es reichte ihm, dass sie auf alle Fälle hinunterlaufen mussten, denn bis nach oben kam kein Taxi, außer, es wäre ein Geländewagen. Soeben ging ein hübsches Freundinnenpärchen an ihnen vorbei, in Wanderschuhen, sehr dynamisch. Gut gelaunt lächelten die Damen den beiden Herren zu.

„Geht's ihr auch zum Törggelen", fragte Hias abenteuerlustig.

„Freilich, kommt doch mit", kam die kecke Antwort der Dunkelhaarigen.

Sie gefiel ihm besser als die Blonde, die dafür Marini schöne Augen machte. Der war etwas verlegen, hatte ihm seine Rosi wohlweislich noch geraten, brav zu sein.

„Wir fahren mit dem Gabriel", gab er daher wahrheitsgemäß und aufatmend Auskunft. Gabriel war eine Art Mädchen für alles im Schloss, ein feuriger Ungar, dessen handwerkliche Fähigkeiten von niemandem getoppt werden konnten. Gästen, denen der Aufstieg zu Boymont zu mühselig war, fuhr er mit einem allradgetriebenen Wagen schnell nach oben, so auch die beiden Polizisten, heute ganz zivil.

„Sag mal, Hias, du scheinst Entscheidungen getroffen zu haben", ließ Marini seinen Freund weise wissen.

„Ja", erwiderte dieser, „das habe ich. Aber ich erzähle dir oben davon, hier ist mir das viel zu holprig und ich mag nicht schreien".

Der eigentliche Grund für sein Schweigen indes waren weitere Törggelen-Besucher aus der Schweiz, die schon ganz neugierig schauten.

Nach einer knappen Viertelstunde über Stock und Stein war der eher magere Franco Marini froh, Gabriels Angebot ausgeschlagen zu haben, wegen der besseren Sicht hinten auf der Ladefläche Platz zu nehmen. Der Weg zur Ruine war nicht nur steil, sondern streckenweiseweise ziemlich steinig, voller Wurzeln und kleinen Erdlöchern. Mit dem richtigen Schuhwerk kein Problem, aber Marinis feine italienische Schuhe hätte dieser Anstieg sicher nicht gefreut. Oben angekommen stellten sie fest, dass sie vor den beiden Schönheiten angekommen waren. Der Innenraum der Burg war bereits gut besetzt, dennoch gab es freie Bänke. Matthias Ohnewein sicherte vier Plätze, denn er war wild entschlossen, die Ladies zu sich zu bitten.

Franco kümmerte sich unterdessen um Getränke und Essen. Törggelen, dachte Ohnewein. Eine so typische Südtiroler Tradition... Wie lange hatte er dieses Ereignis schon nicht mehr besucht. Es gehörten auch die traditionellen Getränke dazu, allerdings bevorzugte er statt süßem Traubenmost den jungen Wein, zu dem auf alle Fälle geröstete Maronen gehörten. Peppi, der die Burg bewirtschaftete, hatte den Ofen mit köstlichen Esskastanien vollgeladen, die wunderbar dufteten. Doch Matthias hatte die Schlachtplatte mit Sauerkraut gereizt.

Lange hatte er nicht mehr so deftig gegessen, seine Gattin hatte es quasi verboten. Sein Cholesterinspiegel sei zu hoch, und sie habe keine Lust, ihm beim Fettwerden zuzusehen. Dass Franco allerdings solch eine bäuerlich-einfache Mahlzeit genießen könnte, war für ihn überraschend. Soeben schritten die beiden Frauen durch das Portal der romantischen Burg. Die Dunkle schien schon Ausschau zu halten, und Matthias' Herz klopfte ein wenig. Das Flirten war ihm in all den Jahren genauso fremd geworden wie das Törggelen. Franco kam mit einem Tablett voller Tonkrüge zurück und setzte es vorsichtig auf groben Holztisch. Ohnewein war baff.

„Wie jetzt? Du hast mal gleich vier Becher bestellt? Und einen ganzen Krug? Woher wusstest du, bist du jetzt Hellseher?"

Der Maresciallo lächelte: „Gute Bullen haben häufig so etwas wie eine Intuition", antwortete er. Er winkte den beiden, die sogleich näherkamen.

„Also, wir machen noch einen kurzen Ausflug nach oben auf den Turm, um die phantastische Aussicht zu genießen. Und danach wirst du mir endlich erzählen, was du dir über-legt hast", setzte er noch hinzu. Eigentlich sollte die Weitsicht seines Kollegen und sein Einfühlungsvermögen den

Kommissar nicht mehr wundern, trotzdem machte Ohnewein runde Augen.

„Hoi", rief da die Blondine. „Dürfen wir uns zu euch setzen?"

„Wir bitten sogar darum", entgegnete der Italiener.

„Ich habe auch gleich das Essen bestellt, denn bis das fertig ist, dauert es etwas. Dafür ist es ganz frisch und im Holzofen gegart. Ich habe zweimal die Schlachtplatte – die ist wirklich riesig – und viermal „Keschtn" (Maronen im Dialekt) geordert."

„Ja, bärig", freute sich die Schwarzhaarige und stellte sich vor:

„Ich bin die Carmen, und das ist meine Freundin Helga".

Sie schüttelten sich artig die Hände, und dann erklärte Marini: „Mein Freund war noch nie da oben auf dem Turm, und ich habe ihm versprochen, mit ihm da hoch zu gehen. Entschuldigt ihr uns einen kurzen Augenblick? Wir schauen uns das nur mal an und kommen dann gleich wieder zu euch. Dann sind wir ganz für die Damen da", charmierte er, während er den Frauen die Becher vorsetzte. Da erst fiel ihm auf, dass Ohnewein gar keinen Ehering mehr trug, und dachte sich seinen Teil.

„Ja, laufts nur, ihr zwei. Wir ruhen uns gerne so lange aus", lachte Helga mit noch immer leicht erhitzen Gesicht. Sie nahmen ihre Rucksäcke ab, setzten sich und schauten den beiden Männern hinterher.

„Ich sehe, du trägst dein Fangeisen gar nicht mehr?", begann Marini die Unterhaltung, während sie den Turm hochstiegen.

„Nicht nur das, Franco, ich mache den Zirkus nicht länger mit."

Ohnewein holte tief Luft.

„Es sind nicht nur die letzten Monate, das Ganze läuft schon seit Jahren in die falsche Richtung. Ich kann auch nicht sagen, ob es mein Beruf ist oder die Tatsache, dass die Kinder aus dem Haus sind. Marianne hat sich allmählich immer mehr ein eigenes Leben aufgebaut, ein Leben ohne mich. Sie braucht mich nicht mehr. Auch nicht emotional, das wurde mir besonders in der letzten Zeit klar."

Marini schwieg zu allem und ließ seinen Freund reden.

„Ich mag auch keine Schuldzuweisungen, vielleicht haben wir uns einfach auseinandergelebt. Ich musste mich ganz ehrlich fragen, ob ich sie noch liebe oder ob es Gewohnheit ist. Begehrenswert findet sie mich schon länger nicht mehr – mein Gott, wie anders war das einmal", seufzte er.

Sie waren oben auf der Plattform angekommen, auf der glücklicherweise außer ihnen niemand war. Franco legte ihm die Hand auf die Schulter.

„Alter Freund, ich denke, ihr seid beide in der Midlifecrisis. Ja, okay, ich habe gut reden, weil ich nie geheiratet habe. Es hat sich einfach nicht ergeben. Aber wenn du schon von Begehren sprichst: Wie ist das denn umgekehrt? Sei ganz ehrlich. Eheliche Pflicht, oder macht sie dich noch an?"

Ohnewein blickte über die Ebene des Überetsch mit seinen gut erhaltenen Burgen, Feldern, Weinstöcken und Apfelplantagen hinüber zum Ritten. Der Schlern war klar zu sehen. Wären sie hier oben geblieben, hätten sie wenig später beobachten können, wie die Abendsonne den Rosengarten in ein zauberisches Rosé tauchte.

„Nein", gab er zu.

„Früher, als sie noch ein paar Pfunde zu viel hatte, fand ich sie unheimlich sexy. Jetzt nicht mehr mit ihrer „Size Zero" Figur, auf die sie so stolz ist. Aber das allein ist es nicht. Sie berührt mich nicht mehr. Und ich offenbar auch sie nicht. Ich denke daher, dass es angebracht wäre, eigene Wege zu gehen, auch nach sechsundzwanzig Jahren."

„Leicht wird das kaum, Matthias, man gewöhnt sich ja auch an jemanden, und vor allem habt ihr gemeinsame

Kinder. Ich wünsche dir jedenfalls, dass ihr das ohne Rosenkrieg hinbekommt", sprach er und tätschelte Matthias die Schulter. Eine späte Biene brummte am wilden Wein herum, der am Turm emporwuchs.

„Ach schau an, Bernie Gurtschler lässt grüßen", meinte der Kommissar lapidar, „aber wir hatten uns vorgenommen: heute keine Arbeit, sondern ausschließlich genießen!"

Marini nickte nur dazu, und sie stiegen herab. Von unten begrüßten sie die Wohlgerüche aus Peppis volkstümlicher Küche, und das Damenpaar ruhte sich noch von den Strapazen der Wanderung aus.

Die Polizisten gesellten sich zu ihnen, hatten einen sehr angenehmen Abend und wurden sogar noch nach Hause gefahren. Denn Carmen und Helga wohnten beide in Algund. Auf Ohneweins Privathandy blinkte eine neue Telefonnummer. Die von Carmen.

SECHSUNDDREISSIG

Einen Tag zuvor hatte der Polizeichef „Ursulina“ durch sein Büro in das Vorzimmer geflötet. Immer, wenn er diese Anrede benutzte, wusste die kleine braunhaarige Frau, dass es etwas gab, was eigentlich schon vorgestern hätte erledigt sein sollen.

„Chef?“, rief sie zurück.

Man hörte es nebenan rumpeln und tapsen, und da stand er schon. Hubert Pixner hatte sich gerade ein Stück Kuchen gegönnt, von seiner Frau selbstgebacken. Er kaute noch daran und hielt den Teller in der Hand, wie üblich schräg. Eine nicht unerhebliche Portion Kuchenkrümel fiel dabei auf den marmorierten Steinboden, die er mit Sicherheit im nächsten Moment platttreten und dann im gesamten Gebäude verteilen würde.

Wie hält die Frau zuhause das bloß aus, fragte sich Ursel zum wiederholten Male. Auch um seinen Mund mit den markant geschnittenen Lippen hingen Kuchenkrümel. Auf seinem Hemd waren deutliche Kaffeeflecken zu sehen, in einer Tasche der Cargohose steckte neben anderem Werkzeug wie Schraubenschlüsseln- und -drehern, Kulis und Metermaß sogar ein Kaffeelöffel. Da er dabei wie ein verschlafener kleiner Junge aus der Wäsche schaute, konnte man (bzw. eigentlich eher frau) ihm niemals böse sein.

„Also, Chef, was soll ich bis vorgestern erledigt haben?", ging sie gleich Angriffsposition. Sie wusste, wenn er gerade vor seinem Kaffee etwas Brillantes ersonnen hatte, konnte geraume Zeit vergehen, bis er es formuliert hatte, und diese fehlte ihr dann, zumal der Auftrag in Pixners Vorstellungswelt ja schon seit zwei Tagen bestand.

„Rufe mir bitte die Kommissare zusammen, auch den Oberhofer. Und zwar avanti. Wobei mir gerade einfällt... Heute wird das nichts mehr werden", schaute er auf seinen Chronometer, eine sehr alte Uhr, die sein Urgroßvater im Ersten Weltkrieg getragen hatte. „Es ist ja Freitag. Marini und Ohnewein wollten mal ein freies Wochenende haben und das Törggelen besuchen", schüttelte er den Kopf über eine solch unnötige Geldverschwendung. „Aber am Montagvormittag sollen die alle hier sein. Zehn Uhr."

Beinahe wäre ihm der Teller auf den Boden entglitten. Dadurch bemerkte er den Krümelhaufen. Elegant umturnte er ihn auf dem Weg zurück in sein Reich, während er vernehmlich vor sich herbrummelte:

"Warum haben wir eigentlich nur die Lolita als weiblichen Kommissar. Merkwürdig."

Ursula hätte ihm zu diesem Thema einen mehrstündigen Vortrag halten können, wollte aber lieber in den Feierabend, froh, dass Pixners Arbeitsauftrag sich mit einer kurzen Rundmail erledigen ließ, und sah von dieser Aufklärungsmaßnahme ab, nun ja, jedenfalls für heute. Den Krümelberg erledigte Pixner noch schnell selbst mit dem Handfeger, da er sich für ziemlich emanzipiert hielt und Werkzeug auch dieser Art in seinem Büro versteckt hielt.

Die drahtige Frau packte gerade ihren schicken City-Rucksack zusammen, als doch noch Arbeit auf sie zukam.

Die Tür öffnete sich, und eine faszinierende Geschlechtsgenossin betrat den Raum, den sie augenblicklich zu füllen schien. Die Besucherin war größer als sie selbst, aber auch nicht riesig. Es waren wohl vor allem ihre silbernen Haare, die sie heute zu einer Banane zusammengesteckt hatte, und dazu ihre braun-grünen Augen, die so auffällig waren, dass man gar nicht anders konnte, als sie anzustarren. Ihre Kleidung war ungewöhnlich, aber geschmackvoll, individuell und doch sportlich. Sie trug braune Mokassins aus einem weichen Leder mit kleinem Perlenbesatz, dazu eine schmal geschnittene schwarze Hose, einen dünnen Wollpullover in exakt der gleichen Farbe wie die Perlen und eine Jacke mit Fransen, die offenbar aus demselben Leder gefertigt war wie die Schuhe. Eine sehr zarte Goldkette schmückte ihren Hals und lenkte von den Falten ab. Sie hatte keine Handtasche, dafür wirkten die auf die Jacke auf genähten Taschen leicht verbeult, als ob sie ihr Hab und Gut hineingestopft hätte. Ein Duft umwehte sie, den man herb-feminin bezeichnen konnte, tief und absolut zu ihr passend. Ursula fühlte sich wie verführt. Bevor sie überhaupt fragen konnte, wer die Besucherin sei, stellte die sich bereits selbst vor.

„Mein Name ist Elisabeth Premstaller. Ich möchte zu Kommissar Pixner und hoffe, er ist noch da." Mit ihrer warmen tiefen Stimme sprach sie diese eigentlich für Meran sehr typische Mischung aus Südtiroler Dialekt und österreichischem Hochdeutsch. Ursel hatte rasch ihre Fassung wieder.

„Ja, er ist noch da, einen Augenblick bitte."

Doch Pixner stand schon in der Tür, die er immer offenließ. Er hatte bereits von den Kommissaren Ohnewein und Marini gehört, dass die Kräuterfrau aus Laas eine ungewöhnliche Person sei. Er, auch nach inzwischen einigen Ehejahren noch immer verliebt, konnte sich nicht vorstellen, dass es eine ungewöhnlichere Frau geben könnte als seine eigene, aber er musste sich korrigieren. Diese Erscheinung vor ihm verdiente zumindest ebenso viel Aufmerksamkeit.

„Ursula, geh ruhig. Ich wäre sowieso noch geblieben. Und ich nehme an, Frau Premstaller, Sie möchten etwas zu Protokoll geben?"

Pixner liebte es in medias res zu gehen, wenn er durch etwas überrascht wurde, so ließ er keine Unsicherheit aufkommen. Frau Premstaller ging durch die Tür, während er ein Stück zurücktrat. Pixner deutete auf seinen Hocker, der genauso kauzig erschien wie er selbst. Elisabeth lächelte bei dem Anblick des eigenartigen Möbelstücks, nahm aber elegant Platz.

„In der Tat, ich möchte Sie nicht über Gebühr aufhalten, Herr Hauptkommissar. Es gibt tatsächlich etwas, was ich Ihren beiden Kollegen vorenthielt."

Sie räusperte sich, während Pixner sein Handy auf Aufnahme schaltete.

„Manche meiner Kräuter dürfte ich nicht anbauen und schon gar nicht verwenden. Das eine und andere ist als halluzinogen und schädlich eingestuft, obwohl Alkohol weit schlimmere Auswirkungen auf den Körper hat als diese Naturmedizin. Und so sehe ich meine Pflanzen."

Pixner, im Grunde derselben Meinung, nickte nur.

„Ich habe Monica einige von ihnen gegeben, denn sie hatte manchmal Schmerzen und war der starken Medikamente überdrüssig."

Elisabeth Premstaller sah ihrem Gegenüber fest in die Augen, das sich gerade über ihre altertümliche Wortwahl wunderte. Pixner sah, wie es golden in ihren Augen funkelte, und überlegte einen winzigen Moment, ob sie vielleicht eine Hexe war.

„Frau Elisabeth, Monica wird darüber nichts mehr erzählen, unsere Pathologin unterliegt der ärztlichen Schweigepflicht und ich sehe in dieser Aussage keinen erkennungsdienstlichen Wert", versuchte er die Befürchtungen der Frau zu beschwichtigen.

„Naja, das ist nicht alles", gab sie nun zu.

„Eines dieser Kräuter ist ein Bestandteil des „Amorapis", des Potenzhonigs von Bernie Gurtschler. Er verkauft ihn unter der Hand. Wir könnten beide richtigen Ärger bekommen, und das war der eigentliche Grund für mein Schweigen."

Wieder schaute sie dem Polizisten sehr geradlinig und offen ins Gesicht. „Frau Premstaller, das würde dann wohl eher die Guardia di Finanza interessieren, weniger uns. Außer wir könnten nachweisen, dass Monica durch diesen Honig und nicht nur durch Gift aus dem Leben schied."

Er biss sich auf die Lippen, denn er hatte sich gerade regelrecht verplappert. Die Pflanzenfrau schien überrascht.

„Monica wurde vergiftet? Nein, sicher nicht durch meine Kräuter. Aber an Gift zu kommen ist schon in Laas nicht allzu schwierig. Internet bzw. Darknet brauchts mal gar nicht."

„Wieso, Frau Premstaller, gerade in Laas nicht? Und noch etwas: Ich möchte ich Sie bitten, diese Information für sich zu behalten."

„Sie wissen sicher, dass wir seit ein paar Jahren heftige Kämpfe gegen die Apfelbarone ausfechten, die auch den Vinschgau immer mehr mit ihren Plantagen überziehen. Die spritzen ihre Äpfel tot. Sie wollen gar nicht wissen, was in einem vermeintlich so gesunden Apfel alles an Giftstoffen enthalten ist. Gift ist bei uns oben keine seltene Ware."

Pixner wirkte leicht erschlagen. Sie hatte recht. In der letzten Zeit hatte es viele Berichte über diese Thematik gegeben. Die Wellen waren hochgeschlagen, besonderen im oberen Vinschgau. Elisabeth Premstaller zog lächelnd ein kleines Gläschen aus einer der beiden Jackentaschen.

„Das ist der Amorapis, Kommissar Pixner. Sie könnten im Labor die Zutaten bestimmen lassen. Aber Sie können jederzeit die genaue Zusammensetzung von mir erfahren!"

„Frau Elisabeth, unsere Pathologin hat zwar halluzinogene Substanzen in Monicas Blut festgestellt, aber das bedeutet nur, dass sie wohl kurz vor ihrem Tod etwas davon genommen hat, nicht, dass sie daran verstorben ist. Ich erwarte zur Stunde die Ergebnisse, um welches Gift es sich handelt. Aber wie gesagt, ich bitte Sie um Verschwiegenheit, und Sie sehen mir nicht so aus, als ob Sie Versprechen brechen würden."

Nun lachte sie.

„Ich hatte eigentlich noch gar nichts versprochen, aber das hole ich sogleich nach. Von mir wird ganz sicher niemand etwas erfahren."

Sie erhob sich mit der ihr eigenen Dynamik vom Hocker.

„Ich nehme an, ich darf gehen?"

Nun war es an Pixner zu lachen.

„Grundsätzlich ist jeder verdächtig, der in Zusammenhang mit einer Leiche gebracht werden kann, und Gift wird klassischerweise von Frauen eingesetzt, um zu töten, aber das ist alles nicht Grund genug, Sie länger hierzubehalten. Allerdings wäre es schön, Sie würden bis zur Klärung des Falls im Lande bleiben."

„Auch das ist versprochen", entgegnete die erstaunliche Frau und reichte dem Polizeichef die Hand. Er sah ihr noch hinterher, packte dann das Gläschen ein und nahm sich vor, es im Eigenversuch einmal zu testen. Schließlich wurde er ja nicht jünger!

SIEBENUNDDREISSIG

Wenn man die hohe Halle des Polizeipräsidiums am Kornmarkt, eines prächtigen, Ende des neunzehnten Jahrhunderts errichteten Bauwerks, betreten hatte, führten weit geschwungene Treppen ins nächste Geschoss.

Die Büros der Kommissare fanden sich ganz oben unter dem Dach, eine gute Übung für die Knochen. Im Sommer war die Hitze schier unerträglich. Den Konferenzraum hatte man wohlweislich im ersten Stock untergebracht, im hinteren Teil des Gebäudes in Richtung Süden. Öffnete man hier die Fenster, kam stets ein kühler und frischer Hauch herein. Besonders Ohnewein, der in Meran geboren war, liebte diesen Saal. Eine seiner Wände wurde von Meraner Veduten geschmückt, barockisiernd mit Hirtenmotiven.

Der runde Holztisch war ein wahres Schmuckstück und stammte tatsächlich aus dem Barock. Ursprünglich hatte er zum Inventar des Palais Mamming gehört. Er bestand aus edlem Überseeholz, das man heute gar nicht mehr verwenden durfte, war glatt poliert und bot gut zehn Menschen die Möglichkeit, an ihm Platz zu nehmen und anschließend reichlich davon zu haben. Sogar die für heutige Gewohnheiten zu harten Stühle passten. Um die Einrichtung zu schonen, lagen vor den Kommissaren Platzdeckchen, ein Stilbruch, der aber erklärlich und damit verzeihlich war. In der Mitte des Tischs befanden sich eine große Kaffeekanne, Meraner Mineralwasser und Säfte eines ebenfalls regionalen Herstellers. Geraucht werden durfte hier nicht, was aber nur Stefan Oberhofer bedauerte.

Am Montagmorgen um zehn Uhr und somit überaus pünktlich waren die Männer zusammengekommen, um die von ihnen zusammengetragenen Fakten zu bündeln und das weitere Vorgehen zu besprechen. Dies wurde immer dringlicher, da seitens der Presse immer erheblicherer Druck ausgeübt wurde. Nachdem sich alle Kaffee genommen hatten, eröffnete der Chef die Konferenz:

„Um die Frage von Stefan Oberhofer zuerst zu beantworten: Lolita Mitteregger ist krankgeschrieben und befindet sich zurzeit in Therapie. Wir hoffen alle sehr, dass sich ihr Zustand rasch bessert und sie bald wieder zur Arbeit erscheinen kann. In diesem Zusammenhang hat sich mir eine weitere Frage aufgedrängt, für deren Erörterung ich demnächst ein Symposium einberufen werde und die ihr alle schon einmal im Hinterkopf behalten solltet: Warum hat die italienische Kriminalpolizei so wenig weibliches Personal? Vielleicht können wir diesbezüglich in Zukunft mit gutem Beispiel vorangehen und auf eine bessere Quote hinarbeiten. Doch nun zum Thema unserer Sitzung: Monica Kofler“.

Die Polizisten kramten Papiere aus ihren Aktentaschen und schauten gespannt auf ihren Chef. Dieser räusperte sich und sagte dann:

„Damit das gleich völlig klar ist...“ Symbolisch strich Pixner, der sich heute – für ihn gänzlich ungewöhnlich – in schwarz gekleidet hatte, wodurch seine silbrig-beige-graue

Haarmähne, die er zum Pferdeschanz gebunden hatte, noch mehr auffiel, über den Tisch.

„Das Motiv ist nicht in der SM-Szene zu suchen. Ich habe das zunächst angenommen, wurde jedoch durch ein Gespräch mit dieser Journalistin eines Besseren belehrt. Inzwischen haben wir folgende gesicherte Kenntnisse: Monica wurde durch Gift getötet, und der Mord fand nicht im Bruch statt."

Er übergab das Wort Stefan Oberhofer, der noch einmal in knappen Worten erklärte, dass der Bruch als Tatort ausschied, weil sowohl dort oben als auch auf der Plattform der Schrägbahn zu wenig Blut des Opfers gefunden worden war. Die logische Schlussfolgerung lautete, dass jemand sie nach oben gebracht hatte.

„Das allerdings unmittelbar nach der Tat, denn unsere hochverehrte Pathologin, Prof. Dr. Lukrezia Lorenzini, hat die Tatzeit auf definitiv weniger als vierundzwanzig Stunden vor dem Fund der Leiche bestimmt."

„Was ist mit dem Gift?", wollte Marini wissen, dessen Neugierde kaum zu bremsen war.

„Das ist allerdings hammerhart", entgegnete Pixner. „Nachdem Elisabeth Premstaller am Freitagabend hier bei mir gewesen ist", Franco grinste Matthias an, der allerdings ein Pokerface beibehielt, „und mich noch einmal auf den Apfelkrieg im Vinschgau aufmerksam gemacht hat, schien mir die Organisation von Gift nicht mehr schwierig."

„Heutzutage kriegt man ohnehin alles im Darknet, was man haben will", bestätigte Ohnewein. „Wobei das Zertrümmern des Schädels auf eine Affekthandlung hinweist, und das passt nicht zu einer geplanten Tat, bei der im Vorfeld eine tödliche Substanz besorgt worden ist", korrigierte er sich gleich danach.

Alle nickten.

„Heute Morgen nun bekam ich das endgültige Resultat von unserem Labor in Bozen. Es handelt sich um Zyanid."

Erstaunte Blicke ringsum.

„Fassen wir doch einfach einmal zusammen“, riet Ohnewein den anderen.

„Wir haben zwar noch immer keine echte heiße Spur, aber wir können festhalten, wie das Personal unserer Tragödie aussieht. Da gibt es diesen Gurtschler, der mit ziemlicher Sicherheit Monicas Geliebter war. Damit stellt sich die Frage, warum er ausgerechnet die Frau töten sollte, die ihm etwas gab, was er jahrelang gesucht hatte.“

„Woher willst du das denn wissen?“, unterbrach ihn Oberhofer.

„Nun, ich glaube nicht, dass das schmerzhafte Zusammenpressen von Brustwarzen jedermanns Sache ist“, antwortete der angehende Profiler.

„Man könnte sich bereits fragen, warum er selber so etwas wollte. Laut den Psychologen haben solche Vorlieben meist etwas mit Scham zu tun, mit Kindheitserlebnissen. Und wenn sie nicht befriedigt werden, erzeugt das einen großen Leidensdruck. Wie wir wissen, hat Christa Rossi Monica geraten, die Beziehung zu dem Fetischisten zu beenden. Vielleicht ist sie diesem Rat gefolgt, und Gurtschler hat sich dann voller Verzweiflung zu einer Affekthandlung hinreißen lassen. Konkrete Anhaltspunkte haben wir dafür bisher nicht.“

Hubert Pixner fiel etwas ein.

„Da waren doch auch diese komischen Trampelbilder. Losso und Scarpone sind sich ja sicher, dass wir es bei Brust- und Trampelbildern mit derselben Person zu tun haben, also mit Gurtschler. Das heißt, wenn Gurtschler der gesuchte Loverboy ist, dann hat er nicht nur eine, sondern zwei merkwürdige Vorlieben. Monica kann nicht diejenige sein, die ihn getrampelt hat, damit ist fraglich, warum sie dann diese Fotos hatte.“

Matthias schaltete sich ein.

„Ich habe die Bilder auch gesehen. Die Füße stehen

immer auf dem Brustkasten. Mehrfach scheinen sie die Brustwarzen mit den Ansätzen zu zertreten. Es geht also auch dabei um Schmerz, um einen speziellen Schmerz. Dass da einen Zusammenhang besteht, ist offenkundig", war er sich völlig sicher.

„Unter Umständen war Monica einfach nur wahnsinnig neugierig, und er hat ihr deshalb die Fotos gegeben."

Die anderen stimmten zu.

„Und Gufler?", fragte Marini. Ohnewein ergriff das Wort.

„Wir haben lange darüber diskutiert, ob Guflers nationalistische Ideen mit der Sache zu tun haben könnten. Eigentlich ist das extrem unwahrscheinlich. Monica war eine waschechte Südtirolerin und fast so etwas wie eine Nationalheldin, im Grunde ist es nicht plausibel, dass in der Richtung etwas gelaufen sein könnte. Dann allerdings hat uns Gurtschler von seiner Mitgliedschaft in der AHP berichtet, der Andreas-Hofer-Partei, offenbar seine rechten Gesinnungsgenossen. Und denen könnte es schon sauer aufgestoßen sein, hätten sie davon erfahren, dass einer der Ihren sich eine Behinderte als Gespielin genommen hat, lebensunwertes Leben oder wie diese Vögel das nennen. Aber auch hier haben sich keine konkreten Verdachtsmomente ergeben. Wir hatten ein bisschen rumgesponnen. Was, wenn auch der Gufler Mitglied in der AHP wäre und die Parteifreunde ihn ausgesandt hätten, das Problem mit ihrem abtrünnigen Kollegen zu lösen. Ein Gedanke, von dem wir mittlerweile Abstand genommen haben. Wir wissen inzwischen, dass er der Partei nicht angehört. Er hat ja auch ein gewisses Format, was man von der Parteispitze nicht gerade behaupten kann. Außerdem wussten wir noch nicht, dass Gufler Monicas Vater ist, als wir diese Theorie aufgestellt haben. Wobei sich die Frage stellt, ob er das überhaupt selber wusste."

Pixner warf ein:

„Was steckt denn hinter dieser Vaterschaftsgeschichte?

Warum haben uns Koflers nichts davon erzählt? Das finde ich seltsam. Im Grunde muss Gufler Bescheid gewusst haben, denn wie sonst hätte Bernie Gurtschler davon erfahren sollen? Der hat das bisher übrigens auch nicht erwähnt, obwohl er ja offensichtlich mehr darüber weiß. Wir wissen außerdem dank Georg Tappeiner, dass die beiden Herren alte Kollegen sind, wenn schon keine Parteifreunde. Da schmeckt mir einiges nicht, und ich werde Linda Kofler noch einmal zum Interview bitten."

„Diese schreckliche Ehefrau von Bernie Gurtschler sollten wir auch nicht außer Acht lassen", kam nach einer kleinen Denkpause von Franco Marini.

„Die ist mehr als seltsam. Für eine Zahntechnikerin hat sie ein äußerst ungepflegtes Äußeres. Ich meine, die arbeitet doch mit anderen Menschen zusammen... Und dann diese komische Spange in ihrem Haar. Die hatte für mich Ähnlichkeit mit der Brustklemme, welche bekanntlich selbstgeschmiedet ist."

Stefan Oberhofer bestätigte das ein weiteres Mal.

"Als Zahntechnikerin kann sie Gold verarbeiten, diese komischen Insektenbroschen zeigen das ja recht deutlich. Bloß, wo hatte sie das Material dafür her? Ihr wisst ganz genau, wie intensiv die Zollpolizei solche Bestände kontrolliert. Hierzulande messen die ja sogar bei den Friseuren die Füllmenge des Shampoos nach und vergleichen sie mit den Kundenzahl am Ende des Tages."

Alle nickten zustimmend mit dem Kopf.

„Hias, du schreibst dem Tappeiner eine Mail in Sachen Irene Gurtschler. Er soll alles dokumentieren, was er weiß. Und Marini, lass doch deine zwei Orgelpfeifen noch einmal den gesamten E-Mail-Verkehr von Monica checken. Vielleicht findet sich etwas in Sachen Gufler und dessen Vaterschaft. Noch jemand etwas?" fragte der Chef in die Runde.

Marini meldete sich zu Wort.

„Was mir noch immer sehr merkwürdig erscheint ist die Tatsache, dass der Täter oder vielleicht auch die Täterin die Leiche so inszeniert hat. Sie wäre auf alle Fälle bald gefunden worden. Aber das hat etwas sehr Theatralisches."

„Stimmt, Franco, das ist richtig. Das war mir noch gar nicht bewusst, darüber muss ich nachdenken", erklärte sein Freund Ohnewein, während Pixner zustimmte und bestätigte, dass das ein wichtiger Hinweis sein könnte.

„Auch haben wir keinen blassen Schimmer, was mit ihrem Handy ist. Es wurde nirgendwo gefunden. Nicht in ihrer Wohnung, nicht im Auto und nicht im Rollstuhl. Verschwunden", fügte er hinzu.

„Last but not least", meinte da lapidar der Leiter der Spurensicherung, Stefan Oberhofer, „kann es auch jemand ganz anderes gewesen sein, jemand, den wir noch gar nicht auf dem Schirm haben."

Er sammelte wütende Blicke auf sich, aber allen war klar, dass er recht hatte. Solange ihnen ein echtes, belastbares Motiv fehlte, stocherten sie mit ihren Vermutungen im Nebel herum.

Nach einer Stunde gingen die Kommissare auseinander. Ohnewein, Marini und Pixner waren unzufrieden ob der klaffenden Lücken in ihren Ermittlungen. Franco Marini hatte ein Grummeln im Bauch. Es deutete mit schlafwandlerischer Sicherheit in Richtung Laas und der alten Familienbande, die die Verwandten des Opfers dort geknüpft hatten. Er nahm sich vor, nicht zur Station zurückzufahren, sondern in Ruhe zuhause über den Weißwasserbruch zu recherchieren. Auch Ohnewein nahm sich den Rest des Tages frei. Er traf seine Frau in der Therme Meran.

Sie wollten dort in neutraler Umgebung reden. Er spekulierte, dass das malerische Umfeld mit den vielen Massageeinrichtungen und dem traumhaftem Blick auf die Berge manches einfacher machen würde. Zusätzlich würde es ihm

Ablenkung vom Fall verschaffen, was ihm gewiss guttäte, um auf frische, unverbrauchte Ideen zu kommen, die er und die Kollegen dringend benötigten, wenn sie diesen gordischen Knoten durchschlagen wollten. Hubert Pixner ging in sein Büro und schloss die Tür. Ursel kannte das Ritual, auch wenn es nur sehr selten vorkam. Ihr Chef versank in eine Art Meditation. Dazu kramte er Modelle von solarzellenbetriebenen Elektrofahrrädern hervor und bastelte daran herum. Bei der Bearbeitung der Modelle kam in aller Regel wenig Sinnvolles heraus, dafür entwickelte er meist exzellente Ideen in Sachen Kriminalfall.

ACHTUNDDREISSIG

Es wurde wieder früher dunkel. Die Südtiroler Oktobertage konnten in den Mittagsstunden noch einmal sehr warm werden, doch kühlte es gegen Abend meist rapide ab. Ein Ausblick auf die bevorstehenden Wintertage, an denen im Talkessel von Meran die Sonne schon um drei Uhr nachmittags verschwand, der die Vorfreude der Einheimischen schürte. Die kalten Tage waren ein beliebter Anlass, sich bereits am frühen Nachmittag am beliebtesten Glühweinstand des Weihnachtsmarkts, „Biotop“ genannt, auf ein erstes Glaserl zu treffen. Auf dem Revier der Carabinieri in der Petrarcastrasse war das nicht anders.

Carmine Losso war eben aufgestanden, um die Heizung aufzudrehen, als Toni Scarpone in heller Vorfreude an die bevorstehenden Wonnen am Passerufer dachte. „Ich habe schon den Duft vom Glühwein in der Nase“, träumte er laut, um von Carmine einen sehr erstaunten Blick zu ernten. „Glühwein? Ich bin noch beim Neuen Wein“, gab er zurück, „Nein, eher beim allerneusten Trend, dem Beaujolais Nouveau.“

„Hä?“, entfuhr es daraufhin dem jüngeren Tenente.

„Ich bin von unserer Kollegin Lisa Ravioli aus der Gemeinde Schnals eingeladen worden. Wir haben uns am Samstag auf dem Flohmarkt getroffen und dann im Café Wandelhalle einen Veneziano getrunken."

Er übersah das Grinsen Tonis, das von leichtem Neid erfüllt war, denn Lisa Ravioli war vor zwei Jahren Siegerin der Wahlen zur Miss Südtirol geworden und somit bei den meisten Männern und einer nicht ganz unbedeutenden Reihe von Frauen heiß begehrt.

„Stell dir vor, die fährt schon seit Jahren regelmäßig an die Côte d'Azur und ist ganz narrisch mit französischem Wein. Als ob wir hier nichts Gscheits hätten", schüttelte Losso sein Haupt. „Auf alle Fälle hat sie mir erzählt, dass es in Frankreich Tradition sei, am dritten Donnerstag im Oktober den neuen Beaujolais zu verkosten. Für die Franzosen scheint das eine Art Nationalfeiertag zu sein. Letztes Jahr hat sie sich extra eine Woche frei genommen, um diesen Brauch einmal in Paris persönlich mitzuerleben. Es hat ihr so gut gefallen, dass sie nach ihrer Rückkehr an ihrem Lieblingsurlaubsort ihren bevorzugten Weinhändler darauf angesprochen hat. Weil sie eine so gute Kundin ist, hat er ihr versprochen, ihr eine kleine Charge exklusiv zu schicken. Und den gibt's dann übermorgen zu probieren, zusammen mit französischem Käse und Pastete!"

Scarpone schaute kritisch drein.

„Neuer Wein? Ist nicht meine Sache, viel zu sauer. Ich mag's lieber süß", maulte er, weil er in Wirklichkeit neidisch auf die Einladung war.

„Jetzt ist aber gut, Toni. Machen wir weiter. Der Chef will Ergebnisse sehen, und ich kann nur hoffen, dass wir doch noch irgendetwas finden."

Toni nickte nur und widmete seine Aufmerksamkeit seinem Rechner. Vielleicht bewirkte es der Wein, mit dem er sich gedanklich beschäftigt hatte, vielleicht der Druck, endlich in der Sache weiterzukommen, dass er sich bei der Durchsuchung von Monica Koflers E-Mail-Verkehr auf die Verbindung zwischen Wein und Vater fokussierte. Der Mann, der offiziell als ihr Vater galt, war schließlich Winzer, womöglich ergab das einen weiteren Hinweis. Toni gab beide Begriffe in die Suchmaske ein.

Kurz danach erhielt er die Trefferliste, die gleich mehrere Mails umfasste. Er fing mit der ältesten an, sie stammte aus Juni des Jahres.

„Da nutzt mir auch die schönste Kindheit nichts, wenn mein Vater nicht der Weinbauer ist, den ich seit dreiundzwanzig Jahren kenne“, stand da geschrieben. Adressat der Nachricht war Bernie Gurtschler. Toni las weiter, denn die Antwort war nur wenige Minuten später versandt worden.

„Ich habe es versprochen. Frag ihn selber, wer dein biologischer Vater ist.“

Wieder Monika: „Herrgott, dieses Hin- und Hergemaile dauert viel zu lange. Warum in Dreiteufelsnamen verweigerst du dich bloß den Smartphones? Über WhatsApp ginge das jetzt alles viel einfacher. Und anrufen darf ich dich ja auch nicht.“

Sie schien wütend und frustriert zu sein. Toni grübelte. Die E-Mails lieferten den klaren Beweis, dass Monica über ihren leiblichen Vater Bescheid gewusst hatte. Er las weiter. „Es ist schon traurig, dass ich dich erst zu einer Antwort nötigen musste, aber nun ist es endlich heraus: Martin Gufler ist mein Vater und Tante Sieglinde meine Mutter. Das also ist der Grund dafür, dass ich ihr so ähnlich sehe. Ich werde mit ihm reden. Aber keine Sorge, dass du da hineingezogen wirst, ich kümmere mich selbst darum.“

Auf diese Mail kam keine Antwort, möglicherweise hatte sich Gurtschler ob der Brisanz des Gesprächs ausnahmsweise zu einem Anruf durchgerungen, aller Vorsicht zum Trotz.

Weil Toni so still geworden war, kam Carmine Losso zum ihm.

„Sag bloß, du hast etwas gefunden?“, fragte er.

„Sieh“, murmelte sein Kollege nur. Losso zog sich einen Stuhl neben den Tenente, und gemeinsam recherchierten sie weiter.

„Da, schau, Toni, die hier ging an Gufler!“

Tatsächlich, im Betreff stand „An meinen Vater.“

Dem Inhalt nach mussten sie sich getroffen haben, denn Monica kam gleich zur Sache.

„Du kannst dich auch weiterhin weigern, mir deine Handynummer zu geben, ich werde trotzdem nicht lockerlassen. Dann eben auf diesem Wege. Ich finde es erbärmlich, dass nur meine Drohung, mit unserer Geschichte an die Presse zu gehen, dich dazu bewegen konnte, dein eigen Fleisch und Blut einmal selbst in Augenschein zu nehmen. Was meine wirklichen Eltern zu all dem gesagt haben, erspare ich dir an dieser Stelle. Aber ich werde einen Weg finden, dich dazu zu bringen, deine Vaterschaft endlich anzuerkennen. Und nein, es geht mir nicht ums Geld. Ich erhebe keinerlei Unterhalts- oder Erbansprüche. Du kannst dir dein geliebtes Vermögen sonst wohin hinstecken.“

Auch auf diese Mail gab es keine Antwort. Dafür eine von Sieglinde, ihrer „Tante“.

„Kind, es tut mir unendlich leid. Wir hatten es dir schon viel früher sagen wollen, aber irgendwie fand sich nie der passende Zeitpunkt. Martin war damals schon so charmant, wie er es heute noch sein kann, ich konnte einfach nicht widerstehen. Aber er ist auch sehr jähzornig. Als ich bemerkte, dass meine Regel ausblieb, ging ich zum Arzt, und der bestätigte, dass ich schwanger sei. Ich freute mich riesig darüber, aber Martin flippte aus. Er wurde handgreiflich, schlug mir ins Gesicht. Also ging ich und kehrte nie zu ihm zurück. Den Rest der Geschichte kann deine Mutter vermutlich besser erzählen als ich selbst. Mein Leben war damals so in Aufruhr, ich schaffte es nicht, die Situation zu bewältigen. Als deine Mutter davon erfuhr, versprach sie mir, dich zu sich zu nehmen. Der Rest ist Geschichte. Erzähl bitte noch niemandem davon, nicht dass Dein Onkel und deine Cousins davon erfahren, bevor ich mit ihnen sprechen konnte. Ich werde mir überlegen, wie ich ihnen das Ganze schonend beibringen kann. Aber vielleicht akzeptierst du den Rat von deiner leiblichen Mutter: Wenn du Martin wirklich dazu bringen willst, die Vaterschaft offiziell anzuerkennen, dann bitte die Amerikaner um Hilfe. Und ja, du kannst mich anrufen, wenn du möchtest."

Die Mail nannte noch einen Tag und eine Uhrzeit, zu der Sieglinde am unproblematischsten zu erreichen wäre. Toni und Carmine blickten einander an.

„Die Amerikaner? Was zum Geier hat sie denn damit gemeint?", überlegte der Ältere. „Suchen wir weiter, Carmine", ereiferte sich Scarpone. Sie scrollten und scrollten und wurden schließlich fündig. Eine weitere Mail war an Martin Gufler gerichtet. Im Betreff stand lapidar: „Geschäfte". Der Fließtext lautete: „Lieber Vater, deine amerikanischen Geschäftsfreunde werden sich gewiss freuen, wenn sie erfahren, dass du nicht nur ein uneheliches Kind hast, sondern dieses auch noch verleugnest. Du kennst ja die puritanische Art vieler Amerikaner, und wie du sagtest, sind deine Geschäftspartner sehr katholisch und überaus seriös. Wir treffen uns morgen in Laas, in der Bar „Mondschein", und lass dir nicht einfallen, nicht zu erscheinen, das Ganze kostet mich nur ein einziges Telefonat!"

Die Mail datierte auf einen Tag vor Monicas Tod. Die beiden Carabinieri hatten einen entscheidenden Hinweis gefunden.

NEUNUNDDREISSIG

Nachdem Hubert Pixners Sekretärin Ursel seinen Besuch bei Linda Kofler angekündigt hatte, rief er selbst bei Elisabeth Premstaller an. Ihre Stimme wurde sogleich warm und weich, sodass man glauben konnte, sie wolle mit ihm flirten. „Ja, Commissario, das freut mich aber. Kann ich mit etwas helfen?", flötete sie in ihr mobiles Telefon. „In der Tat, Frau Elisabeth. Ihre Sachkenntnis in Sachen Kräuter und Natur ist gefragt."

Pixner machte eine kleine rhetorische Pause, wohlwissend, dass ihm auch die Professorin in Bozen seine Frage hätte beantworten können. Aber um die ging es schließlich nicht. Pixner hatte eigentlich etwas ganz anderes im Sinn, das er auf diese Weise herauszufinden hoffte. „Da Sie sich bisher wunderbarerweise an unser Abkommen hinsichtlich des Stillschweigens gehalten haben, darf ich Ihnen verraten: Bei dem Gift handelt es sich um Zyanid. Nun frage ich mich, wer von den Apfelbaronen Zyanid zum Spritzen verwenden würde. Meines Erachtens nach keiner."

„Das stimmt, Hauptkommissar, keiner. Also war meine Annahme, das Gift könnte von einem von ihnen stammen, wohl nicht richtig. Andererseits hatten wir schon darüber gesprochen, dass es im Digitalzeitalter nicht allzu schwierig ist, Dinge zu bekommen, die man unbedingt", sie machte nun ebenfalls eine kleine Pause, „braucht!"

„Auf alle Fälle. Trotzdem ist Laas eine winzige Stadt, wo sich fast alles herumspricht. Da öffnet der eine mal neugierig eine Postsendung, die nicht an ihn adressiert ist, oder jemand verplappert sich beim Watten und beim Wein. Solche Angelegenheiten kommen immer irgendwie heraus hier bei uns."

„Lieber Hubert," nahm sich Elisabeth Premstaller nun forsch heraus, ihn bei seinem Vornamen zu nennen, „einem so intelligenten Mann und professionellen Kriminalen wie Ihnen mag ich es nicht so ganz abkaufen, dass er wegen eines Befundes, den er in wenigen Minuten bei seiner Pathologin hätte erfahren können, bei der Vinschgauer Hexe anfragt." Der ertappte Polizist konnte sich vorstellen, dass sie bei diesen Worten lächelte, und begriff erst in diesem Moment wirklich, dass er es mit einer ihm völlig ebenbürtigen Person zu tun hatte. Das entlockte auch ihm ein Lächeln.

„Haben Sie eigentlich immer Recht?", fragte er konziliant.
„Oft", kam es schlagfertig zurück.

Kurzes Schweigen auf beiden Seiten.

„Bene", fuhr Pixner fort, „dann frage ich Sie jetzt ganz direkt: Uns ist aufgefallen, dass Irene Gurtschler nicht nur plastinierte Insekten in Gold fasst, sondern auch ganze Schmuckstücke aus Gold anfertigt, wie zum Beispiel eine Haarspange, die sie bei unserem Besuch trug. Der Gedanke, sie könnte das Material in ihrem Zahntechniklabor abgezwackt haben, drängte sich auf. Wir haben die Idee allerdings rasch wieder verworfen. Sie wissen selbst, wie übergründlich die Finanziaria gerade in Südtirol kontrolliert."

Er holte kurz Luft. In die entstehende Pause hinein entgegnete Elisabeth Premstaller: „Oh ja. Weil wir ja hier oben alle so furchtbar reich sind, kann sich der Staat auf diese

Weise das Geld wiederholen, das er in unseren Autonomiestatus investiert hat." Sie seufzte.

„Aber lassen wir dieses leidige Thema. Wir alle sind damit vertraut und können die Lage doch nicht ändern."

Dem Polizeichef blieb nichts anderes, als ihr innerlich zuzustimmen. Seine Frau war auch selbstständig und hatte Jahr für Jahr aufs Neue mit dem Finanzamt zu kämpfen.

„Sie wissen also, wovon ich rede. Wir versuchen deshalb herauszufinden, woher Irene Gurtschler wohl das Gold hatte, das sie verarbeitet hat. Und so bin ich auf Sie gekommen. Von Frau Gurtschler erwarte ich keine ehrliche Antwort, von Ihnen aber schon. Und Sie kennen ihren Mann recht gut", schloss Pixner seine Ausführungen.

„In diesem Falle hätten Sie sie ruhig fragen können", erläuterte die Kräuterfrau.

„Es ist kein großes Geheimnis, und die meisten hier oben wissen davon. Martin Gufler hat vor ein paar Jahren in seinem Bruch eine winzige Goldader entdeckt. Gierig wie er ist wollte er das Vorkommen unbedingt ausbeuten, aber die Erträge sind viel zu gering, als dass das Schürfen rentabel gewesen wäre. Da kam ihm die Idee, Irene zu fragen. Martin und Bernie sind alte Freunde, deshalb wusste er auch von Irene und ihrem Beruf. Die beiden wurden sich einig. Martin bricht das Roherz nur heraus und liefert es Irene unbearbeitet. So kauft sie preiswert ein, und er spart die Verhüttungskosten. Um die Verarbeitung kümmert sie sich selbst, sie kann das Metall extrahieren und anschließend schmieden. Die drei haben dann weitere Geschäftsideen ersonnen. Bernie hatte den Einfall mit den Insekten, und Martin beschloss, ihr die fertigen Schmuckstücke abzukaufen, um sie als originelle Werbegeschenke seinen Kunden zu überreichen. Sie behält nur wenige Stücke für sich selbst, und soweit mir bekannt ist, stimmt sie das nicht gerade fröhlich."

„Wie darf ich das verstehen?", erkundigte sich Pixner.

„Martin hat deutlich genug durchblicken lassen, dass er versucht sein könnte, die Goldlieferungen einzustellen, wenn Irene ihm die Schmuckstücke nicht verkauft. Dabei hat sie Ideen, wie sie besser mit ihnen verfahren könnte, rentabler. In Mailand gibt es schließlich all die Fashion Victims, da könnte sie womöglich interessierte Kundschaft für solchen Schmuck finden. Aber mit den wenigen Stücken, die ihr bleiben, lohnt sich nicht mal der Versuch." Hubert Pixner musste seiner Gesprächspartnerin zustimmen, für Extravaganzen war der Vinschgau sicher nicht der richtige Boden.

„Hauptkommissar, Sie sollten unbedingt wissen, dass ich Ihnen das alles nicht verheimlichen wollte, ich hielt es nur bisher für unwichtig. Aber ich begreife langsam, dass für Sie alles von Bedeutung sein könnte, was irgendwie mit Monica zu tun hat." Pixner nickte und brummelte leicht genervt ein „Ja" in den Hörer. Immer das Gleiche.

Jedes Mal aufs Neue baten sie die Menschen, die mit einem Fall zu tun hatten, um konstruktive Mitarbeit, und jedes Mal blieben wichtige Details unerwähnt und kamen erst viel später zum Vorschein, ganz nebenbei, durch schieren Zufall, oft sehr spät, manchmal zu spät. Oder steckte hier mehr dahinter, durchfuhr es ihn. Pixner kannte Elisabeths Sorge, sich selbst zu belasten, weil sie mit verbotenen Substanzen hantiert hatte. Und sie war mit fast allen Beteiligten des Dramas, das hier gespielt wurde, vertraut. Was, wenn sie wusste oder zumindest ahnte, dass einer ihrer Bekannten die Finger im Spiel hatte? War sie zunächst aus falsch verstandener Loyalität heraus zurückhaltend geblieben? Und nun meldete sich ihr Gewissen zu Wort? Gerne hätte Pixner sich eingeredet, dass es sein Charme war, der ihre neue Redseligkeit zum Vorschein brachte.

„Wenige Tage vor ihrem Tod kam Monica ziemlich aufgelöst zu mir. Sie hatte ihre Eltern mit neuen Erkenntnissen konfrontiert und daraufhin einen sehr heftigen und unschönen Streit mit ihnen gehabt. Anscheinend haben sie zunächst alles bestritten. Die so wahrheitsliebende Monica ist völlig ausgerastet. Sie muss die beiden beschimpft haben und drohte damit, aus der elterlichen Wohnung auszuziehen. Etwas, das sie ohnehin vorhatte."

Elisabeth hielt inne. Pixner hörte sie atmen, sagte aber zunächst nichts. In seinem Hirn ratterte es wild.

„Sie hat viel geweint, sie war wütend auf ihre Eltern, die sie belogen hatten, und zudem auf Gufler, weil der sich weigerte, die Vaterschaft anzuerkennen. Monica fragte sich, wie sie zukünftig mit Sieglinde umgehen sollte. Auch die hatte bis dato nicht auf jene Weise Stellung bezogen, die Monica sich wünschte. Zuletzt bedrückte sie irgendetwas im Hinblick auf ihr Liebesleben, was es war, wollte sie mir aber nicht erzählen. Sie wurde ziemlich rot, wenn die Sprache darauf kam. Als ob mich alte Häsin noch irgendetwas überraschen könnte."

Sie lachte ein tiefes und gurrendes Lachen. Pixner war schon wieder überrascht. Hatte nicht Ohnewein erzählt, sie lebe seit Jahren keusch? Und dann kam von ihr ein solcher Spruch? Interessante Frau. Pixner kam etwas in den Sinn, mochte Elisabeth aber nicht direkt danach fragen, da er fest mit einer ausweichenden Antwort rechnete.

Also wählte er die Hintertür.

„Elisabeth, so wie Sie das alles kommunizieren, könnte man meinen, es liefe doch auf einen Suizid hinaus. Aber wie soll das möglich sein? Sie hätte das Gift in Anwesenheit einer anderen Person nehmen müssen, die sie dann weggeschafft und ihr anschließend einen gewaltigen Marmorklotz auf den Schädel gehauen hat. Glauben Siedas? Das passt alles nicht wirklich zusammen."

Unwillkürlich schüttelte er den Kopf.

„Wissen Sie noch, ob Monica etwas vorhatte, als sie Sie verließ?", fragte er schließlich.

„Sie wollte zu Bernie, aber nicht mehr am selben Tag. Sie meinte, es gäbe da etwas Dringendes zu klären, woraus ich schloss, dass er der mysteriöse Liebhaber sein musste." „Bingo", dachte Pixner.

Hatten Elisabeth und Gurtschler nicht beide den Eindruck zu erwecken versucht, er sei Monica lediglich ein väterlicher Freund gewesen, obwohl die Indizien schon die ganze Zeit eine ganz andere Sprache sprachen? Endlich durfte als gesichert gelten, dass er nicht nur wirklich ihr Liebhaber war, sondern es gab auch dezente Hinweise darauf, dass zwischen ihm und Monica der Haussegen schief gehangen hatte. Und auch mit Monicas Pflegeeltern würde die Polizei noch ein ernstes Wörtchen reden müssen. Waren sie womöglich für den Tod der Bogenschützin verantwortlich? War der Streit zwischen ihnen eskaliert und hatte zu einer Affekthandlung geführt? Die Tatsache, dass ihre Aussage Details von solcher Wichtigkeit schmerzlich vermissen ließ, schürte diesen Verdacht. Elisabeth, der inzwischen bewusst geworden zu sein schien, dass sie sich verraten hatte, versuchte ihre Aussage wieder abzumildern.

„Andererseits hatte Bernie mir einmal gestanden, dass seine Manneskraft zu wünschen übrig ließe. Das passt jetzt für mich nicht so richtig zusammen!"

Netter Versuch, dachte Pixner. Selbst wenn Elisabeth tatsächlich so unwissend gewesen wäre, wie sie sich gab, er glaubte nicht, dass sie keine Zeitung las. Für mich ergibt das alles eine Menge Sinn, endlich einmal, dachte Pixner, aber das behielt er für sich.

„Frau Elisabeth, Sie haben mir sehr weitergeholfen, ich danke Ihnen. Leider muss ich auflegen, denn ich muss dringend zu einer Befragung. Ich denke, wir stehen kurz vor der Lösung des Falls."

Er legte recht kurz angebunden auf, bevor das Gespräch in eine Richtung laufen konnte, die für alle Beteiligten unangenehm geworden wäre. Nach wie vor hegte er große Sympathien für diese unglaubliche Frau, und wenn möglich wollte er ihr keinen Strick daraus drehen, dass sie bisher wichtige Details verschwiegen oder gar gebogen hatte. Sein Instinkt sagte ihm außerdem, dass sie ihn alsbald gefragt hätte, ob er den Honig schon ausprobiert habe. Leichte Wut erfasste ihn. Er erhob sich aus seinem alten Stuhl, der einem Hörsaal der Fünfziger Jahre entstammte und mit echtem Schweinsleder bezogen war, schnappte die Aktentasche, die aus demselben Material bestand, lief schwungvoll vor das Präsidium und startete seine 125er Vespa PK.

Eine knappe Stunde später rauschte er in den weiträumigen Hof des Koflerschen Luxusstadl.

VIERZIG

Die Koflers erwarteten ihn beide. Kurz darauf saßen sie zu dritt in der urgemütlichen Tiroler Bauernstube, eine Küche, in der neben einer hochmodernen Einrichtung auch ein wunderschöner alter Herd aus Großmutters Zeiten stand.

Linda hatte das Kinn die Hände gelegt, die Ellbogen auf den massiven Holztisch gestützt. Marius hatte dicht neben ihr auf der Eckbank Platz genommen, seine rechte Hand ruhte auf ihrem Oberarm. Zu Pixners Erstaunen trugen beide kein Schwarz mehr, sondern einheimische Tracht.

„Wir haben unsere Tochter gestern beerdigt", erklärte der Vater.

Der Polizeichef war betroffen. Das war völlig an ihm vorbeigegangen, dabei hatte er sich fest vorgenommen, an der Zeremonie teilzunehmen. Er entschuldigte sich. Sein Verhör begann daher etwas milder, als er es ursprünglich vorgehabt hatte.

„Liebe Eheleute Kofler, es hat uns viel Zeit und Mühe gekostet, eine sehr bedeutsame Tatsache herauszufinden, nämlich die wahre biologische Herkunft eurer Tochter Monica.“

Die beiden machten ein bestürztes Gesicht. In Lindas Augen las Hubert Pixner deutlich, dass die Koflers keineswegs im Sinne gehabt hatten, eine nachträgliche Beichte abzulegen. Der Hauptkommissar wandte sich zuerst an Marius:

„Wir beide hatten vor einiger Zeit ein Treffen bei Whiskey, Speck und Zigarillos. Im Nachhinein kommt es mir beinahe so vor, als hättest du mit Absicht versucht, eine tote Spur zu deinen Parteifreunden zu legen. Dabei wissen wir beide, wie unwahrscheinlich das ist. Die Familie ist heilig in Südtirol, und niemand, außer vielleicht der Mafia, würde so weit gehen, aus politischen Gründen das Kind eines Gegners zu töten. Ich fand deine Show damals schon ein wenig grenzwertig.“

Kofler schaute nur noch betretener drein. Auch wenn das Gespräch mit Elisabeth einige Verdachtsmomente gegen die Koflers ergeben hatte, glaubte Pixner nicht an eine Schuld der beiden, und er wollte sie auch nicht noch zusätzlich in Bedrängnis bringen. Sie litten bereits genug. Allerdings war er ärgerlich, weil sie durch ihr Schweigen die Ermittlungen schwer behindert hatten.

„Schau Marius, es gibt einiges, was euch belastet. Nicht nur euer Schweigen im Hinblick auf die tatsächlichen Verwandtschaftsverhältnisse. Dein plötzliches Gerangel mit Monica wegen ihres politischen Wandels macht sich nicht gut, der fürchterliche Streit wegen der Elternschaft allerdings wiegt noch schwerer.“

Beide Koflers konnten ihre Überraschung nicht mehr zurückhalten.

„Woher weißt du das, Hubert?“, brach es aus Marius heraus.

„Elisabeth Premstaller hat Monicas Verzweiflung hautnah erlebt. Ihre diesbezüglichen Ausführungen waren eindeutig, ihr könnt das nicht leugnen. Und ich rate euch in eurem eigenen Interesse, es auch nicht länger zu versuchen. Was bringt es auch noch? Meinst du wirklich, Marius, dass dir eine vorgetäuschte Vaterschaft bei einem der wenigen Südtiroler Stars Punkte bei der Wahl zum Landeshauptmann brächte? Nach dem, was in der letzten Zeit alles über deine Familie in der Zeitung zu lesen stand – heimlicher Liebhaber, Geheimniskrämerei, abartige Techniken –, würde ich an deiner Stelle den Gedanken an eine steile politische Karriere endgültig begraben. Tu dir selbst einen Gefallen und erzähl uns, was du weißt, um die Verdachtsmomente gegen dich zu entkräften."

Nun schaute Linda auf. Wie sehr sie sich verändert hatte in der kurzen Zeit. War sie schon vor Monicas Tod eher schmal gewesen, so wirkte sie inzwischen regelrecht abgemagert. Sie trug keinerlei Make-up, auch nicht den von ihr so geliebten Kajalstrich. Die Haare waren streng in einem großmütterlichen Dutt zusammengefasst, die Wangen eingefallen und der Mund nur noch ein Strich. Ihre Augen hatten einen wirren Glanz, blickten unstet hin und her. Dennoch meldete sie sich zu Wort.

„Wir gehen hier weg. Niemals hätte ich gedacht, wozu Menschen fähig sind, auch wenn man es Tag für Tag in der Zeitung liest. Als ob es nicht dem Untergang unserer kleinen Familie gleich käme, dass wir unser Kind verloren haben, nein, wir werden beschimpft und verhöhnt. Hassmails kommen an, die Kunden bleiben weg, bis auf die aus dem Ausland. Freunde ziehen sich zurück, sogar in der eigenen Verwandtschaft gibt es keinen Zusammenhalt mehr und wir werden misstrauisch beäugt."

Pixner nickte. Er konnte sich das alles sehr gut vorstellen, und die Vorgänge schürten sein Mitleid mit dem Ehepaar.

„Gibt es bereits einen Plan?", erkundigte er sich.

„Ja, wir gehen zu einem guten Freund, der ebenfalls ein ökologisches Weingut in der Steiermark hat. Er überlegt schon seit Jahren, ob wir nicht zusammenarbeiten könnten. Wir verkaufen hier alles und setzen uns dort zur Ruhe“, erklärte Marius.

„Ich möchte kein Politiker mehr sein. Das alles hat keinen Sinn mehr. Allerdings wollen wir eine Stiftung gründen, aber nicht hier, sondern in Österreich. Die Stiftung soll die Anschubfinanzierung für neue Methoden in der Erforschung von Querschnittslähmung ermöglichen“, referierte Kofler.

„Dann berichtet mir doch einmal, was dieses Theater mit der Elternschaft sollte. Hat das etwas mit Monicas Ermordung zu tun?“, insistierte Pixner, der wahrnahm, wie Linda bei dem Wort Ermordung zusammenzuckte. Erstaunlicherweise übernahm sie dennoch das Wort. „Ich bin zehn Jahre älter als Sieglinde, unsere Mutter ist früh verstorben. Aus diesem Grund war ich mehr als ihre ältere Schwester, ich war ihre Ersatzmutter, habe sie mit erzogen. Als ich Marius heiratete, wollten wir unbedingt ein Kind. Es stellte sich im Laufe der Jahre heraus, dass Marius unfruchtbar ist, deshalb dachten wir über eine Adoption nach. Sieglinde war gerade achtzehn geworden und “ging“ mit Martin Gufler, und sie hatte dabei meinen Segen. Ich verstand Sieglinde gut. Er sah damals schon ähnlich gut aus wie heute, und er schien sehr verliebt in sie zu sein. Ich hatte zwar den Verdacht, er könnte scharf auf unsere Marmorfabrik sein, aber konkrete Anhaltspunkte dafür gab es nicht, deshalb wollte ich dem Glück der beiden nicht im Wege stehen. Es kam, wie es kommen musste, Sieglinde wurde schwanger, schneller als es ihr lieb war. Die beiden mussten heiraten, in einer solchen Situation war das im Vinschgau vor dreiundzwanzig Jahren noch ganz selbstverständlich.

Leider stellte Sieglinge kurz darauf fest, dass Martin ein Choleriker ist. Als er sie im Rausch schlug, bekam sie es mit der Angst zu tun, dies umso mehr, als es nicht mehr nur allein um sie ging, sondern vor allem um ihr Kind. So floh sie zu mir. Sie war damals etwas mollig und erst im vierten Monat, man sah ihr die Schwangerschaft noch nicht an. Sieglinde wollte zwar Kinder, aber nicht unter diesen Umständen. Eine viel zu junge Mutter, die das Kind eines gewalttätigen Cholerikers allein aufziehen muss? Sie sah sich dazu nicht imstande. Ich indes wünschte mir nichts so sehr wie Nachwuchs. Der Plan für das weitere Vorgehen drängt sich förmlich auf. Marius mussten wir erst bearbeiten, der wollte anfangs nicht so recht. Aber schließlich hat er dann doch zugestimmt. Der Rest war einfach.

Unsere Nonna ist zur Zeit des Faschismus aus Süditalien hierher verfrachtet worden, und so haben wir auch da unten Familie. Wir gaben vor, Sieglinde und ich würden eine Auszeit nehmen und längere Zeit verreisen. Sie brachte Monica im Hause unseres Onkels auf dem Lande zur Welt, weit weg von hier, bei Riace. Die Hebamme ließ sich mit Hilfe einer ansehnlichen Summe dazu überreden, über die Vorgänge Schweigen zu bewahren. Als wir zurückkamen, stellte ich allen das Baby als meines vor. Es hat nie jemand daran gezweifelt. Wir hatten das alles generalsstabsmäßig vorbereitet. Außer uns dreien wusste nur noch meine Frauenärztin Bescheid, und die unterliegt der ärztlichen Schweigepflicht."

Linda unterbrach sich und nahm einen Schluck Wein, der vor ihnen auf dem Tisch stand.

„Ihr habt also alle bestehenden Gesetze umschifft. Das erklärt, warum ihr der Polizei nichts davon erzählen wolltet. Aber ich verstehe nicht, warum ihr es Monica nie gesagt habt. Ich verstehe ihren Zorn durchaus."

„So bescheuert sich das jetzt anhört, Hubert, aber es ergab sich keine Gelegenheit", ergriff nun Marius das Wort.

„Wir haben es einfach nicht übers Herz gebracht. Monica war unsere Tochter, Punkt. Außerdem... Sie hatte doch ohnehin schon so viel Leid in ihrem Leben erfahren müssen, ihr Schicksal so tapfer angenommen und ertragen, sogar etwas daraus gemacht. Wir wollten ihr Leben nicht noch mehr in Aufruhr bringen. Wir wussten natürlich, dass wir es ihr nicht ewig verschweigen konnten. Aber wir schoben das Notwendige immer wiederhinaus."

„Und ihre eigentliche Mutter, Sieglinde? Habt ihr nie befürchtet, dass sie es ihr eines Tages sagen würde?"

Es war wieder an Linda, die Antwort zu geben.

„Meine Schwester hat uns den Unfall nie verziehen. Sie zog sich zurück und schließlich hatte sie ihre weiteren Kinder. Ihrem Mann hat sie nie erzählt, dass Monica eigentlich ihre Tochter ist. Monica hat es durch diesen merkwürdigen Mann erfahren, und dann bestürmte sie mich wutentbrannt und machte mir eine furchtbare Szene."

Linda hatte keine Tränen mehr zu weinen, Marius kippte ein ganzes Glas Wein auf einmal hinunter. Pixner schaute von dem einen zu der anderen und kam sich selbst lächerlich vor bei seiner letzten Frage:

„Ich muss euch das jetzt fragen: Was habt ihr an jenem Abend gemacht, als eure Tochter ums Leben kam?"

Die Koflers hatten diese Frage offenbar bereits erwartet.

„Wir waren oben im Schloss Korb. Nach dieser Aufregung brauchten wir eine Abwechslung. Marius lud mich zum Essen ein, und wir berieten unser weiteres Vorgehen. Viele Menschen haben uns gesehen und einige Bekannte auch kurz mit uns gesprochen. Wir können euch die Namen nennen, sie werden es sicher gerne bezeugen. Wir haben also, wie sagt man bei euch, ein perfektes Alibi", erklärte Linda.

Pixner nickte, reichte dem Ehepaar die Hand und verabschiedete sich. Die Koflers hatte er von der Verdächtigenliste endgültig gestrichen. Es gab in seinen Augen nur noch zwei Möglichkeiten, und eine davon schmeckte ihm mehr als die andere. Hoffentlich erwies die sich als die richtige.

EINUNDVIERZIG

Zurück im Büro sah sich Hubert Pixner mit einem gewaltigen Aktenberg konfrontiert, der ihn auf den Boden der Wirklichkeit zurückbrachte. In den letzten Tagen hatte er den Job seiner krankgeschriebenen Hauptkommissarin Lolita Mitteregger übernommen, was den praxisorientierten Mann in Erinnerungen an alte Zeiten schwelgen ließ. Er war darin versunken, doch musste er sich nun daran erinnern, dass die Ermittlung nicht mehr sein Job war. Zeitgleich hämmerte Ohnewein im Büro nebenan auf der Tastatur seines PCs herum. Als Pixner darauf aufmerksam wurde, beschloss er, zu ihm zu gehen. Lolitas bequemer Stuhl wirkte verwaist, nur ein Jäckchen hing darüber, als wolle es daran erinnern, dass da jemand fehlte.

Hias, der völlig in seinen Text vertieft war, blickte auf.

„Hubert, du kommst hundertprozentig zur richtigen Zeit."

„Das hört man gerne, Kollege. Sei aber so gut und lass kurz mich referieren, danach höre ich gerne dir zu", bat er.

Ein Blick auf Matthias verriet ihm, dass der sich verändert hatte, auch wenn Hubert Pixner nicht auf der Stelle hätte sagen könne, um was es sich handelte. Ein wenig schmaler schien er zu sein, und er ließ sich offenbar einen Bart wachsen. Seine Hipsterfrisur war zum Glück verschwunden, der Haarschnitt wirkte jetzt wie sein üblicher, nur dass die Haare etwas länger waren. Hatte er es nur noch nicht zum Frisör geschafft, oder ließ er sie absichtlich wachsen? Alles in allem wirkte Matthias jünger, wie in seinen „Freak"-Zeiten. Den orangen Pullover, den er trug, musste er jahrzehntelang aufbewahrt haben, ebenso wie die Cordhose. Wenn Marini die zu Gesicht bekäme, würde er gewiss überrascht sein und sich wundern, dass es so etwas überhaupt noch gibt. Pixner lächelte verschmitzt, was Matthias irritierte. „Sehe ich irgendwie komisch aus?", fragte er, der eigentlich etwas völlig anderes, wichtigeres mit seinem Chef zu besprechen hatte.

„Nein, Hias, jünger. Du hast dich tatsächlich verjüngt. Ich vermute, du hast deine Umstände zuhause geklärt?"

Jeder, der Ohnewein etwas näherstand, hatte von seiner unglücklichen Ehe gewusst.

„Ja, in der Tat. Ich bin ausgezogen und wohne vorrübergehend in Algund", er machte eine kleine Pause, „ bei einer Freundin."

Er brachte es fertig, Pixner bei diesen Worten fest in die Augen zu schauen, so dass der von einer weiteren peinlichen Befragung absah.

„Allora, ich habe mal alle meine Ermittlungsergebnisse zusammengetragen, mir meine Gedanken gemacht, Rückschlüsse gezogen und versucht, mir ein Bild zu machen. Ich werde dich kurz in Kenntnis setzen und dir danach das Material zur Verfügung stellen. Mir hat es großen Spaß gemacht, wieder einmal „Inspector" zu spielen, aber in der Zwischenzeit ist eine ganze Menge der Arbeit, liegengeblieben, die die zeitnah erledigt werden muss. Es wäre allerdings schön, wenn ihr mich ab und zu ein wenig helfen lasst, auch wenn wir unsere gesundete Blondie wiederhaben."

Pixner versuchte einen bettelnden Dackelblick, der bei

seiner Gattin wahrscheinlich genauso wenig zog wie jetzt bei Matthias.

„Du leitest die Ermittlungen, ich habe nur ausgeholfen. Ich nehme an, unser kluger italienischer Freund ist auch nicht faul gewesen?“, beendete Pixner seine Ausführungen.

„Ja, in der Tat, und darüber wollte ich auch gerade mit dir reden.

„Franco vermutet einen Familienzwist. Er meint, die alte Feindschaft zwischen Laas und Göflan, also zwischen den Guflers und den Grubers, könnte ein Motiv sein. Seit wir wissen, dass durch Monica Blutsbande zwischen den Clans bestehen, wird das immer wahrscheinlicher. Es deutet auch einiges darauf hin, dass sie den Gufler Martin dazu nötigen wollte, die Vaterschaft anzuerkennen. Der stand kurz vor einem Deal mit diesen Amerikanern, die aus dem Marmor Grabsteine für einen Heldenfriedhof fertigen wollen. Die Carabinieri haben sich im Wirtshaus in Laas umgehört und herausgefunden, dass auch die Familie Gruber an dem Deal interessiert war, es ging um Millionen von Dollars.“

„Oha“, gab Pixner zurück, „als ich mir eure Protokolle über den Besuch oben im Bruch durchlas, habe ich mich schon gefragt, warum der so ausgerastet ist. Aber er hat ja gesagt, es handele sich um ein wirklich großes Geschäft, und anscheinend hat er nicht übertrieben. Wenn ich dann noch bedenke, dass Elisabeth Premstaller und Linda Kofler uns bestätigt haben, dass Martin Gufler zu cholerischen Anfällen neigt, muss man sich die Frage stellen, ob er nicht auch Gewalt anwenden würde, um einen solchen Deal zu retten.“

Ohnewein unterbrach seinen Chef.

„Gufler hat uns regelrecht zu nötigen versucht, den Bruch wieder freizugeben. Marini tendiert deshalb auch in diese Richtung. Aber würde ein Vater seine eigene Tochter umbringen? Und dazu noch mit Gift?“

„Hias, du bist zu sehr liebender Vater. Der Gufler Martin

war Monicas Erzeuger und nicht mehr. Der hatte gewiss keine Vatergefühle. Wie Linda angedeutet hat, ist es möglich, dass er die junge Sieglinde verführt hat, um in die zweite große Marmorfamilie einheiraten zu können. Sein Bruch gehörte ihm schließlich damals noch nicht. Unter diesen Umständen wäre das Kind nur Mittel zum Zweck gewesen – ohne Nachwuchs keine Hochzeit. Zum Gift: Wenn wir von einem Giftmord hören, denken wir gleich an einen weiblichen Täter. Sollte tatsächlich Gufler dahinterstecken, könnte er absichtlich einen Giftmord gewählt haben, damit sich unser Verdacht gegen eine Frau richtet. Späte Rache an Sieglinde vielleicht?" „Nun, Hubert, wenn er von Anfang wusste, dass er der Vater ist, wusste er auch, dass Linda Sieglindes Kind als das ihre ausgegeben hat. So wie der geschnitzt ist, wäre das für ihn ein gefundenes Fressen gewesen, die Grubers zur Kasse zu bitten, damit diese Information bei ihm bleibt, oder?"

Pixner machte runde Augen, auf diese Idee war bisher noch keiner von ihnen gekommen. „Und wenn auch die Grubers Kenntnis über irgendwelche faulen Geschäfte der Guflers hatten?", antwortete er nach einigem Nachdenken.

„Ich könnte mir vorstellen, dass damals, vor rund hundert Jahren, als die mit dem Abbau begonnen haben, viel gemauschelt wurde. Und gab es nicht im Zweiten Weltkrieg auch in Südtirol Zwangsarbeiter? Vielleicht hatten sie welche im Bruch. Die Grubers könnten ihn mit solchem Wissen unter Druck gesetzt haben. Und er hat sich dann auf diese Weise revanchiert. Für mich steht auf alle Fälle eines fest: Wir beantragen eine Hausdurchsuchung bei Gufler, sowohl im Büro als auch in seinem Privathaus."

„Vollkommen deiner Meinung, aber auch bei den Gurtschlers!" „Richtig", entgegnete der Chef. „Immerhin müssen wir auch davon ausgehen, dass Monica keinen Appetit mehr auf diese Press-Spielchen hatte. Christa Rossis Aussage hat das angedeutet, und Elisabeth Premstaller hat es mir unlängst bestätigt. Vielleicht hat dies zum Streit zwischen ihr und ihrem Liebhaber geführt."

„Wir sollten auch Gurtschlers komische Frau nicht vergessen. Das geht mir schon seit längerer Zeit im Kopf herum. Du hast sie leider nicht erlebt. Sie umgibt eine wirklich bösartige Aura, wie ich das selten bei einem Menschen erlebt habe. Geradezu das Gegenteil zu Elisabeth Premstaller. So wie die eine wie eine gute Hexe oder eine Fee erscheint – ja, lach nicht –, hat diese Irene etwas von einer bösen Hexe. Sorry, aber ich kann es einfach nicht anders formulieren."

Pixner sinnierte: „Stellen wir uns vor, der Täter sei tatsächlich eine Frau und Irene Gurtschler eine klassische Giftmörderin. Wie mag sie an das Gift herangekommen sein? Mit den Apfelbaronen hat sie nichts zu tun, und im Internet hat sie es auch nicht bestellt, denn das hält sie für überbewertet, und deshalb nutzt sie es nicht", grübelte er.

„Woher weiß du das denn jetzt, Hubert?", rief Ohnewein erstaunt aus.

„Ursel wollte ihre private E-Mail-Adresse haben, um die sensiblen Daten nicht jedes Mal an ihre Firma schicken zu müssen. Da schrieb sie zurück, sie habe nur diese eine Adresse. Auf der Arbeit käme sie um die Nutzung nicht herum. Im Übrigen kenne sie aber nicht einmal die Homepage ihres eigenen Betriebes, sie fände Computer abscheulich. Also, woher könnte diese Frau Zyanid haben?"

Ohnewein schüttelte den Kopf.

„Keine Ahnung, Hubert. Aber wir haben jetzt hinreichende Verdachtsmomente, um auch bei den Gurtschlers wühlen zu lassen."

Dem stimmte sein Chef zu. Sie wandten sich an den Oberstaatsanwalt, der wie sie ein erhebliches Interesse daran hatte, den brisanten Fall endlich zum Abschluss zu bringen, und der besorgte ihnen noch am selben Tag die erforderlichen Durchsuchungsbeschlüsse.

ZWEIUNDVIERZIG

Franco Marini rief Matthias Ohnewein an.

„Hias, ich bin bei meiner Recherche zum Thema Gesteinsabbau im Allgemeinen und Weißwasserbruch im Besonderen auf einen höchst interessanten Artikel gestoßen. Ich möchte dir gerne darüber berichten. Die Metereologen sagen für dieses Jahr frühen Schneefall voraus, aber heute ist das Wetter noch einmal wunderschön, deshalb schlage ich vor, dass wir uns am Kurhaus treffen und ein paar Schritte an der Passerpromenade entlanglaufen", schlug der Maresciallo vor.

Ohnewein zeigte sich begeistert. Tatsächlich war die Luft sehr lind und dennoch frisch, selten für Meran. Zeit hatte er auch. Bis zur Genehmigung der Durchsuchungsbefehle konnte es durchaus noch dauern. Wenige Minuten später stand er vor dem Hintereingang des Kurgebäudes und genoss den Blick nach oben in Richtung Skigebiet Meran 2000. Bald würde am Wochenende wieder die halbe Stadt dort rodeln und Ski fahren und sich in einer der vielen Hütten mindestens einem Jagertee hingeben. Irgendwie freute ihn in diesem Jahr – zum ersten Mal seit vielen Jahren – die Aussicht auf Wanderungen in Schneeschuhen, auf heißen Kakao und ein flackerndes Feuer im Kamin. Auf das Glühweintrinken mit Kollegen und Freunden am „einheimischen" Weihnachtsmarktstand after work, auf die stimmungsvolle Adventsdekoration in der Stadt. Und darauf, den Schlittschuhfahrern auf dem Thermenvorplatz zuzuschauen oder in der Therme im Whirlpool zu hocken und das Schneetreiben zu beobachten.

Genau in diesem Moment schalt er sich einen Narren und musste über die sentimentalen Gefühle schmunzeln, die ihn neuerdings befielen. Schnee in Meran? Den gab es in zwanzig Jahren vielleicht ein einziges Mal. Dennoch! Dass er solch warme Empfindungen hatte, lag vor allem an der Frau, mit der er sich bei all diesen Aktivitäten sah: Carmen. Er gestand sich ein, ein bisschen verliebt zu sein. Mehr konnte und wollte er nicht zulassen, jedenfalls nicht zu diesem Zeitpunkt. Und er war ehrlich genug, um ihr das zu sagen.

Carmen war freiheitsliebend und klug, sie würde niemanden zu etwas drängen. Und so genossen sie einfach einander und ihre gemeinsame Zeit. Beide hatten Pläne für ein Weihnachten in trauter Zweisamkeit geschmiedet. Eine für Südtiroler Verhältnisse ziemlich ungewöhnliche Christmas Party sollte es werden. Außerdem hatte Hias eine Wohnung in Aussicht – Carmens war für zwei Personen viel zu klein. Seine Frau hatte zunächst überlegt, das gemeinsame Haus zu behalten, doch das war nun vom Tisch. Sie würden es verkaufen und mit großer Wahrscheinlichkeit einen feinen Preis dafür erhalten. Sein Herz war frei und es ging ihm endlich wieder gut.

So gut, dass er seinen Freund Franco nicht bemerkt hatte, der schon seit geraumer Zeit vor ihm stand und ihn angrinste.

„Kuckuck", sagte der schließlich. Wie aus einer Trance erwachend sah ihn Matthias an: „Hoi, Franco, mi dispiace, ich war in den Gedanken ganz woanders", entschuldigte er sich. Franco lachte.

„Das war nicht zu übersehen, ebenso wenig wie die Tatsache, dass du deutlich entspannter daherkommst. Du wirkst auch jünger!“, stellte er fest.

„Huch, das meinte Pixner vorhin auch. Was habt ihr bloß alle?“ „Was hat die liebe Carmen bloß, hm?“, scherzte der Italiener.

Hias drohte symbolisch mit der Faust. Inzwischen hatten sie ihren Spaziergang entlang des Wildflusses begonnen, dessen aufgeregtes Treiben um die großen Wackersteine in seinem Bett deutlich darauf hinwies, dass oben in Richtung Timmelsjoch sehr viel Regen gefallen sein musste.

Beide Männer starrten versonnen um die Strudel, die wie die Sonnen von van Gogh das Wasser peitschten. Manchmal plätscherte die Passer friedlich in Richtung Etsch und war selbst dann noch gefährlich, weil man die Strömung leicht unterschätzte.

„Was wolltest du mir erzählen, Franco?“, nahm Matthias Ohnewein den Faden auf, als sie langsam in Richtung Wandelhalle schritten.

„Ich habe mir zunächst die Webseite des Bruches angesehen. Gufler hat sie ziemlich professionell gestalten lassen, und es finden sich dort eine Menge Informationen. Aber eben nur das, was Gufler seine Kunden wissen lassen möchte. Die Goldader zum Beispiel wird mit keinem Wort erwähnt.“

Ohnewein, dem dies auch schon aufgefallen war, bestätigte mit Kopfnicken und ließ Marini einfach weitererzählen.

„Natürlich hat mich das nun auch nicht verwundert. Ich fing an, mich mit dem Thema Gold zu beschäftigen. Wie es verarbeitet wird, wie man schmiedet, wie es gewonnen wird. Und du glaubst jetzt nicht, worauf ich dabei gestoßen bin!“

Genüsslich legte er eine Kunstpause ein.

„Nun spuck‘s halt aus, falls es wichtig ist“, versuchte ihn der Hauptkommissar etwas zu ärgern. Doch das störte den Maresciallo nicht.

„Um das Gold aus dem Stein zu lösen, braucht man Zyanid“, ließ er die Bombe platzen. Ohnewein blieb stehen. Sie waren auf der Höhe des Steinernen Stegs. Um sie herum strömten zahlreiche Touristen hinüber zum Sissi-Park. Ohnewein packte Marini am rechten Oberarm und sagte einfach nur: „Hammer.“

„Dir war die Signora von Anfang an nicht geheuer, nicht wahr, Franco. Das hast du jedenfalls damals im Auto erwähnt“, fiel es dem Kommissar wieder ein.

„Das stimmt, Hias. Wenn sie tatsächlich im Besitz von Zyanid ist – von wem könnte sie es haben? Wenn ich raten sollte, würde ich auf Gufler tippen.

Damit ist auch er nach wie vor verdächtig. Oder die beiden stecken unter einer Decke.“ „Jetzt helfen nur noch Beweise, mein Lieber, und, wenn wir Glück haben, ein Geständnis.“ „Von Gufler? Nie im Leben“, versicherte Marini, und in diesem Punkt musste ihm Ohnewein Recht geben. Sie überlegten gerade, den hier beginnenden Tappeinerweg nach oben zu laufen, als Pixners Sekretärin Ursel anrief. Die Durchsuchungsbeschlüsse waren da. Marini und Ohnewein fuhren getrennt voneinander auf schnellstem Wege zu Tappeiner, der seine Mannschaft zusammentrommelte. Es konnte losgehen.

DREIUNDVIERZIG

Mit Blaulicht, quietschenden Reifen und überhöhter Geschwindigkeit fuhr ein Wagen der Polizei in den Hof der Firma „petrabianca“. Genau zeitgleich statteten die örtlichen Carabinieri dem Ehepaar Gurtschler einen Besuch ab, auf spezielle Anweisung aus Meran aber deutlich weniger auffällig.

Die theatralische Ankunft war auch bei Martin Gufler übertrieben – Georg Tappeiner glaubte nicht an Gefahr im Verzug. Dennoch ließ er seine junge Kollegin gewähren, die offensichtlich Spaß daran hatte, einmal das gesamte Programm abzuspulen. Der alte Landrover stand vor dem Gebäude, Gufler war anwesend. Georg Tappeiner ging hinein, das Fax mit dem Durchsuchungsbeschluss in der Hand. Bald stand er dem Weißwasserbruchchef gegenüber. „Es tut mir leid, Martin, aber im Mordfall Monica Kofler haben sich konkrete Verdachtsmomente gegen dich ergeben. Wir müssen deshalb deine Räumlichkeiten durchsuchen. Hier ist der Durchsuchungsbeschluss. Ich habe Leute dabei, wir wollen nur unsere Arbeit machen, also lass uns bitte durch.“

Martin Gufler klappte seine Lesebrille von der Stirn und

begutachtete das Papier ausführlich. „Das ist nur eine Kopie, Georg. Die berechtigt euch zu gar nichts“, antwortete er, wenn auch deutlich weniger selbstsicher als zu früheren Gelegenheiten.

„Die Kollegen aus Meran, die du ja kennst, sind auf Weg und werden bald eintreffen. Sie haben das Original. Natürlich können wir auf sie warten, aber das kostet dich und uns nur Zeit. Du hast wirklich nichts davon, wenn du uns jetzt aufhältst!“, erklärte der Kommissar.

Martin Gufler trat unwillig zur Seite und ließ die Polizisten – zwei Frauen und einen Mann – gewähren. Grimmig sah er zu, wie sie alles, jeden Büroschrank, jede Ablage und jede Schublade durchwühlten. Auf ein Gespräch hatte er keine Lust. Seit diesem Mordfall war sein geruhsames Leben ordentlich durcheinander gewürfelt worden, und das gefiel ihm ganz und gar nicht. Tappeiner ging unterdessen nach draußen, um eine Zigarette zu rauchen. Es war kalt geworden, deshalb lief er ein paar Schritte um die riesigen Marmorquader herum, die Schutz vor der Zugluft boten, und hoffte auf die baldige Ankunft von Ohnewein und Marini. Die konnten dann übernehmen und er wieder fahren. Nachdem er seine Zigarette ausgetreten hatte, ging er gemächlich zurück und sah gerade noch, wie Gufler etwas aus dem Handschuhfach des Defenders nahm und es in seiner Jackentasche verschwinden ließ. Mit wenigen schnellen Schritten erreichte er den Mann, der ihn bei dem Versuch, etwas beiseite zu schaffen, nicht gehört hatte.

„Was hast du da eben versteckt, Martin, ich hab es gesehen!“

Guflers Gesicht wurde eine Schattierung blasser. In diesem Moment bog der Wagen von Matthias Ohnewein in den Hof ein. Letzterer überblickte die Situation sofort und kam seinem Kollegen zur Hilfe.

„Was geht hier vor?“, verlangte er zu wissen.

„Ich habe gesehen, dass Martin etwas aus dem Wagen geholt und zu verstecken versucht hat“, erklärte Tappeiner seinem Kollegen, und fuhr danach seinen alten Schulkameraden an: „Nun rück’s schon heraus, sonst muss ich dich aufs Revier mitnehmen“.

Gufler glotzte von einem zum andern und verfluchte sich innerlich wegen seiner Vergesslichkeit und seines Ungeschicks. Nicht nur, dass er das Handy längst hätte entsorgen können. Jetzt ließ er sich dabei auch noch erwischen. Ohnewein, sonst immer höflich, schlug einen anderen Ton an.

„Okay, Gufler, Georg hat Recht. Entweder wir sehen jetzt den Gegenstand oder Sie sehen das Revier. Wir wissen, dass Monica, die ja Ihre Tochter war, versucht hat, Sie unter Druck zu setzen“, bluffte er, „und wenn man bedenkt, wie Ihre amerikanisch-puritanischen Geschäftspartner auf eine solche Affäre reagiert hätten, ergibt sich daraus ein recht veritables Mordmotiv.“

Martin Gufler sah aus, als habe er einen Geist gesehen, und sein sonstiger Redefluss war auf einmal verschwunden. Man sah ihm deutlich an, wie er um Worte rang, überlegte, was er nun preisgeben sollte und was nicht.

„Kommt rein“, sagte er schließlich, „außer mir ist sowieso gerade niemand da.“

Er ging zurück ins Büro, wo die drei Polizisten ein wahres Chaos angerichtet hatten. „Sie werden hier nichts finden“, sagte er zu ihnen. Dann zog er einen schmalen, länglichen Gegenstand aus der Hosentasche. Es handelte sich um ein Smartphone.

„Dies ist das Handy von Monica. Sie hat es hier liegen lassen. Ja, sie war meine Tochter und ja, sie wollte mich unter Druck setzen. Aber ich habe sie nicht umgebracht.“

Ohnewein zog ein paar Plastikhandschuhe aus seiner Hosentasche und konfiszierte das mobile Telefon.

„Weiter“, forderte er nur. Tappeiner und die drei übrigen

Polizisten standen wie erstarrt im Raum und hörten überrascht zu.

„Dieser Idiot von Bernie hat ihr das gesteckt, die Sache mit der Vaterschaft. Ich habe mein Wissen über die, wie die Koflers es intern nannten, „Adoption" immer für mich behalten. Als Pfand für schlechte Zeiten. Man weiß ja schließlich nie."

Alle vier Polizisten schauten angewidert drein.

„Monica hat mich nie interessiert. Anders als Sieglinde, in die war ich anfangs total verschossen, bis die dumme Kuh unbedingt so schnell schwanger werden musste und dann auch noch launig. Ab da wollte sie keinen Sex mehr, und ich habe mich betrunken. Als ich es schließlich doch wieder einmal versuchen wollte – schließlich war sie meine Frau –, hat sie mich „Vergewaltiger" genannt. Da ist mir die Hand ausgerutscht. Und zack war sie weg. Am nächsten Tag gleich. Einfach weg. Den Ring hatte sie auf den Küchentisch gelegt und einen Fresszettel dazu, sie fände mich ekelhaft."

In seiner noch immer nicht verarbeiteten Verärgerung sah er nicht, wie die beiden anwesenden Frauen bei diesen Worten mit dem Kopf nickten. Ohnewein sah ihn nur ruhig an und war froh, dass er sein Handy auf Aufnahme gestellt hatte. Tappeiner schüttelte innerlich den Kopf.

Gelernt hatte Gufler aus alledem offensichtlich nichts, schließlich hatte der Bruchbesitzer ihm erzählt, dass auch seine Frau Ursula vor seinen gewalttätigen Neigungen geflohen war. „Wie sollte ich unter solchen Umständen ein Verhältnis zu dem Kind aufbauen, besonders, als es dann offiziell gar nicht mehr meines war. Und genau das wollte Monica ändern. Was für ein Hitzkopf!"

Ohnewein dachte, dass sie damit offenbar ziemlich auf ihren leiblichen Vater kam, als Gufler weitersprach.

„Eine Weile ging es per E-Mail hin und her, die habts ihr wahrscheinlich gefunden, und dann kündigte sie ihr Kommen an. Ich dachte zuerst, die macht Scherze, aber dann stand sie mit ihrem speziell ausgerüsteten Auto im Hof und hupte. Also ging ich hinaus, um sie abzufangen. Wenn ich schon um ihren theatralischen Auftritt nicht herumkam, sollte er wenigsten nicht in die Öffentlichkeit gelangen. Monica saß hinter dem Steuer und telefonierte mit irgendwem. Sobald sie mich sah, öffnete sie die Beifahrertür und legte das Handy auf ihren Schoß. Sie war sehr aufgeregt, womöglich nicht nur meinetwegen. Sie pflaumte mich sofort an, versuchte mir zu drohen. Ich hatte Publikumsverkehr auf dem Gelände und versuchte zu verhindern, dass die Gäste auf uns aufmerksam wurden. Deshalb sicherte ich ihr zu, mir das alles noch einmal gründlich zu überlegen. Da schaute sie mich mit einem Blick an, als würden kleine Dolche aus ihren Pupillen schießen, und schlug mit aller Wucht die Autotür zu. Irgendwann in dieser Zeit muss ihr Handy von ihrem Schoß auf den Boden des Hofs gerutscht sein. Auf alle Fälle lag es später da. Ein Wunder, dass sie es nicht überfahren hat. Ich nahm es an mich und legte es in das Handschuhfach meines Autos. Einen Tag später war sie tot. In der ganzen Aufregung danach habe ich an das Telefon gar nicht mehr gedacht, bis ihr euer Aufgebot hergeschickt habt", beendete Gufler seinen Bericht. „Herr Gufler, warum habe Sie uns eine so wichtige Information vorenthalten?", fragte Hauptkommissar Matthias Ohnewein, während alle andern die Luft anhielten.

„Weil ich Angst hatte, ganz einfach. Monica wird getötet, mit zertrümmertem Schädel auf meiner Schrägbahn aufgefunden, und die Polizei lässt mich sogleich wissen, dass auch ich verdächtig bin. Was sollte ich da sagen? Ach ja, übrigens, ich bin ihr Vater und hatte einen fürchterlichen Streit ihr, weil sie unbedingt als meine Tochter anerkannt werden wollte. Da hättet ihr mich doch erst recht verdächtigt, und ich hätte kaum darauf dringen können, dass im Bruch weitergearbeitet werden darf", jammerte er.

„Haben Sie denn kein Alibi, Herr Gufler?“, fragte Ohnewein gereizt.

„Doch“, antwortete statt seiner Georg Tappeiner.

„Es liegt uns schon seit Tagen vor.“

“Ich sage nichts mehr ohne meinen Anwalt“, schaltete der Firmenchef jetzt auf stur. Ohnewein winkte den übrigen Kollegen zum Gehen und wandte sich kurz vor dem Ausgang noch einmal um.

„Ach, das hätte ich fast vergessen, Herr Gufler. Wir wissen auch von Ihrer kleinen Goldader und Ihrer hauseigenen Schmuckdesignerin Irene Gurtschler. Wir fragen uns, wo sie wohl das Zyanid herhatte, mit dem sie das Metall aus dem Stein löst. Denn Monica Kofler kam nicht durch einen Marmorbrocken zu Tode, sondern wurde zuvor vergiftet, und zwar mit Zyanid.“ Damit ließ er Kofler stehen und fuhr zu Bernie Gurtschler.

VIERUNDVIERZIG

Er fand den Stadel hell erleuchtet, mehrere Carabinieri waren zu Gange, das Ehepaar Gurtschler stand verloren auf seinem Hof.

„Hoi, Franco, schau mal“, begrüßte er den Maresciallo. Er holte das inzwischen verpackte Handy aus dem Auto und zeigte es dem Kollegen.

„Oha, das ist wohl das vermisste Mobiltelefon von Monica Kofler?“, fragte der.

„Si“, antwortete Ohnewein.

„Gufler hatte es die ganze Zeit, hat aber nichts gesagt. Vergessen will er es haben. Behauptet er jedenfalls. Ich denke eher, es gibt einen anderen Grund.“

„Ja, und den kann ich dir nennen. Die Carabinieri hier oben haben gerade vorhin erzählt, dass Gufler schon lange Elisabeth Premstaller hinterherläuft. Und wir wissen, Monica habe sehr viel mit ihrem Handy fotografiert. Vielleicht ist da irgendetwas drauf, was die von dir so verehrte Dame in Bedrängnis bringen könnte, und er wollte sie schützen?“

Ohnewein wollte gerade etwas Launiges zur Antwort

brummen, da rief es aus dem Inneren des Hauses: „Maresciallo".

Beide Kommissare gingen hinein. Ein IT-Spezialist aus Meran, den Marini wohlweislich mitgebracht hatte, hatte in Windeseile das Passwort von Gurtschlers Laptop geknackt.

Es lautete „Melissa", altgriechisch für Biene. „Grüß Gott", sagte er zu den beiden Polizisten, während sich auch das Ehepaar langsamen Schrittes zu ihnen gesellte.

„Schauen Sie mal, so etwas sieht man nicht alle Tage."

Ein ganzer Ordner voller Fotos, sie zeigten einen liegenden Mann, auf dessen Brust eine Frau stand. Von ihr sah man nur die Schuhe, und zwar sehr viele verschiedene Paare. Bernie war inzwischen nähergetreten, er wirkte sehr verstört.

„Also waren Sie doch der Liebhaber Monicas, Herr Gurtschler, falls man das so nennen kann", stellte Ohnewein fest.

„Warum haben Sie diese Fotos aufgehoben?", wollte nun Marini wissen. Gurtschler schien den Tränen nahe zu sein.

„Ich gebe es zu. Monica und ich hatten ein ganz besonderes Verhältnis. Ich liebe das Trampling, und meine Frau mochte es früher auch. Es sind ihre Füße auf den Bildern."

Irene, heute noch schlampiger als sonst, trug eine Wollmütze auf dem Kopf und war, obwohl es im Haus unerträglich warm war, in einen uralten Wollmantel gehüllt. Sie sandte giftige Blicke an die Polizisten ebenso wie an ihren Gatten, doch sie schwieg.

„Ich konnte mich von den Bildern einfach nicht trennen, hob sie aus Sentimentalität auf", murmelte der Imker.

„Eines Tages, es war bullenheiß, hatte ich unter meiner Schutzkleidung nur eine Unterhose an, als ich zu den Bienen ging. Eine kam irgendwie durch und stach mich in meine linke Brustwarze. Der Schmerz war fast unerträglich, aber er versetzte mich in eine Art Trance. Das geschah zu der Zeit, als Irene langsam das Interesse am Trampeln verlor. Ich schlug ihr vor, sie möge versuchen, meine Brustwarzen zu quetschen, was sie auch tat. Doch es fehlte ihr an Kraft. Sie machte damals schon den Goldschmuck für Martin, und so kamen wir auf die Idee, Klemmen für die Brustwarzen herzustellen, mit einer Feder. Das klappte hervorragend, sie brachte mich wirklich auf eine andere Ebene durch den Schmerz."

Er stoppte einen Augenblick. Es war totenstill im Zimmer. Was für eine Geschichte.

„Doch irgendwann wollte sie auch das nicht mehr", fuhr Gurtschler fort.

„Nun begann eine echte Leidenszeit für mich. Bis ich Monica traf und ihre starken Hände sah. Stark durch den Sport und den Rollstuhl. Ich war sofort total fasziniert. Niemals hätte ich gedacht, dass ich sie würde überreden können, aber es klappte, wohl nicht zuletzt dank der Kräuter von Elisabeth. Es gab da besondere Mischungen. Monica, die sich für alles Spirituelle interessierte und damit auch für bewusstseinserweiternde Stoffe, dokumentierte alles mit ihrem Handy. Dabei hat sie auch die Klemmen fotografiert."

Irene Gurtschler war inzwischen aus dem Raum verschwunden, stattdessen kam eine junge Frau herein, welche die Uniform der Carabinieri trug.

„Maresciallo", sagte sie und hielt Marini eine kleine Glasflasche hin. Die Flüssigkeit darin war blau. Marini zog den Stöpsel und schnupperte vorsichtig.

„Bittermandel", erklärte er den anderen.

„Wenn das mal nicht Zyanid ist."

„Wem gehört das, Herr Gurtschler?", fragte nun Ohnewein.

„Meiner Frau, sie braucht es, um das Gold zu lösen."

Er verstummte. Stattdessen war Irene Gurtschler wieder aufgetaucht und hielt in ihrer Hand eine versilberte Goldklemme. Marini erkannte darin ihren seltsamen Haarschmuck, den sie neulich getragen hatte. Sie zog den Mantel noch fester um sich herum, zitterte und setzte sich in einen der alten, verschlissenen Sessel.

„Ich werde Ihnen sagen, was Sie wissen wollen. Das Meiste haben Sie ja ohnehin bereits herausgefunden“, fing sie an.

„Natürlich fand ich rasch heraus, dass Bernie einen Ersatz für mich gefunden hatte. Ich ließ ihm den Spaß. Eines Tages hörte ich ihn mit der anderen telefonieren. Sie sprachen über einen bevorstehenden Besuch durch Journalisten. Neugierig geworden behauptete ich, noch einmal dringend ins Labor zu müssen. Tatsächlich blieb ich zuhause. Zirka drei Stunden später traf eine junge Frau im Rollstuhl ein. Sie hievte sich aus ihrem Wagen, und da rannte auch schon mein Mann hinaus. Er trug sie ins Haus, in sein Studio, sein Allerheiligstes, das sonst niemand betreten durfte, das vor allem ich nicht betreten durfte. Das machte mich stutzig. Und ich bebte vor Zorn. Mich, seine eigene Frau, hatte er mit aller Vehemenz daraus verbannt, aber diese... Person trug er auf Händen hinein. Bernie wusste nicht, dass ich ein eine der Goldbienen eine kleine Kamera installiert hatte, um sehen zu können, was in seinem geliebten Studio vor sich ging. Er wäre wohl auch nie darauf gekommen, er weiß ja, wie sehr ich diesen neumodischen Elektronikkram hasse. Aber in diesem Fall hat meine Neugier überwogen. Und so erfuhr ich, dass er ihr meine Klemmen gegeben hatte, die, die ich für ihn geschmiedet hatte. Und mehr noch – ich musste mit ansehen, wie sie sie ihm vor die Füße warf. Dass sie meinen Mann befriedigte war eine Sache. Aber so mit meiner Arbeit umzugehen, das war zu viel. Als er ihr einen Espresso anbot, überlegte ich nicht lange. Ich eilte in die Küche – das sind ja nur ein paar Schritte – und gab ein paar Tropfen von dem Blausäuresalz in unsere Lavazza. Ich hoffte, Bernie würde sich auch ein Getränk genehmigen, dann wäre ich gleich beide losgewesen.“

An dieser Stelle lachte sie schrill. Alle anderen hörten mit angezogenen Ohren zu , ganz besonders ihr Ehemann.

„Aber er hatte wohl keinen Durst, jedenfalls goss er nur für sie eine Tasse auf, die Monica kurz darauf austrank. Das letzte, was ich von ihr hörte, war, ob Bernie keinen Zucker hineingetan hätte, der Kaffee wäre ja so bitter. Kurz darauf klappte sie zusammen. Mein Bernie begriff erst gar nicht, was passiert war."

Diesmal kicherte sie. Die junge Carabiniere hatte einen entsetzten Gesichtsausdruck, während Ohnewein und Marini in gewisser Weise fasziniert waren.

„Es an der Zeit, ihn ins Bild zu setzen, ihm reinen Wein einzuschenken. Oder, wenn Sie so wollen, vergifteten Kaffee. Diesmal ließ ich mich nicht davon abhalten, sein Studio zu betreten, den Kaffee in der einen, das Gift in der anderen Hand. Er begriff noch immer nicht, oder er wollte es nicht wahrhaben, also verspottete ich ihn und erzählte ihm in allen Einzelheiten, was ich getan hatte. Ich weiß nicht genau, was ich erwartet hatte. Im Grunde rechnete ich damit, dass er auf mich losgehen, mich schlagen oder gar töten würde. Es war mir egal. Dafür wäre er in den Knast gewandert und hätte seine verdiente Strafe erhalten. Doch er wurde nicht wütend. Er stand da wie gelähmt. Dann brabbelte er etwas davon, dass er Monica geliebt habe. Unsinn, sagte ich. Bestenfalls hast du eine Art Dankbarkeit empfunden, weil sie dir gegeben hat, was du wolltest. Dafür gibt es keinen Grund mehr. Denk dran, dass sie es dir wegnehmen wollte. Du hättest sie verloren, auch wenn sie am Leben geblieben wäre. Sie hat mich verhöhnt und dich fallengelassen. Ich habe sie dafür bestraft. Im Grunde genommen habe ich dir einen Gefallen getan, mein Schatz. Werte es einfach als Zeichen meiner ehelichen Treue und Zuneigung.

Mit diesen Worten ließ ich ihn allein. Frohen Mutes gab ich mich einem gerüttelt Maß Prosecco hin. Etwa fünfzehn

Minuten später stand Bernie wieder vor mir. Was soll mit der Leiche passieren, fragte er. Das sei sein Problem, erwiderte ich. Du hast diese Person herangeschafft, jetzt sieh zu, wie du sie los wirst. Denk daran, dass du derjenige warst, der ihr den vergifteten Kaffee gereicht hat. Und ein Motiv hattest du auch, schließlich wollte deine Gespielin dir den Laufpass geben.

Wenn du künftig nett und freundlich zu mir bist und tust, was ich sage, werde ich der Polizei nichts davon erzählen, sollte sie dir auf die Schliche kommen."

Ohnewein unterbrach sie.

„Wenn Sie vorhatten, Ihren Mann zu belasten, wieso dann auf einmal das Geständnis? Sie hätten versuchen können, es durchzuziehen, vielleicht hätte es funktioniert."

Irene lachte bitter.

„Weil es keine Rolle mehr spielt. Ich habe viel zu oft und viel zu lange mit dem Zyanid hantiert, zweimal wurde ich mit akuten Vergiftungserscheinungen ins Krankenhaus eingeliefert und habe nur mit knapper Not überlebt. Es hat meine Organe geschädigt. Die Ärzte wollten sich nicht festlegen, wie lange ich noch zu leben habe."

„Und wie ging es an dem Abend weiter?"

„Nun, ich war bester Laune, habe die gesamte Flasche gekillt und bin dann friedlich eingeschlafen", erwiderte Irene.

Gurtschler ergriff das Wort: „Ich nahm Irene beim Wort und habe mich um die Leiche gekümmert. Ich schaffte Monicas leblosen Körper in meinen SUV in den Bruch. Schließlich kannte ich ja die Geschichte um Martin Guflers Vaterschaft und hatte gehofft, dass der Verdacht auf ihn fallen würde, wenn man die Tote bei ihm fände. Dummerweise hinterlässt Zyanid deutliche Spuren, auf die ein Pathologe sofort aufmerksam geworden wäre. Also musste ich nachhelfen. Ich überwand ich mich und zertrümmerte der toten Monica den Kopf. Offenbar nicht gründlich genug, Sie haben das mit dem Gift ja trotzdem herausgefunden. Einer Eingebung folgend zerrte ich sie auf die Schrägbahn. Ich kenne mich im Bruch aus, früher war ich oft da oben. So lag sie wie auf einer Bahre, bereit, entdeckt zu werden. Dass ihre Leiche rasch gefunden wird, war das Mindeste, was ich ihr schuldete. Ich fuhr nach Hause zurück. Irene schlief fast bis zum Mittag, ich tat die ganze Nacht kein Auge zu. Als sie endlich aus ihrem Rausch aufwachte, erzählte ich ihr, was mit der Leiche geschehen war. Sie nickte bloß und sagte: „Vergiss aber ihren Wagen nicht und den Rollstuhl. Die stehen noch immer im Hof." Ich nickte. In der nächsten Nacht sind wir dann losgefahren, haben den Rolli bei Naturns in die Etsch geworfen und den Wagen am Bahnhof in Mals abgestellt, wo sie immer Bogen-schießen übte."

Gurtschler war am Ende. Mit dem Geständnis, seinem Latein und seinem verpfuschten Leben. Ohnewein und Marini schauten sich an.

Marini fragte:" Warum haben Sie das Gift eigentlich nicht entsorgt, Frau Gurtschler?" Wieder kicherte sie hexenhaft.

„Aber ich hatte doch noch einen Auftrag, Herr Wachtmeister, Martin Gufler hat darauf bestanden. Ich habe das Zyanid also noch gebraucht."

Sie griff in die Manteltasche und zeigte den Anwesenden einen in groben Zügen vorgefertigten winzigen Rollstuhl aus Gold.

ENDE

DANKSAGUNG

Ich bedanke mich besonders bei meinem unermüdlichen Lektor Tobias Reimann, den ich mehrfach um den Schlaf gebracht habe und meinem Sohn Gabriel Dürr, der mir einige Peinlichkeiten erspart hat. Spezieller Dank gilt auch Ruth Dellago, die immer an mich geglaubt und mich einst zum Geschichtenerzählen motiviert hat

Viola Eigenbrodt
Hauptstraße 63
71277 Perouse
viola-eigenbrodt.de

Bildnachweis Cover
Landschaft: © Schloss Korb, Südtirol
Zerbrochenes Weinglas: depositphotos
© akinshin / ID: 26403029

29356373R00151

Printed in Great Britain
by Amazon